Unvergessliche Weihnachten

Sarah J. Brooks

ISBN-13: 9781791374754

Für meine Leser

INHALT

Prolog
Kapitel 1
Kapitel 2
Kapitel 3
Kapitel 4
Kapitel 5
Kapitel 6
Kapitel 7
Kapitel 8
Kapitel 9
Kapitel 10
Kapitel 11
Kapitel 12
Kapitel 13
Kapitel 14
Kapitel 15
Kapitel 16
Kapitel 17
Kapitel 18
Kapitel 19
Kapitel 20
Kapitel 21
Kapitel 22
Kapitel 23
Epilog

Prolog

Der Straßenverkehr hatte sich schon lange auf den gelegentlichen Nachtschichtarbeiter, der nach Hause fuhr, reduziert oder auf die hübsche Frau, die zuerst gevögelt und später gebeten worden war, zu gehen, bevor der Morgen graute. Für die Beamten des Chicago Police Department war das die beste Zeit des Tages. Es war so ruhig, dass sie es sich erlauben konnten, ihren Wagen in einem Gässchen oder einer Seitenstraße anzuhalten. Sie tranken Kaffee oder schwelgten mit ihren Partnern in Erinnerungen – oder machten sogar ein kurzes Nickerchen, solange ihr Funkgerät auf volle Lautstärke eingestellt war.

Die Polizisten Delanty und Schmidt hatten sich an ihr gewohntes Plätzchen zurückgezogen – die Straße gegenüber der Bäckerei Flemming. Mit einer Thermoskanne voll Kaffee bewaffnet, ließ Officer Delanty sein Fenster ein paar Zentimeter nach unten. Sie liebten es, den Duft der frisch gebackenen Doughnuts, der von den Dunstabzügen über den Öfen ins Freie getrieben wurde, einzuatmen. Es war ihre Gewohnheit, dass derjenige, der gerade nicht am Fahrersitz saß, um ungefähr fünf Uhr morgens über die Straße schlenderte und an die Hintertür klopfte. Mr. Flemming, Besitzer und Konditormeister, grüßte dann den Beamten gewöhnlich und händigte ihm eine Tüte mit den weichen, warmen, teigigen braunen Ringen gratis aus. Die mit Schokoladenglasur hatten sie am liebsten. Der Officer würde das Geschenk annehmen, an seine Mütze tippen und zurück über die Straße gehen, wo sein soeben eingeschenkter Kaffee schon auf ihn wartete. Büroangestellte hatten ihre kühlen Wasserspender, aber die Polizisten in Chicago hatten ihre Bäckerei Flemming.

Sie waren gerade dabei, sich einen zweiten Becher einzuschenken, als Officer Delanty zufällig zur Bäckerei hinüberschaute. Niemand anderem wäre etwas Ungewöhnliches aufgefallen. Ihm hingegen schon und er machte sofort seinen Partner darauf aufmerksam. »Arnie, siehst du den Rauch da hinter dem Müllcontainer von Flemmings?«

»Ja, ich denke schon. Bist du dir sicher, dass es Rauch ist und kein Dampf?«

Delanty schüttelte den Kopf. »Nee, wir haben hier draußen schon viele Nächte lang gesessen, aber so hat es noch nie ausgesehen. Ich bleibe am Steuer. Lauf du hinüber und schau nach, was da los ist, okay?«

Arnie sah Delanty argwöhnisch an. »In Ordnung. Aber wenn ich zurückkomme, dann sollten da in der Tüte noch ganze vier Doughnuts mit meinem Namen drauf sein«, warnte er ihn.

»Ja, ja, beweg dich einfach da rüber! Irgendetwas stimmt da nicht.«

Arnie wischte sich die Krümel von seinem Kinn und hievte seinen ansehnlichen Körper aus dem Auto, indem er sich am Türrahmen festhielt. Er ging langsam über die Straße, während er mit der Hand nach hinten griff und seine Hose aus seiner Po-Spalte zog. *Ich muss mit den Doughnuts aufhören.*

Delanty wollte gerade Arnies zweiten Doughnut verdrücken, als sich sein Mikrofon an der Schulter meldete: »Delanty! Kannst du das melden? Wir brauchen einen Feuerwehrwagen – sofort! Ich gehe da rein und hole die Flemmings raus.«

»Verstanden«, antwortete Delanty und gab die Meldung umgehend an die Zentrale weiter. Er sah zu, wie Officer Schmidt an die Hintertür klopfte. Er ächzte, als er seinen eigenen behäbigen Körper aus dem Einsatzfahrzeug hievte und über die Straße lief, so rasch es ihm seine brennende Lunge erlaubte. Er sah, wie einige Menschen aus dem Gebäude liefen. »Leute, geht dort hinüber und wartet beim Einsatzwagen! Ist Officer Schmidt immer noch da drinnen?«

Mrs. Flemming, die ihr blondes Haar zu einem Haarknoten gedreht und adrett unter einem Haarnetz versteckt hatte, weinte, aber sie nickte und deutete nach drinnen. »Meine Handtasche …«, klagte sie.

Delanty machte ein paar Schritte in den Türeingang, aber die Flammen leckten schon an der Seite des Gebäudes und schlugen über das Dach. »Arnie?«, schrie er.

»Komme schon!«, kam die Antwort.

»Wenn du ihre Handtasche auf dem Weg siehst, dann nimm sie mit!«

»Verstanden!«

Delanty hörte, wie Arnie in das Geschäft hineinrief, um zu fragen, ob sonst noch jemand drinnen war. In der Ferne hörte Delanty Sirenen und er sprach in sein Schultermikrofon, um sicherzugehen, dass die Rettungsfahrzeuge auf dem Weg zu ihm waren. »Arnie, das reicht! Es ist schlimm hier hinten. Geh raus jetzt. Geh vorne hinaus!«

Arnie antwortete nicht.

»Arnie! Hast du mich gehört?«

Immer noch keine Antwort. Die Feuerwehrfahrzeuge kamen die Straße herunter und waren kaum zum Stehen gekommen, als die Feuerwehrmänner auch schon heraussprangen. »Jemand da drinnen?«, fragte einer von ihnen Delanty.

»Mein Partner ist immer noch drin. Das Feuer begann hier hinter dem Müllcontainer, aber es breitet sich rasch aus. Es ist besser, von vorne hereinzugehen!«

Delanty machte den Weg frei, aber er schrie und deutete den anderen. »Mein Partner ist da drinnen!«

Zwei Männer mit Äxten rannten zu den Vordertüren des Gebäudes an den Ecken der Frontseite. Zwei heftige Hiebe und sie waren drinnen. Momente später zogen sie den bewusstlosen Schmidt auf den Bürgersteig hinaus und ein Arzt beugte sich über ihn. Arnie umklammerte immer noch Mrs. Flemmings Handtasche. Der Arzt zog die Tasche unter seinem Arm heraus und gab sie Delanty.

Es hatte sich schon eine neugierige Menschenmenge gebildet. Flemmings Bäckerei war in der Umgebung sehr gut bekannt – Generationen von Menschen konnten sich daran erinnern, hier ihre Hochzeitstorten und ihre Weihnachtsstollen bestellt zu haben, und manche holten hier immer noch ihre täglich frisch gebackenen Brötchen. Als Arnie wieder zu Bewusstsein kam, war er bereits in einem Rettungswagen und auf dem Weg ins Krankenhaus. Der Arzt sagte, Arnie würde wegen einer Rauchgasvergiftung behandelt werden. Doch das war nicht der einzige Grund, warum es dauern würde, bis die Tränen der Flemmings trocknen oder die Umstehenden aufhören würden, sich in den Armen zu liegen und das Ende einer Ära zu beklagen. Delantys Dienst war eigentlich schon zu Ende, aber er blieb noch ein bisschen länger vor Ort. Dies war seine eigene Art zu trauern.

In dem allgemeinen Chaos bemerkte niemand den Mann, der allein am Ende des Straßenblocks stand, die Kapuze seines Sweatshirts über den Kopf und tief in das Gesicht gezogen, während das Glühen der Zigarette nur seine Mundwinkel beleuchtete. Niemand hörte sein unterdrücktes Lachen oder sah, wie er die Zigarette auf den Bürgersteig warf, ohne das glühende Ende auszutreten.

Kapitel 1

Zwei Wochen zuvor …

Lillie

»Ich habe ein paar Kekse hineingetan, für den Kleinen«, flüsterte ich Mrs. Huckleberry zu, als ich ihr das Wechselgeld über den Ladentisch reichte.

»Oh, Lillie, du bist ein Schatz. Mein Johnny ist ganz wie seine Großmutter; immer mit etwas Süßem in der Hand«, strahlte Mrs. Huckleberry, während sie die weißen Tüten in ihrer großen Einkaufstasche verstaute. »Gott segne Sie«, sagte sie in ihrem polnischen Akzent, während die Glocke über der Tür den nächsten Kunden ankündigte.

»Haben Sie Mohnbrötchen?« Die Frau hatte drei Kinder im Grundschulalter bei sich, die um sie herumsprangen. Dennoch schien sie von der Unruhe unberührt. Ich beobachtete die Kinder und lächelte.

»Ja, wir haben welche, frisch aus dem Ofen. Wie viele hätten sie denn gerne?«

»Hmmm … Geben Sie mir ein Dutzend und davon zumindest die Hälfte mit Mohn, bitte!« Die Frau suchte in ihrer Tasche nach ihrem Portemonnaie. Währenddessen zog ihre Tochter an dem Träger ihrer Tasche.

»Ich möchte einen Brownie!«

»Pst! Wir kaufen doch gerade Brötchen.«

Ich trat nach hinten, um die Bestellung zu erledigen, und als ich wieder nach vorne kam, deutete ich dem kleinen Mädchen, näherzukommen. »Wir probieren gerade ein neues Rezept für unsere Brownies aus, weißt du? Ich frage mich, ob du und deine Brüder sie für mich probieren wollt?« Ich wusste, dass meine dunkelgrünen Augen funkelten, wenn ich verschmitzt lächelte, und da ich nur 1.58 Meter groß war, war es leicht für mich, mich zu den Kindern hinunter zu beugen.

»Bist du eine von Santas Elfen?«, fragte das kleine Mädchen scheu. Dann schaute sie mit großen Augen ihre Mutter an, um sie um Erlaubnis zu bitten.

»Okaaay«, gab ihre Mutter nach, und ich nahm drei Brownies vom Regal und legte sie in eine separate Tüte.

»Erinnere ich dich etwa an eine Elfe?«, fragte ich. Die Kinder in der Schule hatten mich oft wegen meiner roten Haare, meiner kleinen Statur und der grünen Augen gehänselt und mich >Elfchen< genannt.«

»Sag >Danke!< zu dem netten Fräulein, Kleines.«

»Daaaaaanke …«, wiederholten die Kinder im Chor.

»Lillie, Papa möchte, dass du seine neue Buttercrémeglasur kostest. Ich übernehme dafür den Verkauf«, sagte Mama von der Tür zum Küchenbereich aus.

»Gut, Mama.« Ich gab der Frau das Wechselgeld und ging nach hinten.

»Ist das Ihre Tochter, Frau Flemming?«, fragte die Frau.

»Ja. Sie ist gerade mit der Uni fertig geworden. Wir sind froh, dass wir sie für ein Weilchen hier bei uns haben.«

»Sie ist sehr süß«, bemerkte die Frau.

»Manchmal mehr als es gut für sie ist«, antwortete Frau Flemming, wobei sie mit einem Anflug von Sorge eine Augenbraue zusammenkniff.

»Wird sie einmal das Geschäft übernehmen?«

»Oh, wir hoffen, dass sie das tut. Aber Sie wissen ja, wie die Jugend so ist. Sie hat ihren eigenen Kopf. Ihr Vater und ich wären allerdings schon bereit für die Pension.«

»Wirklich? Sie würden uns fehlen.« Die Tochter der Frau zog sie an ihrem Ärmel, da sie schon die Tüte mit den Brownies haben wollte.

»Oh, ja, ich weiß; und wir werden alle unsere Kunden vermissen. Aber wir würden gerne irgendwo wohnen, wo es wärmer ist – vielleicht sogar in Florida.«

Die Frau nickte verständnisvoll. »Gut, wir gehen«, sagte sie zu ihren Kindern. »Ihnen einen schönen Tag, Frau Flemming. Es wird sich alles ergeben. Gott wird Ihre Gebete erhören«, sagte sie noch am Ende, während die Vier schon durch die Tür hinausstürmten wie eine rauschende Flut, die auf das Meer hinauszog.

Ich musste lächeln. Mama hatte nicht gewusst, dass ich genau hinter der Schwingtür zur Küche stand, wo ich frische Doughnuts auf Servierbleche legte. Ich spritzte rasch Zuckerguss darauf und leckte mir aus Gewohnheit die Finger. Was Raffinesse betrifft, musste Mama noch so einiges lernen, dachte ich mir und ich rauschte wieder zurück durch die Türe, nachdem ich die Unterhaltung mitangehört hatte.

Kapitel 2

Christopher

Heute war ein guter Tag. Ich würde meine neunundvierzigste Filiale von Carolinas Emporium und Teehaus eröffnen. Ich war jedes Mal enorm stolz, wenn wir eine neue Zweigstelle aufmachten. Die Neunundvierzigste war genauso aufregend wie die Erste.

Es ging nicht ums Geld; ich hatte alles, was ich brauchte. Es ging um die Herausforderung, eine Welt voller schöner und einzigartiger Geschenke zu erschaffen, die alle in ein Teehaus mit den besten Törtchen und Zuckerkreationen passten. Also gut, ich will ehrlich sein – es geht darum, besser als die Konkurrenz zu sein. Das ewige Gerangel. Es geht immer um dieses Spiel und das Geld sagt dir nur, wie der Spielstand gerade ist.

»Sieht gut aus, Chris«, sagte mein Partner Steve, der hinter mir stand, während ich meinen Blick durch das Geschäft gleiten ließ.

»Danke. Gefällt dir, wie wir die Puppen aus verschiedenen Ländern aufgestellt haben? Ich dachte, dass Mütter dann vielleicht ihre Töchter mit hereinnehmen wollen.«

»Du hast lauter Blödsinn im Kopf. Du weißt, dass ich mir nichts aus Puppen mache. Stell sie hin, wo du willst, und wenn du eine Lebende bekommst, dann leg ihr Gesicht in meinen Schoß.«

»Pass bloß auf, was du sagst. Überall sind Kunden. Du solltest wirklich an deinen Umgangsformen arbeiten, weißt du?«

»Zur Hölle, da bist du der Richtige – Umgangsformen«, blaffte er. »Ich erledige die ganze Drecksarbeit hinter den Kulissen –

und du kümmerst dich um die gehobenen Angelegenheiten, auch wenn ich keine Ahnung habe, was du daran findest. Mein Gott, was sagen die Damen eigentlich zu der Tatsache, dass du eine gottverdammte Bäckerei besitzt?«

»Damit hat das nichts zu tun und das weißt du«, sagte ich zum hundertsten Mal. »Ich liebe die Herausforderung, besser als die Konkurrenz zu sein und mir hohe Ziele zu setzen. Es ist egal, in welcher Branche du tätig bist, Steve. Es ist immer dieselbe Masche. Rede dem Kunden ein, was er haben will, und das gibst du ihm dann. Alles ist billig geworden. Die Konkurrenz hat nur Mist in ihrem Essen, Mist in ihrem importierten Schmuck und so weiter. Doch damit will ich nichts zu tun haben. Mir geht es um die beste Qualität. Das war schon immer so.«

»Du und deine verdammte Integrität«, murmelte Steve, und ich konnte sehen, wie er zur Tür blickte. Er wollte hinausgehen und eine rauchen. Ich sage ihm immer wieder, dass er besser aufhören sollte, aber auf mich hörte er nur selten. Ich fragte mich wieder einmal, warum ich ihn überhaupt zu meinem Partner gemacht hatte. Doch wenn ich ehrlich war, wusste ich, warum. Er kümmerte sich um die Drecksarbeit und das erlaubte mir, das zu tun, was ich am besten konnte – mich um die Konkurrenz zu kümmern.

»Mach schon. Geh hinaus und zünde dir eine an, in Gottes Namen. Aber lass die negativen Schwingungen auch da draußen, okay? Halt nach Sprüngen in der Fassade Ausschau oder überprüfe, ob das Sicherheitspersonal seine Arbeit macht. Geh einfach!« Ich war frustriert. Er machte meine positive Aufregung zunichte. Man konnte seine negative Energie im Laden spüren. Das konnte ich nicht brauchen – das wollte ich nicht. Ich drehte ihm meinen Rücken zu und gab ihm stillschweigend die Erlaubnis zu gehen. Es gab etwas sehr Dunkles in Steves Leben, aber bislang hatte ich noch nichts davon spüren müssen. Und daher auch keinen Grund gefunden, warum ich ihm nicht vertrauen sollte.

»Mr. Tollier, wir haben da eine Anfrage wegen des handbemalten Porzellans aus Bayern«, meldete sich Harriet Tiffany, meine Geschäftsleiterin. Sie war eine ältere Frau mit dieser perfekten Kombination aus einem reizenden, großmütterlichen Gesicht, untadeligem Benehmen und den Instinkten einer Löwin. Das hatte ich gespürt, sobald sie beim Bewerbungsgespräch erschienen war. Ich hatte sie sofort eingestellt.

»Was wollen die Kunden denn wissen?«

»Sie fragen, ob es eventuell ein zweites, dazu passendes Service gibt. Offenbar sind zwölf Gedecke mit Geschirr nicht ausreichend.« Ihr glatt frisiertes, silbernes Haar strahlte unter der Beleuchtung, aber die schwarzen Gläser, die auf der Spitze ihrer Nase thronten, zeigten, dass sie ein Profi ihres Faches war.

»Bitte sagen Sie der Kundschaft, dass es uns sehr leidtue und wir die Unannehmlichkeiten bedauern, aber jedes Set ist einzigartig; also: nein. Allerdings erwarten wir, dass jede Woche neue Sets hereinkommen werden, und ich weiß, dass darunter zumindest eines mit dreißig Gedecken sein wird. Lassen Sie sich ihre Adresse geben und sagen Sie, dass wir eine Karte schicken werden, inklusive eines gratis Mittagessens, sobald das Set eingetroffen ist.«

Harriet nickte geflissentlich und entfernte sich wieder. Ich wusste, dass sie die Kundin wie die Königin von England behandeln würde, was genau das war, was ich wollte. Frauen sollten sich so fühlen, als ob sie ein Märchenland betreten hatten, wenn sie bei uns durch die Tür gingen. Die Konkurrenz von 36 Flavors oder Dunkin Doughnuts war dagegen lächerlich.

Kristallluster funkelten von der hohen Decke über den Kunstwerken, die auf den Glasregalen ausgestellt wurden, wo sie durch Bouquets aus frischen Blumen richtig zur Geltung gebracht wurden. Satingardinen hingen unter den Deckenleisten, die mit Dekostoff verkleidet waren. Derselbe Stoff überzog die Sessel um die runden Tische, die mit Leinentüchern in Perlenrosa bedeckt waren; auf jedem von ihnen prangte eine Kristallvase wiederum mit frischen Blumen. Selbstverständlich war alles in dem Geschäft bildhaft schön – und zu verkaufen. Frauen kamen hier herein, um zu klatschen und um sich gegenseitig mit den Einrichtungsgegenständen, die sie für ihr eigenes Heim erstanden hatten, zu beeindrucken. Mein nächster Standort, das fünfzigste Geschäft, würde zusätzlich noch über eine Kleiderboutique verfügen. Und es gab auch schon Pläne für ein Geschäft mit antiken Möbelimitationen. Ich war mir sicher, dass auch mit den Traditionen der »Alten Welt« gute Geschäfte zu machen waren.

Der erste Ansturm der glanzvollen Eröffnung war nun etwas abgeflacht. Die Verkäufe jedoch waren astronomisch hoch. Was sogar noch besser war: Den Klienten schien es leid zu tun, den Laden zu verlassen. Selbst beim Hinausgehen blieben sie auf dem Weg zur Tür noch an den ausgestellten Kostbarkeiten hängen.

Es wurde langsam Zeit, den Tag zu beschließen. Ich wusste, dass meine Mitarbeiter alles unter Kontrolle hatten. Ich konnte Steve nirgendwo erblicken, also ließ ich Harriet wissen, dass ich mich auf den Weg machen würde und ging zur Tür. Ich schaute auf dem Bürgersteig in beide Richtungen, konnte ihn aber nicht sehen. Ich kannte eine Bar an der Ecke auf der anderen Seite der Straße und vermutete, dass er dort war. Das war richtig geraten, denn ich fand ihn im hintersten Eck des Schuppens, über ein Glas gebeugt mit irgendeinem Bier vom Fass, das sie dort ausschenkten.

»Also?«, fragte er mich, als ich mich auf dem Stuhl neben ihm niederließ. »Hast du all deine Püppchen an den Mann gebracht?«

»Hör auf damit, Steve. Du magst zwar mein Partner sein, aber das gibt dir nicht das Recht, alles zu kritisieren, was ich mache. Ich denke, es ist ziemlich klar, dass meine Strategie gut ist, oder siehst du das anders?«

»Ja, ja, du weißt, was du tust. Ich würde aber gerne mal sehen, wie du mit meinen Aufgaben im Geschäft zurechtkommst. Das würde über deinen Horizont hinaus gehen.«

»Okay, gut. Wir wollen nicht streiten. Es war ein guter Tag. Lass mich noch mein Bier austrinken und dann hauen wir ab. Gegen eine Massage und etwas Entspannung in einer Sauna hätte ich jetzt nichts.«

»Was du tun solltest, ist, nach Hause gehen und dich flachlegen lassen. Ihr jungen Burschen, ihr seid alle gleich; ihr seid so sehr darauf aus, euch gesund zu ernähren und fit zu sein. Verdammt, ihr seht alle so aus, als ob ihr Furunkel unter den Achseln hättet, oder etwa nicht?«

Ich musste bei dem Gedanken in mich hinein lachen, aber Steve kapierte es einfach nicht. Er wählte ein Leben voller Extreme. Er tat nichts nur halbherzig und das Wort Exzess befand sich nicht in seinem Wörterbuch. »Was auch immer du sagst. Trink aus, wir gehen!«

Ich fuhr langsam am neuen Geschäft vorbei, schoss ein paar Bilder und kritzelte ein paar Notizen über das auf, was ich verändern wollte. Die Gegend war eindeutig sehr aufstrebend und gehoben. Die lokalen Behörden waren mehr als glücklich gewesen, mir in jeder Hinsicht entgegenzukommen. Sie wussten, dass mein Geschäft den Immobilienwert in die Höhe treiben würde und ich konnte annehmen, dass viele in Geschäftsräume investiert hatten, sobald sie gewusst hatten, dass ich kommen würde. Das war überall dasselbe. Ich kaufte nie mehr Gebäude, als ich brauchte. Ich war nicht im Immobiliengeschäft. Das überließ ich den Leuten, die mehr Geld als Verstand hatten.

Ich fuhr noch ein bisschen länger herum, zog meine Kreise Block um Block weiter. Es war eine gute Art und Weise, ein Gefühl dafür zu bekommen, was mit der Nachbarschaft passieren würde, wenn ich expandierte. Ich hatte immer Verantwortung für die Leute gefühlt, die ihr ganzes Leben in ihrem Viertel gewohnt hatten. Für mich waren das nicht nur leere Bauten ohne Menschen. Da waren Familien, die zum Einkaufen gingen, in die Kirche und zur Schule, und die das Leben gemeinsam genossen. Jede einzelne meiner Filialen hatte einen Einfluss auf ihre nächste Umgebung.

Ich seufzte zufrieden mit meiner Wahl. Es gab nur noch eine Gegend, in die ich einen Blick werfen wollte, bevor ich Steve absetzen würde. Diese Gegend lag im Nordwesten der Stadt, in einer kleinen Gemeinde mit dem Namen Lake Forest. Es war auch eine gehobene Gegend und ich wusste, dass mein Laden auch dort perfekt hineinpassen würde. Wir kamen an einer Bäckerei, einem Familienbetrieb, vorbei; sie hieß »Flemmings«. Sie lag an einer etwas mehr exponierten Ecke, wo eine Ampel die Passanten dazu veranlasste, hinzugucken, und ihnen eventuell sogar ein verführerischer Duft zugetragen wurde, bevor sie weiterfuhren. Der dazugehörige Parkplatz war leicht zu erreichen und man konnte sogar auf der Straße parken. Es war perfekt. »Siehst du den Platz dort? Flemmings?«

»Ja.«

»Dort würde ich gerne mein fünfzigstes Geschäft eröffnen.«

»Ich sehe keine Verkaufsschilder und es ist nicht dein Stil«, murmelte er und schaute weg. Ich folgte seinem Blick und sah, wie er eine andere Bar beäugte. Ich musste mit ihm darüber sprechen, dass er wohl ein Problem mit Alkohol hatte.

»Nein, genau darum geht es. Sie läuft gut. Natürlich will ich keine Flemmings Bäckerei besitzen. Meine Vermutung ist, dass es ein Familienbetrieb ist und somit nichts, wonach ich suche. Ich mag den Standort und die Nachbarschaft und da gibt es sicher so etwas wie eine gewachsene Kundentreue, Klienten, die schon aus reiner Gewohnheit wiederkommen.«

»Willst du, dass ich mich dahingehend schlau mache?«

»Deshalb sage ich es dir ja«, sagte ich mit meiner Ist-das-nicht-offensichtlich-Stimme.

»Du hättest mich auch einfach direkt fragen können«, antwortete er schroff. »Das wollte ich dir auch schon lange sagen«, fing er an und drehte seinen Kopf so, dass er mich anschaute. »Wir sind Partner. Du bist nicht mein Boss.«

»Ich habe es verstanden«, sagte ich. Dann sagte ich nichts mehr, machte mir aber eine geistige Notiz, dass ich mit meinen Anwälten abklären musste, wie es wäre, Steve bei den kommenden Zweigstellen aus der Partnerschaft zu entlassen. Ich würde sofort jemand anderen einstellen. Steve war gut darin, Verbindungen herzustellen, eine Immobilie zu kaufen und sich um die Gewerkschaften und Arbeitserlaubnisse zu kümmern, diese Art von Dingen. Wenn es aber um die allgemeine Geschäftsphilosophie ging, dann war er nicht nur fehl am Platz, sondern er stand mir auch noch im Weg. Das konnte ich nicht tolerieren. Ich hatte ein paar Mal bemerkt, dass er es mit seinen Moralvorstellungen sehr flexibel hielt, wenn es ihm in den Kram passte. Das konnte ich nicht akzeptieren.

Mein Mobiltelefon mit meiner Geheimnummer summte in meiner Hosentasche. Ich tippte auf den Lautsprecher im Auto. »Hallo?«

»Chris? Ich bin es, Corey.«

»Hey, großer Junge. Nur dass du es weißt: Ich habe dich auf Lautsprecher und Steve ist hier mit mir im Auto.«

Corey schien diese Tatsache nichts auszumachen, denn er fuhr geradewegs fort. »Weißt du, was dieses Miststück jetzt getan hat?«

Ich seufzte. »Ich habe Daphne noch nie als Miststück

gesehen. Ich habe sie, ehrlich gesagt, immer gemocht.«

»Du kennst sie nur nicht so gut, wie ich es tue«, beharrte Corey. »Sie verfolgt mich.«

»Ich verstehe nicht. Was meinst du damit: Sie verfolgt dich?«

»Letzte Woche habe ich ihr zweimal gesagt, dass ich bis spät arbeiten muss. Das hat sie mir nicht geglaubt. Das erste Mal habe ich gesehen, wie ihr Auto am Büro vorbeigefahren ist und sie langsamer wurde, um sicher zu gehen, dass mein Auto auf seinem Parkplatz stand. Das nächste Mal rief sie im Büro an und hatte dabei die Anruferkennung ausgeschaltet.«

»Woher weißt du dann, dass sie es war?«

»Ich weiß es. Ich weiß es einfach.« Coreys Stimme war voller Ärger und ich konnte heraushören, dass er wollte, dass ich mich auf seine Seite schlug. »Was soll ich machen?«

»Also, Corey, verdammt, ich bin kein Eheberater, aber wenn ich du wäre, dann würde ich als Erstes sicherstellen, dass es keinen Grund für ihren Verdacht gibt. Dann würde ich mich mit ihr an einen Tisch setzen und ein langes Gespräch über Vertrauen führen. Himmel, ich weiß auch nicht, das ist eigentlich nicht mein Metier. Ich weiß jetzt schon, dass ich nie heiraten werde.«

»Im Moment wünschte ich mir auch, ich wäre nicht verheiratet.«

»Sag das nicht. Was ist mit Marga?«

»Marga? Marga geht es gut. Sie ist noch so klein und sie hat keine Ahnung, was los ist.«

Ich schüttelte meinen Kopf. »Bist du dir da ganz sicher?«

»Schau: Ich habe nicht angerufen, um von dir belehrt zu

werden.«

»Warum hast du mich denn angerufen?«

»Gute Frage. Wir reden später.«

Ich schaltete das Telefon aus und schlug mit der Faust auf mein Lenkrad.

»Zum Teufel, warum bist du so aufgebracht?«, unterbrach Steve meine Gedanken. »Sie ist nicht deine Frau. Vor deiner Tür stehen die Weiber Schlange und es ist immer eine da, die dazu bereit ist, mit dir ins Bett zu springen. Dein Bruder hat sich seinen Stress selbst eingehandelt.«

»Ich bin nicht wegen Corey in Sorge. Es geht um Marga. Du weißt, dass Corey und ich aus einer zerbrochenen Familie kommen. Mein Dad hat immer mit anderen Frauen herumgemacht und meine Mutter konnte das letztendlich nicht mehr ertragen. Als alles vorüber war, waren sie beide viel glücklicher, aber Corey und ich haben ziemlich gelitten.«

Steve schüttelte den Kopf. »Ich wünschte, das wäre das Schlimmste, was mir je passiert wäre«, murmelte er und schaute wieder aus dem Fenster. Ich konnte sehen, dass er mir nichts Näheres davon erzählen wollte und ich wollte nicht noch mehr Probleme, über die ich mir den Kopf zerbrechen musste, also ließ ich es gut sein. »Ich kümmere mich um die Bäckerei«, sagte er und beendete die Unterhaltung damit endgültig.

Ich nickte und kehrte zu dem Teil in meinem Gehirn zurück, in dem ich bereits die nächsten Überlegungen für mein neues Geschäftslokal durchspielte.

Kapitel 3

Lillie

Wir haben alle Erinnerungen an unsere Kindheit. Zum Beispiel die Erinnerung daran, wie wenn man Radfahren gelernt hat. Man erinnert sich, wie angsteinflößend es nach einem Sturz war, wenn man sich umdrehte und entdeckte, dass beide Knie voller Kies und Blut waren. Einige der glücklicheren Momente beinhalten eine besondere Geburtstagsfeier mit allen Freunden oder vielleicht ein Weihnachten, als deine Großeltern noch am Leben waren und deine Großmutter ihre besonderen Pfannkuchen kochte, deren Rezept sie zu ihren Lebzeiten nicht verraten wollte. So bitter und so süß meine Erinnerungen auch gewesen waren, so konnte mich doch nichts auf die Nacht vorbereiten, in der ich zwischen meinen Eltern stand und zusah, wie unser Leben bis auf den Boden niederbrannte.

Ich bekam den Anruf von der alten Frau Switzer, die gegenüber auf der anderen Seite der Straße lebte. Sie hatte von ihrer Schwägerin davon gehört, von Betty, die es wiederum von Willie, ihrem Mann gehört hatte, als er auf dem Weg zur Arbeit daran vorbei fuhr. »Deine Mama und dein Papa sind unversehrt herausgekommen, aber ich denke, dass die Bäckerei Flemming nicht mehr zu retten ist«, sagte sie mit tränenerstickter Stimme. Ich schnappte mir die Jeans, die ich in der Nacht zuvor zur Schmutzwäsche geworfen hatte und zog sie mir unter meinem Nachthemd an. Auf der Suche nach den Schlüsseln und meiner Handtasche stolperte ich in der Dunkelheit zur Vordertür. Jeden Tag gingen meine Eltern sehr früh zur Arbeit; das brachte die Arbeit in einer Bäckerei so mit sich. Mein Job hingegen war es, den ganzen Tag am Ladentisch zu stehen und die Kasse zu machen; also tauchte ich normalerweise nicht vor acht Uhr morgens dort auf. Ich hatte mein ganzes Leben lang in unserem

Familienbetrieb gearbeitet, mit der Ausnahme der Jahre, in denen ich auf der Uni war. Ich hatte geplant, dass ich das Geschäft meiner Eltern übernehmen würde, wenn sie irgendwann in Pension gehen würden.

Ich stand unter Schock, als ich schnell zur Bäckerei fuhr und erkennen musste, dass sich mein Leben gerade für immer verändert hatte. Ich konnte mir nicht vorstellen, wie es für meinen Vater war, mitanzusehen, wie sich sein gesamtes Leben ins Nichts auflöste. Ich würde ihn in meiner Erinnerung immer in seiner weißen, gestärkten Schürze sehen, mit seinem Schnurrbart, der mit Mehl bestäubt war, und mit seinen Händen, mit denen er den Teig für die morgendliche Brotmenge knetete. Mama … nun, sie trug immer eine zerknitterte Schürze – die mit den Spitzen und den kleinen Blümchen hatte ich am liebsten. Es schien nur allzu passend, dass sie Blumen an einem Ort trug, der immer so gut roch. Ich erinnere mich, wie ich als Kind gedacht hatte, welches Glück wir hatten. Die Welt schien voll zu sein mit einsamen Menschen, die nicht genug zu essen hatten, und da war ich mit meinen wunderbaren Eltern und einer ganzen Bäckerei für uns. Ich wusste, wie glücklich ich war und ich wollte dafür sorgen, dass diese Familientradition aufrechterhalten blieb. Ich dachte, dass mir mein Abschluss in Wirtschaft dabei helfen würde. Vielleicht konnten ein paar neue Ideen für etwas frischen Wind im Geschäft sorgen. Zumindest würde ich mehr Ahnung davon haben, wie ich das Geschäft übernehmen sollte, sodass meine Eltern in Pension gehen konnten.

Die Straße war voll mit blinkenden Scheinwerfern und Notfallfahrzeugen. Ich parkte auf irgendeinem freien Parkplatz, packte meine Handtasche und sprang so schnell wie möglich aus dem Auto. Ich fand Mama, wie sie auf der Bordsteinkante saß und ihr Gesicht in die Hände vergrub.

»Mama!«, schrie ich. »Bist du verletzt? Was ist passiert?«

»Oh, meine Lillie. Es ist alles verloren. Alles, wofür wir so hart gearbeitet haben.«

»Wo ist Papa? Ist er in Sicherheit?«, rief ich.

Sie nickte und als ihr neue Tränen aufstiegen, legte sie ihr Gesicht wieder in ihre Hände. Ich wollte mich mit meinen eigenen Augen davon überzeugen, dass mit Papa alles in Ordnung war. Ich fand ihn neben dem Feuerwehrwagen. Er stand da und tupfte sich die Augen mit dem Zipfel seiner Schürze ab.

»Oh, Papa. Es tut mir so leid.«

»Oh, Lillie, es hat dir also schon jemand gesagt. Es ist nicht so schlimm, mein Mädchen. Es wurde niemand verletzt und das ist das Wichtigste.« Er sprach die Worte in einer seltsamen Singsang-Stimme, was mir signalisierte, dass er unter Schock stand und dass er nur das sagte, was der Situation angemessen schien, ob es nun tatsächlich stimmte oder auch nicht.

»Ja, sicher, Papa, aber wir werden es wieder aufbauen. Wir sind doch versichert, oder?«

Er schaute mich mit seinen großen braunen Augen an, die sich mit Wasser füllten. Er schüttelte seinen Kopf.

»Was? Wir haben keine Versicherung?« Das Blut sackte aus meinem Gehirn und mit ihm verschwand auch mein Optimismus.

Er schüttelte noch einmal in Trauer und langsam den Kopf. »Die Kunden kommen nicht mehr so herein wie sie es früher getan haben. Wir mussten irgendwo sparen. Mama wollte billigere Zutaten verwenden, aber ich habe gesagt, dass das nicht richtig ist. Also musste ich dort den Rotstift ansetzen, wo ich konnte.«

Ich rang nach Luft und drehte mein Gesicht dem Gebäude zu, dabei sank die Bedeutung dessen, was ich gerade gehört hatte, langsam in mein Bewusstsein. Ich wusste, dass meine Eltern für ihre Pension eine eiserne Reserve beiseitegelegt hatten, und ich würde sie diese für nichts anderes anrühren lassen, mochte kommen, was wollte. Ich war jung und hatte jetzt meinen akademischen Abschluss. Ich konnte Geld verdienen und ihnen sogar bei ihren Kreditrückzahlungen für das Haus helfen. Wir würden einen Ausweg finden. Wir waren die Flemmings und hatten früher bereits, weiß Gott, schon schwierigere Zeiten als diese überlebt. Wenn es eine Sache gab, die an dem Feuer gut war, dann die, dass es nicht mehr viel schlimmer werden konnte.

Als man uns sagte, dass wir gehen konnten, nahm ich meine Eltern in meinem Auto heim. Ihr Wagen war direkt neben dem Gebäude geparkt gewesen und war beschädigt, wenn nicht sogar ein Totalschaden. Wir schleppten uns ins Haus. Einige Nachbarn waren schon herübergekommen, um zu hören, was passiert war. Ich bat sie alle, uns einen Tag lang zur Ruhe kommen zu lassen. »Wir müssen uns darüber klar werden, was wir machen sollen«, erklärte ich ihnen. Sie nickten verständnisvoll und gingen. Ich machte eine Kanne starken Kaffee und wir drei setzten uns an den Küchentisch, alle mit den Köpfen in die Handflächen gestützt. Es lag an mir, etwas Positives an der Sache zu finden. »Zumindest haben alle überlebt.« Das war ein schwaches Argument und das wusste ich, aber es war alles, was ich im Moment aus meinem Hut zaubern konnte.

»Mama«, begann mein Vater. »Da gibt es etwas, was ich dir sagen muss. Die Bäckerei ist futsch. Wir konnten uns die Zahlungen für die Versicherung nicht mehr leisten und ich musste sie stornieren.«

Sie schaute zu ihm auf und ihr blieb der Mund offen, als sie das, was er gerade gesagt hatte, zu begreifen begann. Ich sah, wie ihr Gesicht bleich wurde, und als sie versuchte, ihre Tasse zu heben, schwappte Kaffee heraus. Ich musste etwas unternehmen und das sofort.

»Oh, Papa, wie du schon wieder redest«, sagte ich in meiner nimm-es-leicht Stimme. »Du siehst immer nur alles schwarz. Wir können wieder neu anfangen. Wenn die Feuerwehr mit den Aufräumarbeiten fertig ist, können wir schauen, was übrig geblieben ist. Ich weiß, dass uns die Nachbarn helfen werden. Wir haben viele Freunde. Und dann können wir aufräumen und wieder anfangen. Wir sind doch die Flemmings, stimmt's? Die Öfen waren ohnehin schon alt und ich habe gehört, wie du gesagt hast, dass du gerne neue hättest. Warum nicht jetzt? Warum fangen wir nicht neu an und stellen uns dieser Herausforderung?«

Mein Vater schüttelte den Kopf. »Nein, Lillie. Es hat keinen Zweck. Wir sind fertig damit, deine Mama und ich. Wir sind all das leid: die Kälte und den Wind und das Eis und das Aufstehen um vier Uhr morgens. Wir haben etwas Geld auf der Bank und wir haben eine Sozialversicherung. Wir verkaufen das Haus und den Grund, auf dem die Bäckerei gestanden hat, und dann gehen wir nach Florida. Du bist jetzt fertig mit der Uni und du kannst auf dich selbst aufpassen. Wenn du mit uns nach Florida kommen willst, dann werden wir für dich Platz haben. Wenn du hier bleiben willst, dann weiß ich, dass du ganz leicht einen Job finden wirst. Nein, meine süße Lillie. Für deine Mama und für mich ist nun die Zeit für das nächste Kapitel in unserem Leben angebrochen.«

Mama nickte, ohne gefragt worden zu sein. So wie Papa es sagte, würde es sein. Es brach mir das Herz, aber zur gleichen Zeit spürte ich in mir ein Gefühl der Freiheit aufsteigen. Auch wenn ich immer im Bäckereigeschäft glücklich gewesen war, war da etwas, was mir sagte, dass ich noch zu Höherem im Leben bestimmt war. Vielleicht würde ich das jetzt finden – jetzt, wo ich musste.

Kapitel 4

Christopher

Ich war im Büro und stellte ein paar Überlegungen zum Jahresende an. Ich plante, pro Quartal eine neue Geschäftsstelle zu eröffnen. Auch wenn jedes Geschäft stets eine Verbesserung im Vergleich zu dem jeweils vorherigen darstellte, wolle ich einen gemeinsamen Nenner für alle Läden finden. Während ich nicht an Franchisen interessiert war, wusste ich, dass ich irgendwann dieses Spiels müde werden und dann etwas anderes machen wollen würde. Zu einem solchen Zeitpunkt würde ich die Kette verkaufen müssen und da wollte ich Steve nicht gerne dabei haben.

Es klopfte an der Tür. »Herein!«

»Ich habe Neuigkeiten.« Steves Gesicht war so gelangweilt wie immer. Es gab ein paar Kleinigkeiten an ihm, die mir sagten, wann er log, aber dieses Mal konnte ich keine davon an ihm entdecken.

»Was gibt es denn?«

»Weißt du noch, dieser Laden, den du mir gezeigt hast? Die Bäckerei am Eck, die ich mir anschauen sollte, wie du gesagt hast?«

»Sicher. Hast du herausgefunden, ob sie verkaufen wollen?«

»Oh, ich bin mir ziemlich sicher, dass sie jetzt bereit dazu sind zu verkaufen.« Seine Gesichtszüge waren zynisch und kalt.

Ich versuchte, in seinem Gesicht zu lesen. »Was hast du getan?«

»Ich? Ich habe gar nichts getan. Ich habe nur ein paar Untersuchungen angestellt und das Erste, was ich heute Morgen herausbekommen habe, war, dass das Haus letzte Nacht heruntergebrannt ist.«

»Was? Wie kann das?« Ich stand von meinem Stuhl auf und ging um den Tisch herum.

»Wahrscheinlich nur ein Zufall; einer, den du als Karma betrachten könntest. Und wenn du es recht überlegst, dann konnte ihnen doch nichts Besseres passieren. Das Haus war schon alt und niemand, der es gekauft hätte, hätte es als Bäckerei genutzt. Sie hätten es niederreißen müssen. Auf diese Weise bleibt ihnen das Abreißen erspart und du bist zufälligerweise an ihrem Grundstück interessiert. Was könnte denn noch gelegener kommen?«

»Und du bist sicher, dass das ein Zufall war? «

»Ich mag solche Andeutungen nicht«, betonte er und drehte sich um, um hinaus zu gehen. Er schnellte herum und zeigte mit dem Finger auf mich: »Und ich mag es nicht, wenn du mir nicht vertraust.«

Ich entspannte mich und meine Schultern fielen vor Erleichterung nach unten, als ich nickte. »Entschuldige. Du hast recht. Es ist bloß ein höllischer Zufall.« Ich setzte mich wieder in meinen Stuhl und beobachtete ihn aus den Augenwinkeln heraus. Ich wollte nicht, dass er neugierig wurde, was ich machte.

»Schau«, unterstrich ich. »Es tut mir wirklich leid. Es war viel beschwerlicher, alles zu schaffen, bevor du an Bord gekommen bist. Es sieht einfach so aus, als ob bei dir alles funktionieren würde. Ich wundere mich wahrscheinlich deshalb, wie du es anstellst, weil du so gut darin bist.«

»Und vergiss das nie wieder!« Er bewegte seinen Finger noch einmal hin und her.

»Gut. Informiere dich bitte in dieser Angelegenheit. Ich brauche von dir Fakten und Zahlen.« Er nickte noch einmal, bevor er wegging und dabei die Tür etwas geräuschvoller zumachte, als es notwendig gewesen wäre.

Ich war mir nicht sicher, was ich über Steve denken sollte. Ich wusste, dass ich ihn entlassen musste. Gleichzeitig wusste ich, dass es nicht so einfach sein würde ihn loszuwerden, indem ich ihn einfach auszahlte. Steve wohnte mit seiner Frau Marjorie in der Vorstadt. Dabei passte Marjorie nicht gerade in die Vorstadt, zumal sie eine Stripperin gewesen war, als er sie traf. Steve hatte gebrauchte Autos verkauft und sich nebenbei im Immobiliengeschäft versucht. So hatten sich unsere Wege gekreuzt. Ich war dabei, ein paar Liegenschaften für meine Geschäfte zu erwerben, und Steve hatte Immobilien zu verkaufen. Wir machten ein paar Mal Geschäfte miteinander und ich erkannte, dass er den richtigen Dreh heraus hatte, wie man Dinge leicht erledigen konnte. Das Immobiliengeschäft war nicht unbedingt meine Stärke, also lag es geradezu auf der Hand, ihn ins Boot zu holen.

Zuerst hatte ich versucht ihn anzustellen. Aber Steve war gerissen. Er konnte sehen, worauf ich aus war, und er wusste, dass, wenn ich einmal genügend Geschäfte aufgemacht haben würde, unsere Beziehung am Ende sein würde. Er wollte mehr. Marjorie drängte ihn zu mehr. Sie wollte mit jenen Frauen auf Du-und-Du sein, die sie verächtlich behandelt hatten, während sie gestrippt hatte. Sie wollte zum Kaffeeklatsch- und Nachmittagstee-Ritual, dem die Frauen mit wohlhabenden Männern frönten, dazugehören. Sie wollte den Country Club, die Kreditkonten und das kleine blaue Mercedes Cabrio.

Steve, auf der anderen Seite, wollte Marjorie. Er wusste, dass der einzige Weg sie zu bekommen, der war, ihr alles zu geben, was sie wollte. Er selbst war kein besonders attraktiver Mann. Er war außer Form und breiter, als es gesund war. Sein Gesicht war stets rot und sein Haar war kurz genug fürs Bootcamp. Überall, wo er war, rauchte er ekelerregende Zigarren, nur in meinen Geschäftslokalen oder in meinem Auto tat er das nicht. Dafür sorgte ich.

Also kam Steve eines Tages zu mir. Er hielt eine Aktenmappe in der Hand und setzte sich mir gegenüber an meinen Schreibtisch; er zog die Blätter heraus und legte sie in einem Bogen auf.

Ich erinnere mich daran, dass ich ihn fragte: »Was ist das alles?«

»Das«, sagte er, während er an seiner Krawatte zog wie jemand, der nur selten eine trug, »ist der Beginn Ihres Imperiums.«

»Wovon sprechen Sie?«

»Ich habe einen ziemlich guten Zugang zu der Art von Immobilien, die Sie suchen. Ich habe hier nur mal ein paar ausgesucht, von denen ich glaube, dass sie Sie interessieren könnten.«

»Wirklich? Was haben Sie?«

In der nächsten halben Stunde unterbreitete er mir die Details von zehn neuen Gebäuden, von denen die meisten leer standen. Er hatte ganze Arbeit geleistet: Er wusste, was der Quadratmeterpreis war, sobald ein Gebäude einmal gebaut war. Er wusste über die Zusammensetzung der Nachbarschaft Bescheid und wie viele Leute jeden Tag an der Ampel stehen bleiben würden. Er hatte seine Hausaufgaben gemacht.

»Was wollen Sie dafür haben?«, fragte ich.

Er antwortete nicht sofort, sondern schob alle Blätter wieder in die Mappe zurück und legte sie auf meinen Schreibtisch, wie ein Kartendeck, das er sogleich austeilen würde. »Ich gebe sie Ihnen«, sagte er.

Es platzte mir ein Lachen heraus. »Niemand verschenkt so etwas einfach. Was wollen Sie?«

»Ich möchte teilhaben. Ich möchte fünfundzwanzig Prozent von jedem

Geschäft, das Sie ab jetzt aufbauen.«

Ich pfiff. »Sind Sie verrückt? Ich kann mir selbst meine Immobilien finden, ohne Sie mit einem Viertel an meinem künftigen Reichtum zu beteiligen. Warum sollte ich Sie mit an Bord nehmen?«

»Weil ich genau das liebend gerne erledige, was Sie verabscheuen. Sie wollen nicht Tage damit verbringen, nach dem richtigen Grundstück zu suchen, nur um dann herauszufinden, dass es zuvor noch Besitzrechte gibt, die es zu klären gilt. Diese Dinge machen Sie verrückt – ich kenne Sie. Sie möchten ein nettes, sauberes Stückchen Grundbesitz vorgesetzt bekommen, das nur darauf wartet, von Ihnen mit einem Kuss begrüßt zu werden und nur mehr schön hergerichtet werden will. Liege ich da falsch?«

Ich dachte kurz darüber nach, was er gesagt hatte. »Nein, nicht ganz. Was schlagen Sie vor?«

Er lachte, was aber gar nicht nett klang. »So wie ich es gesagt habe: für fünfundzwanzig Prozent Beteiligung an den neuen Geschäften bekommen Sie mich und gebe ich Ihnen diese Objekte, frei und unbelastet, und ich werde von nun an dafür sorgen, dass alle Ihre Probleme verschwinden.«

Ich legte meinen Kopf schief. »So leicht geht das nicht. Sonst würde das ja jeder tun. Ich möchte nicht in etwas hineingezogen werden, das nicht von Grund auf ehrlich ist.«

»Das werden Sie nicht.«

Es fiel mir auf, dass er nicht sagte, dass es nichts Unehrenhaftes geben würde, bei dem, was er tat. Er hatte nur ausdrücklich gesagt, dass er mich in nichts hineinziehen würde. Ich wusste, was er meinte. Die Frage war, ob ich ihn brauchen würde. Wir waren immer noch in Chicago – auf dem Pflaster der Gangbosse und Gewerkschaftsführer. Das Bürgermeisteramt wusste immer über alles Bescheid, was vorfiel und verdiente normalerweise auch mit. Ich wusste, dass sie mich dort mehr als einmal über den Tisch gezogen hatten, wenn ich eine Zulassung oder eine Bescheinigung gebraucht hatte. Ich nahm an, dass Steve einer der Kerle war, die mit diesen Typen Karten spielten. Er war hartnäckig und gerissen und er drängte in meine idealistische Welt. Was ich mich fragen musste, war, ob es besser für mich war, wenn Steve auf meiner Seite war oder der anderen. Die Antwort darauf wusste ich. »Lassen Sie mich darüber nachdenken, okay? Ein paar Tage.«

Steve stand auf, schob sich die Unterlagen unter den Arm und zog eine Zigarre heraus. »Ich gebe Ihnen achtundvierzig Stunden. Ich denke, ich muss nicht ins Detail gehen. Aber wenn doch, dann sagen Sie Bescheid. Ich kann Ihnen ein paar Beispiele nennen.«

»Nein, nicht notwendig. Geben Sie mir nur ein bisschen Zeit, um über das Ganze nachzudenken. Oh, und lassen Sie doch diese Dokumente hier. Ich würde mir das gerne näher anschauen.«

Er schüttelte seinen Kopf. »Oh, nein. Das hätten Sie wohl gern. Glauben Sie, ich würde Ihnen die Ergebnisse meiner harten Arbeit ohne jegliche Garantie überlassen? Verrückt bin ich nicht.«

»Nein, das wäre so ziemlich das Letzte, was ich über Sie sagen würde. Ich werde Sie kontaktieren.«

So waren Steve und ich Partner geworden und im Großen und Ganzen hatte er noch nichts getan, was ich bereut hätte. Ich musste eingestehen, dass dieser Zufall zwischen diesem Feuer und dem Gebäude, das ich gerne gehabt hätte, ein auffallend großer war. Aber ich hatte auch schon von noch größeren Zufällen gehört.

Steve hatte sich in der Zwischenzeit bewährt. Immer, wenn ich ein Objekt erwerben wollte, brachte er den Deal zustande. Ich hörte nie wieder ein Wort in Bezug auf Zulassungen, die nicht ausgestellt wurden oder Gewerkschaftsarbeit, die nicht verfügbar war. Es gab nie Verzögerungen beim Bau; alles ging immer reibungslos über die Bühne. Ehrlich gesagt, hatte ich zweifellos nur deshalb die Konkurrenz überflügeln können. Vielleicht lag ich falsch. Vielleicht war ich Steves Effizienz schon so gewohnt geworden, dass ich ihn unterschätzte. Der Gedanke, dass das der Wahrheit entsprechen konnte, gefiel mir nicht. Ich zog es vor, vollkommen rechtschaffen zu arbeiten. Aber Chicago war dafür ohnehin nicht die richtige Stadt.

Nein. Ich wusste, dass Steve gehen musste. Ich nahm mein Mobiltelefon zur Hand und rief meinen Anwalt an. Er kannte Steve und unsere Abmachung. Ich lud ihn auf ein paar Getränke ein und schlug vor, dass wir uns zusammensetzten und diskutierten, was der beste Ausweg aus dieser Situation war.

Ich hatte gerade mein Telefon wieder hingelegt, als es wieder surrte. Ich nahm es zur Hand und schaute dabei auf das Display, um zu wissen, wer dran war. Es war wieder Corey. »Hey, Bruder, wie geht es dir?«

»Ich bin so ziemlich am Ende, um ehrlich zu sein. Es ist wahrscheinlich ein Glück, dass ich keine Waffe im Haus habe.«

»Gott, Corey. Beruhige dich verdammt noch mal! So etwas darfst du nicht einmal sagen. Du erschreckst mich damit zu Tode. Könnt ihr beide nicht auf einen grünen Zweig kommen?«

»Eben. Ich denke, dass wir seit unserer Hochzeitsnacht schon auf keinen grünen Zweig mehr gekommen sind und auch da hat mir das gewisse Etwas gefehlt, wenn du weißt, was ich meine.«

»Corey, warum bist du bloß so ein Arsch? Wenn du deine Frau nicht magst, dann musst du diese Ehe beenden. Diese Streitereien und diese Spannungen sind für das Kind nicht gut, das weißt du. Du erinnerst dich doch, wie das mit Mum und Dad war. Es hat uns kaputtgemacht.« Wir sagten beide nichts, als sich die Erinnerungen wieder vor unserem inneren Auge abspielten.

»Das ist etwas anderes, Chris. Ich schlage meine Frau nicht grün und blau. Nein, das ist komplett anders.«

»In welcher Hinsicht?«

»Ich kann es nicht genau sagen, aber du musst es mir einfach glauben. Sie ist vollkommen durchgedreht und sie ist dazu entschlossen, mein Leben zur Hölle zu machen.«

»Könntest du das ein bisschen genauer erklären?«

»Jeden Tag ist es etwas Neues. Sie mag dies nicht, sie mag jenes nicht, ich tue dies nicht, ich tue zu viel von jenem. Verstehst du?«

»Schau: Warum geht ihr nicht zu einem Therapeuten? Auf meine Rechnung. Nehmt ein paar Sitzungen gemeinsam und schaut, was er sagt.«

»Das wird auch nichts helfen. Und ich brauche dein Geld nicht. Sie weiß genau, wie sie sich am besten präsentieren kann, wenn sie unter Leuten ist. Sie würde dort sitzen und vortäuschen, dass alles eitel Sonnenschein ist. Sobald wir dann wieder draußen sind, dann würde sie mir für jedes Wort, das ich ihrer Meinung nach falsch gesagt habe, die Hölle heiß machen. Danke, aber – nein, danke. Behalte dir deinen Therapeuten.«

»Oh Gott, jedes Mal, wenn ich mit dir rede, merke ich, wie froh ich bin, dass ich nicht verheiratet bin.«

»Tatsächlich. Das ist eines der wenigen Bereiche, in dem du schlauer warst als ich.«

»Ja? Gibt es sonst noch etwas, was du brauchst?« Ich wollte zu meinen Abrechnungen zurückkehren und war nicht so sehr erpicht darauf, mehr über Coreys Probleme zu hören. Sie fingen an, mir auf die Nerven zu gehen. Es war mir schnurzegal, ob sich Corey und Daphne scheiden ließen; es machte mir aber sehr wohl etwas aus, was mit Marga passieren würde.

»Nein, ich denke nicht. Ich merke nur, dass ich manchmal Dampf ablassen muss, weißt du? Ich meine, normale Kerle gehen hinunter in eine Bar und besaufen sich. Wenn ich das tue, dann bezahle ich dafür, wenn ich nach Hause komme.«

Ich schüttelte meinen Kopf und zog in die Leere vor mir eine Grimasse. Ich wusste, dass ich ihn beschützen musste, obwohl ich ihm am liebsten einen Tritt in den Allerwertesten verpasst hätte. Das konnte ich aber nicht so sagen. »Okay, ich habe es kapiert. Nimm es nicht so schwer und führ deine Frau zum Abendessen aus, okay?«

»Ja, was auch immer«, fasste er zusammen und sein Telefon verstummte. Ich schaltete mein Telefon ganz aus und ging zurück an die Arbeit. Spreadsheets hatten so ihre Vorteile. Am Ende musste nur das Ergebnis stimmen, denn Zahlen logen nicht.

Kapitel 5

Lillie

Einige Wochen später

Ich stand in der Einfahrt. Tränen strömten mir über das Gesicht. Ich winkte heftig, während ich den Rücklichtern des neuen Autos meiner Eltern nachschaute, als mein Dad am Ende der Straße bremste. Ein Licht blinkte, sie bogen nach rechts ab und dann waren sie verschwunden. Überall um mich herum waren die Straßen mit Weihnachtsdekoration und Lampen geschmückt, was mich nur noch sentimentaler werden ließ. Es würde das erste Weihnachtsfest ohne unsere Bäckerei werden. Und ohne meine Eltern.

Es war unglaublich, wie mein Leben sich verändert hatte.

Das »Zu verkaufen« Schild im Garten würde nur mehr ein paar Tage dort sein. Das kleinere Zusatzschild, »Reserviert«, war fünf Tage zuvor darunter angebracht worden. Ich war mit der Aufgabe zurückgeblieben, einzupacken, die Dinge mitzunehmen, die ich haben wollte, und den Rest mit einer Umzugsfirma nach Florida schicken zu lassen, wo meine Eltern gerade ein Apartment gekauft hatten.

So viele Abschiede. Ich hatte das dringende Bedürfnis, einen Neuanfang machen zu können. Ich brauchte ein Gegengewicht zur Einsamkeit, die mich nach drinnen zog und mich dazu brachte, mich ein letztes Mal umzusehen, bevor ich damit beginnen würde, mein Leben in Pappkartons zu verstauen.

Ich legte eine kleine Pause ein, um in den Zeitungsannoncen

die Jobangebote zu studieren. In Hinblick auf die Unzahl von Möglichkeiten, die sich auftaten, fühlte ich eine gewisse Aufregung in mir aufsteigen. Ich hatte gedacht, dass mein Leben schon vorgezeichnet gewesen war, aber damit hatte ich Unrecht gehabt. Mein Wirtschaftsabschluss eröffnete mir so viele Wege, die ich beschreiten konnte; zu viele, als dass ich mich in so kurzer Zeit schon hätte entscheiden können. Eine der Optionen hob sich von den anderen hervor – sie war von einer Zeitarbeitsfirma, die auf der Basis von Gewinnbeteiligung arbeitete. Das war genau das, was ich brauchte. Ich konnte sofort anfangen, so viele oder so wenige Aufträge annehmen, wie ich wollte, bis ich eine dauerhafte Anstellung gefunden hatte. Ich brauchte ein Einkommen. Meine Eltern hatten mir eine kleine Summe auf dem Konto hinterlassen, mit der ich durchkommen würde, bis ein regelmäßiger Gehaltsscheck hereinkommen würde, aber ich fühlte mich schuldig. Ich sollte *ihnen* zu diesem Zeitpunkt helfen, nicht andersherum.

Ich nahm spontan eine Dusche, zog ein Kleid und eine Jacke an und steckte mein Haar auf der Rückseite meines Kopfes zu einem handlichen Haarknoten zusammen. Mehr konnte ich bei meiner derzeitigen Garderobe nicht tun.

Die Travers Arbeitsvermittlungsstelle lag an einer unscheinbaren Ecke, so wie viele andere in der Stadt. Ich stieß die Tür auf und sagte der jungen Frau in den Zwanzigern, mit mausbraunem Haar und einer enorm arroganten Haltung, dass ich daran interessiert war, mich auf die Liste ihrer Dienstleistungsangebote zu setzen. Sie reichte mir ein Clipboard mit mehreren Seiten an Formularen und zeigte ohne ein weiteres Wort auf einen Platz im Wartebereich. Für das Ausfüllen der Unterlagen brauchte ich mehr als eine halbe Stunde, weshalb ich mir, als ich sie zusammen mit meinem Lebenslauf zurückgab, irgendeine Art von Rückmeldung erhoffte. »Man wird Sie anrufen, wenn ein Interview gewünscht wird«, murmelte sie in ihrer gelangweilten Stimme und wandte sich wieder ihrem Liebesroman zu. Ich war nicht gerade ermutigt und ging mit einem schlechten Gefühl hinaus. Ich fragte mich, ob ich mich nicht zu sicher gewähnt hatte, als ich gedacht hattee, dass ich ohne größere Probleme einen Job finden würde.

Ich kaufte mir auf dem Weg zurück zum Haus eine kleine Pizza und machte zu Hause Musik an, als ich begann, die Schachteln aufzustellen und Zeitungen in handliche Stücke zu zerreißen. Die Musik war so laut, dass ich das Klingeln meines Handys fast nicht gehört hätte.

Die Stimme war mir ebenso unbekannt wie die Nummer, also antwortete ich in meiner höflichsten Stimme. »Hallo? Lillie Flemming am Apparat.«

»Chris Tollier hier. Ich habe Ihre Nummer von der Agentur.«

Ich hörte Autorität und Ungeduld in seiner Stimme, aber ich brauchte einen Job, also strengte ich mich an, die Sache positiv zu sehen. »Ja. Was kann ich für Sie tun? Brauchen Sie jemanden mit meinen Qualifikationen?«

Ich hörte ein kurzes Glucksen. »Ich nehme an, das könnte man so sagen, aber nicht in dem Sinn, wie Sie vielleicht denken. Schauen Sie. Ich bin gewissermaßen in einer Notlage, ich brauche nämlich eine Elfe.«

»Wie bitte?«

»Ich weiß, wie das klingt. Hören Sie, ich muss los. Können wir uns beim Community Center an der Ecke zur Dearborn und Montcalm Street treffen? Ich bin der Kerl im roten Anzug. Sie können mich nicht übersehen. Am besten so schnell wie möglich.«

Es wurde still in der Leitung und ich stand da, mit dem Telefon in der Hand und fragte mich, was gerade passiert war. Ich hatte nicht die Zeit, wirklich darüber nachzudenken, also zog ich mir schnell wieder mein Kleid und meine Jacke an und hastete zur Tür hinaus.

Ich fand das Community Center und musste an der Schlange von Kindern vor der Tür vorbeigehen. Drinnen sah ich den Weihnachtsmann mit einem Kind auf seinem Schoß auf einem hölzernen Stuhl, der mit goldenen Sternen und Zweigen geschmückt war. Darunter war künstlicher Schnee gestreut. Santa war groß und seine magnetisch wirkenden braunen Augen musterten mich, als ich näher kam. *Was für umwerfende Augen!*

Santa stellte das Kind wieder auf seine Beine und beugte sich hinunter, um zum nächsten wartenden Kind ein paar Worte zu sagen. Dann stand er auf und kam auf mich zu.

»Sind Sie Lillie?«

Ich nickte. »Ja, das bin ich«, sagte ich gewieft und hielt ihm meine Bewerbungsmappe hin.

»Nein, nein, das brauche ich nicht.« Damit schob er die Blätter weg. »Sie sehen genau richtig aus und außerdem ist das nur eine vorübergehende Anstellung. In dem Zimmer hinter mir finden Sie eine Tasche. Darin ist ein Kostüm und auf der Hinterseite des Gebäudes befindet sich die Frauentoilette. Beeilen Sie sich: Ziehen Sie sich um und kommen Sie wieder zu mir. Alles, was Sie tun müssen, ist, zuzusehen, dass die Kinder in einer Reihe sind, sodass wir mit ihnen auf eine geordnete, zügige Weise durchkommen. Es gibt immer welche, die weinen; denen schenken Sie etwas mehr Aufmerksamkeit. Verstanden? Bis gleich!« Er beendete das Gespräch, ohne auf eine Antwort zu warten, und ging zurück zu seinem Stuhl.

Ich nickte in seinen Rücken hinein, während er sich entfernte, und machte mich auf die Suche nach dem Kostüm. Ich konnte nicht glauben, was ich da tat. Da war ich also: Eine Uni-Absolventin mit einem Business-Abschluss, die eine ellenlange Geschäftserfahrung vorzuweisen hatte, und mein erster Job war es, eine Elfe darzustellen.

Das wirklich Seltsame daran war, dass ich mich darauf freute! Ich weiß nicht warum, aber da war etwas an diesem Santa, das mich in Aufregung versetzte. Obwohl er in einer Verkleidung steckte, war etwas an diesem Mann, das mich wie ein Magnet anzog. *Was ist bloß los mit mir? Ich kenne ihn überhaupt nicht.* Für die weibliche Seite meines Gehirns schien das völlig unerheblich zu sein. Er verstrahlte Sanftheit und doch gleichzeitig auch eine entschlossene und gebündelte Energie. Als ich die Strumpfhose und die grüne Elfentoga mit dem Gürtel überstreifte, fühlte ich mich von ihm seltsam erregt. Bald würde ich mehr herausfinden.

Ich warf meine eigenen Kleider auf einen Haufen und versteckte sie in einem der Hausmeisterspinde. Ich sammelte meine Gedanken einen Moment lang, um mich in meine Rolle hineinzuversetzen. Dann öffnete ich die Tür zum Veranstaltungsraum einen Spalt breit und spähte hinaus. Ein paar Kinder sahen mich, deuteten auf mich und kicherten. Ich zeigte auch auf sie, kicherte noch lauter und öffnete dabei die Tür ganz, sodass ich hindurchgehen konnte. Ich tat so, als ob ich mich an Santa heranschleichen würde und als er sich umdrehte, um über seine Schulter zu schauen, lehnte ich mich auf seine andere Seite. Die Kinder fanden das zum Totlachen und der ganze Raum füllte sich mit Gelächter.

Santa spielte mit und stand auf. Er stemmte seine Hände in die Hüften wie ein Kommandant auf der Suche nach seiner Beute. Als er herumwirbelte, um mich zu entdecken, flüchtete ich mich in die Gruppe der Kinder hinein, kauerte mich zusammen und deutete ihnen, dass sie sich vor mich stellen sollten. Sie drängten sich zusammen, mit ihren Rücken zu mir und ihren großen Augen auf Santa gerichtet, der durch die Menge watete, um mich zu schnappen. Je näher er mir kam, desto mehr wurde mir bewusst, wie groß er war. Als nur mehr zwei Kinder zwischen uns waren, beugte er sich über sie, packte mein Kostüm knapp über meinem Hinterteil, zog mich geradewegs in die Höhe und hob mich über die Köpfe der Kinder hinweg. Ich wurde über die Kinder geflogen und landete direkt neben Santas Stuhl. Es war natürlich alles nur Spaß, aber Santa wackelte mit seinem Finger vor meinem Gesicht und warnte mich: »Das machst du nicht noch einmal oder du bekommst keine Geschenke!« Die Kinder platzten vor Lachen. Ich tat so, als wäre ich zerknirscht und deutete den Kindern, dass sie sich wieder in einer Reihe aufstellen sollten.

So wie er gesagt hatte, waren einige der Kinder sehr klein und ein bisschen verängstigt. Für sie nahm ich mir extra Zeit, kitzelte ihre Bäuche und sagte ihnen, dass Santa auch kitzelig war. Das schien zu helfen. Ihre Tränen trockneten und als sie auf Santas Schoß kletterten, versuchten sie, ihn zu kitzeln.

Die Warteschlange der Kinder löste sich schließlich auf und Santa signalisierte mir, dass ich die Tür schließen könnte. Er brachte die letzten Kinder nach draußen und winkte ihnen, bevor er zurückkam und sich vor mich stellte.

»Also so schlecht war das gar nicht, oder?«

»Nein, es war ein Riesenspaß. Danke, dass ich daran teilhaben durfte.«

»Und ich danke Ihnen, dass Sie so schnell hergekommen sind und mir aus der Klemme geholfen haben. Ich mache das jedes Jahr freiwillig und meine Elfe ist in letzter Sekunde abgesprungen. Ich nehme an, dass ich es auch alleine geschafft hätte, aber es wäre nicht dasselbe gewesen.« Er streckte seine Hand aus. »Ich bin Chris.«

»Ja, sicher«, kicherte ich. »Nett, Sie kennenzulernen, Mr.Tollier.«

»Nein, wirklich, ich bin Christopher Tollier. Und es tut mir leid, aber bei der ganzen Hetzerei habe ich Ihren Namen vergessen.«

»Ich bin Lillie. Lillie Flemming.« Er stutzte kurz, so, als ob er von etwas überrascht wäre, fing sich aber schnell wieder.

»Ziehen wir diese kratzenden Kostüme aus und lassen Sie mich Sie auf einen späten Lunch einladen.«

»Oh, das ist nicht notwendig. Ich bin mir sicher, dass Sie bessere Dinge zu tun haben, als mit einer Elfe Essen zu gehen«, scherzte ich.

»Nein. Es gibt tatsächlich nichts, was ich im Moment lieber täte. Kommen Sie: Ziehen Sie sich um und treffen wir uns in ein paar Minuten an der Vordertür.«

Ich zuckte mit den Schultern. Ich musste zugeben, dass da etwas Anziehendes war, das ihn umgab. Ich war von ihm irgendwie fasziniert und ich hatte momentan eh nichts Besseres zu tun. Ich zeigte mit dem Daumen nach oben und ging wieder nach hinten, um mich umzuziehen.

Er wartete schon auf mich, als ich das Gebäude verließ. Er kam hinter mir her und schloss die Tür ab. Dann drehte er sich zu mir um: »Ich nehme an, Sie sind mit dem Auto da?«

Ich nickte.

»Wissen Sie, wo Danny´s Pub ist?«

Ich nickte wieder.

»Großartig. Dann fahren wir getrennt. Das hier ist nicht die beste Gegend, um ein Auto länger stehen zu lassen. Also folgen Sie mir und dann können wir den Abend genießen.« Ich nickte und ging zu meinem Auto. Mir blieb fast die Luft weg, als ich den eleganten, schwarzen Jaguar sah, in den er hineinkletterte. Er drehte sich um und zeigte mir in seinem Rückspiegel das Daumen-hoch Zeichen, bevor er aus der Parklücke hinausfuhr. Ich fühlte mich wie eine alte Oma, die nur am Wochenende mit ihrem Auto in die Kirche fuhr. Meine Hände zitterten sogar am Lenkrad. *Wo gerate ich da bloß hinein?*

Ich war schon oft an Danny's Pub vorbeigefahren, hatte aber noch nie dort gegessen. Wenn deine Familie eine Bäckerei besitzt, dann verliert das auswärts Essengehen an Reiz. Ich schaute in den Rückspiegel, um zu sehen, ob mein Make-up noch in Ordnung war, und fuhr mir gerade mit den Fingern durch die leichten Locken meines Haares, als er die Tür des Autos aufzog.

»Ich bin so froh, dass Sie gekommen sind«, sagte er und hielt mir die Hand hin, um mir aus dem Auto zu helfen. Ich musste leise lachen.

»Was ist denn so lustig?« Er war nicht sarkastisch; seine Augen waren weit offen und er wollte es wirklich wissen.

»Ich habe nur an die Ironie dieser Situation gedacht. Sie sind doch bestimmt gute 1,90 m groß und das schnittige Auto, das Sie da haben, muss wohl etwas eng für Sie sein. Ich hingegen würde sogar in den Kofferraum passen und dennoch fahre ich diesen riesigen Straßenkreuzer.«

»Denken Sie, dass wir besser die Autos tauschen sollten?«

»Ja, genau. Da gibt es nur ein kleines Problem. Im Moment bin ich fast obdachlos und ich glaube, dass Ihr Auto ungefähr den Wert eines Hauses hat.«

Er drehte sich zu mir, als ob er darüber nachdenken würde, lächelte aber, als er sich wieder zurückdrehte. »Okay, Sie haben mich ertappt. Ich gebe zu, dass es nur ein Trick ist, um Frauen zu beeindrucken.«

Nun lachte ich auch. »Zumindest sind Sie ehrlich, was das anbelangt.«

»Nur, weil ich derzeit keine gute Erklärung parat habe, wie ich aus dieser Misere herauskomme« brachte er mich schon wieder zum Lachen.

Das Personal in Danny´s Pub schien ihn zu kennen, denn wir wurden sofort zu einem Tisch in der hinteren Ecke des Raumes geführt, und eine Kellnerin brachte ein Tablett mit zwei Gläsern Wein, ohne danach gefragt worden zu sein.

Ich musterte ihn versteckt, als sie die Speisekarte vor uns auflegte. Das war das erste Mal, dass ich den Mann hinter dem Weihnachtsmann-Kostüm aus der Nähe sah. Mein Herz klopfte stärker, was darauf schließen ließ, was ich von ihm hielt. Er war unglaublich attraktiv; der Typ von Mann, den sich ein Mädchen vorstellt, wenn es einen Liebesroman liest. Sein Haar war leicht gewellt und kastanienbraun. Seine braunen Augen kamen nun voll zur Geltung und ich bemerkte, dass sein Weihnachtsmannbauch zwar ausgepolstert gewesen war, seine breiten Schultern hingegen nicht. Er war leicht gebräunt, was darauf hindeutete, dass er nicht seine ganze Zeit in Chicago verbrachte. Er lächelte die Kellnerin an und begrüßte sie mit ihrem Namen, was mir einen schnellen Blick auf seine perfekten weißen Zähne erlaubte. Ich verfiel an diesem Punkt in eine Art von Schockstarre, auch wenn ich mich daran zu erinnern glaube, wie er für uns beide bestellte.

»Ich hoffe, es gefällt Ihnen hier. Sie haben hier die besten Rib-Eye Steaks in der ganzen Stadt. Ansonsten sagen Sie es.«

Ich lächelte und schüttelte den Kopf. Ich wollte nicht sprechen, bis mein Speichel mich nicht mehr zu ersticken drohte. Meine Knie waren schon fünf Minuten zuvor weich geworden. Ich lag ihm auf jeden Fall zu Füßen. Aber er war dermaßen außerhalb meiner Reichweite. Natürlich hatte es schon viele Jungs gegeben, die mir Avancen gemacht hatten, und ein paar, mit denen ich in meiner Zeit an der Uni ausgegangen war. Aber ich war ein kleiner Rotschopf und mit Sicherheit gehörte zu jemandem wie ihm, eine gut gebaute, langbeinige Blondine in einem engen, kurzen, schwarzen Kleidchen mit hohen Absätzen.

»Also, was sagen Sie?«

Ich war schon drauf und dran ihm zu sagen, dass er wie ein griechischer Gott aussah. Ich konnte mich aber gerade noch rechtzeitig zurückhalten, da ich erkannte, dass er wahrscheinlich nicht danach gefragt hatte. »Wozu?« Ich ließ mir meine geheimen Gedanken nicht anmerken und wartete.

»Im Gemeindezentrum – hatten Sie dort Spaß?«

»Ernsthaft? Sie haben keine Ahnung, wie gut sich das angefühlt hat. Es war genau das, was ich gebraucht habe.«

»Es tut mir leid.«

»Es tut Ihnen leid?«

»Nun, also, nehmen Sie es mir nicht übel, wenn ich etwas direkt bin, aber ich komme nicht umhin zu bemerken, dass Sie in keine Zeitarbeitsfirma gehören. Und aufgrund von ein paar Dingen, die Sie gesagt haben, nehme ich an, dass Sie gerade eine Pechsträhne haben.«

Pechsträhne? Wieso wusste er das? War es so offensichtlich? »Ja, ich gebe zu, dass vor kurzer Zeit etwas passiert ist, was mein Leben vollkommen durcheinander gebracht hat. Wir müssen nicht weiter darüber sprechen, weil es da nichts gibt, was man machen könnte.«

»Aber brauchen Sie einen Job?«

Ich nickte. »Das stimmt. Ich habe vor kurzem die Uni fertig gemacht und hätte in unserem Familienbetrieb arbeiten sollen. Aber diese Idee ist im wahrsten Sinn des Wortes in Flammen aufgegangen.«

Die Kellnerin brachte noch mehr Wein und einen Korb mit Brot, was mir etwas Zeit gab, meine Gedanken zu ordnen. Ich war eigentlich immer eine sehr positive junge Frau gewesen, die dachte, dass negative Gedanken nur noch mehr Negativität anzogen.

»Was wollten Sie gerade sagen?«, sprach er weiter, nachdem die Kellnerin wieder weggegangen war. »Verstehe ich das richtig, dass Ihr Familienbetrieb nicht länger wirklich infrage kommt?«

»Ich ... also … meine Familie besaß eine kleine Bäckerei hier in der Nähe. Meine Eltern hatten vor, bald in Pension zu gehen, und wir dachten alle, dass ich die Bäckerei von ihnen übernehmen würde. Ich hatte meinen Abschluss in Wirtschaft gemacht und begonnen wieder dort zu arbeiten, so wie ich es die meiste Zeit meines Lebens gemacht hatte. Vor nicht allzu langer Zeit fing das Gebäude in der Nacht Feuer und brannte bis auf die Grundmauern nieder.« *War das nur meine Einbildung oder zuckte sein Mund kurz, als ich ihm das erzählte? Dachte er, dass das lustig war? Sicherlich nicht.*

»Scheiße! Es tut mir leid, das zu hören.«

Ich hob die Schultern. »Dinge passieren manchmal. Es liegt nur an mir, zu entscheiden, ob ich herumsitzen und jammern werde oder ob ich weitermache und offen bin für das, was das Schicksal für mich bereithält.«

»Das ist eine ziemlich optimistische Art und Weise, die Dinge zu betrachten.«

»So bin ich – Optimismus in Person. Jedenfalls hatten meine Eltern leider die Versicherung aufgekündigt und jetzt sind sie nach Florida gezogen, um dort ihren Ruhestand zu genießen. Ich kratze die letzten Reste des Hauses zusammen und schaue mich nach einem Job um. Das hat mich zu der Zeitarbeitsfirma gebracht.«

»Ich verstehe.« Es lag etwas Ungewöhnliches in der Art und Weise, wie er das sagte. Der Blick in seinen Augen war tief geworden; nach innen gehend, könnte man am besten sagen. Es war fast so, als ob er etwas über mich wüsste, ohne dass ich es ihm gesagt hätte. Ich schüttelte dieses seltsame Gefühl ab und wechselte das Thema.

»Wie ist es mit Ihnen? Sie sehen nicht so aus wie jemand, der immerzu in Gemeindezentren freiwillig den Weihnachtsmann spielt. Was machen Sie normalerweise?«

Er lächelte. »Das haben Sie bemerkt, nicht wahr? Okay, fair ist fair. Ich habe einen Bruder. Sein Name ist Corey. Als wir Kinder waren, hatten meine Eltern ziemlich viele Probleme und wir zwei haben die volle Wucht davon abbekommen. Ich möchte nicht, dass es wie ein rührseliges Theaterstück klingt, aber es gab Weihnachten, an denen unsere Eltern gestritten haben oder an denen mein Vater betrunken war und meine Mutter verprügelte. Ich brauche nicht extra zu erwähnen, dass es nicht besonders weihnachtlich im Haus war. Es gab eine Kirche an der Ecke am Ende der Straße. Reverend Clay war der Priester.« Chris schüttelte ungläubig den Kopf. »Der Typ stammte aus einer anderen Zeit. Er trug diesen riesigen, wollenen Überwurf, der überall flatterte, als ob er irgendwann einmal fünfzig Kilo schwerer gewesen wäre. An den Wochenenden leitete er eine Jugendgruppe im Erdgeschoss der Kirche. Es hielt uns von der Straße fern, wenn Sie wissen, was ich meine.«

»Für Corey und für mich war es ein Ort, an den wir konnten, wenn es zu Hause heiß herging. Dort gingen wir auch an unseren lausigen Weihnachten hin. Reverend Clay hatte nie geheiratet und kümmerte sich um seine Mutter. Sie lebte bei ihm, bis sie starb. Deshalb hatte er selbst auch keine Familie. Wenn Corey und ich vor seiner Tür auftauchten, fragte er uns nie, warum. Er ließ uns hinein und ich erinnere mich an den Geruch von Zimtschnecken, die in der Küche gebacken wurden. Sie waren ein Geheimrezept seiner Mutter, sagte er uns. Wir saßen in seiner Küche, tranken Milch und aßen Zimtrollen, bis wir platzten. Wenn er dachte, dass genug Zeit vergangen war, warf er sich diesen alten, flatternden Mantel über und ging mit uns nach Hause, wo er wenigstens einem Elternteil von uns ins Gewissen redete, bevor er uns bei ihnen zurückließ. Im Allgemeinen war mein Dad an diesem Punkt sturzbetrunken und war in seinem Stuhl ohnmächtig geworden, während Mutter sich in ihr Gewand gehüllt hatte und leise weinte, um ihn nicht zu wecken.

Corey und ich liefen nach drinnen und gingen zu Bett und am nächsten Tag war Weihnachten vorüber und die Dinge waren wieder normal. Also, um Ihre Frage zu beantworten: Ich melde mich freiwillig, weil mir auch jemand geholfen hat, mit denselben Dingen fertig zu werden, die so manche dieser Kinder in ihrem eigenen Zuhause vielleicht gerade erleben. Deshalb möchte ich auch niemals heiraten«, schloss er überraschenderweise. »Es ist nicht fair, Kindern so etwas anzutun.«

Ich war sprachlos. Ich konnte kaum atmen. Ich denke, dass ich mich irgendwo in der Mitte dieses Geständnisses in Christopher Tollier verliebt hatte. Ich konnte nicht anders; ich streckte meine Hand über den Tisch aus und tätschelte den Handrücken seiner Hand. Ich sagte gar nichts. Ich musste auch nicht.

Die Kellnerin kam genau zur rechten Zeit und ich sah mich konfrontiert mit einem vollen Teller. Es gab ein Steak, eine gebackene Kartoffel und ein Berg von frisch gedünstetem Gemüse. Es war einfach, elegant und köstlich. Aber es kam nicht an die überwältigende Befriedigung heran, die ich fühlte, weil ich Chris am Tisch gegenübersaß. Mein nächstes Gefühl war Angst; Angst, da ich wusste, dass ich ihn nie wieder sehen würde, sobald wir unsere Steaks aufgegessen haben würden. Ich fühlte mich so, als ob ich wieder alles verlieren würde. Aber dieses Mal sollte es anders kommen.

Kapitel 6
Christopher

Ich hörte mir selbst zu, wie mir die Worte aus dem Mund sprudelten; dabei konnte ich selbst kaum glauben, dass ich so offen war zu jemandem, den ich erst seit ein paar Stunden kannte. *Lillie.* Irgendwie passte der Name perfekt zu ihr. Fast so, als ob die Verkörperung dieses Namens mir am Tisch gegenüber saß. Eine atemberaubende Weiblichkeit umgab diese Frau. Ihr Haar hatte diesen ungewöhnlichen Schimmer von Umbra, nicht karottenrot und nicht braun, sondern irgendwo in der Mitte. Ich stellte mir vor, dass Frauen auf der ganzen Welt ihre Frisöre um diese Farbe anflehten. Ihr Haar reflektierte das Licht von der Leuchte an der Wand. Es machte ihr Gesicht geheimnisvoll und sie so begehrenswert, dass ich meine Serviette auf meinem Schoß liegen lassen musste.

In ihre Augen zu blicken, war wie in einen tropischen Urwald zu gucken. Sie einfach als grün zu bezeichnen wäre eine Untertreibung gewesen. Sie veränderten sich in jedem Moment. Während ich sprach, funkelten Lichtprismen zu mir zurück. Ich wurde fast poetisch, nur um zu sehen, wie ihre Augen sich meinen Worten anpassen würden. Bezaubernd war das einzige Wort, das mir dazu einfiel.

Als Geschäftsmann kreisten meine Gedanken sofort um zwei Dinge. Das Erste war, wie ich dieses Wesen in mein Leben bringen könnte. Und das Zweite, wie ich sie, wenn sie einmal herausgefunden hatte, wer ich war, dazu bringen konnte, dass sie blieb. Ich wusste, dass ich es mir hatte anmerken lassen, als ich zwei und zwei zusammen zählte: ihren Namen und das Feuer in der Bäckerei. Ich wusste zweifellos, dass es keine Möglichkeit gab, es vor ihr zu verbergen. Sie würde es herausfinden, außer ich würde das Grundstück ihrer Eltern nicht erwerben. Aber es war schon zu spät, den Bluthund zurückzupfeifen, der auf den Namen Steve hörte.

Er verfolgte diese Fährte, sodass er – auch wenn ich den Besitz nicht kaufen würde – den Grund erwerben würde. Ich hatte mir selbst eine Falle gestellt, aus der es kein Entkommen gab.

Je mehr wir sprachen, desto mehr öffnete ich mich. Die Teller waren längst schon abgeräumt. Die Kellnerin brachte weiterhin Wein und die Spannung zwischen uns war zu etwas Besonderem geworden – etwas, das nicht im Restaurant vergeudet werden sollte. Jetzt verstand ich, was es hieß, die Zeit anhalten zu wollen.

Sie hatte die perfekte Mischung aus Witz und Gerissenheit. Es fühlte sich nicht so an, als ob sie mit mir spielen würde, aber das Glitzern in ihren Augen verriet sie. Sie brachte mich dazu, ihr Sachen anzuvertrauen, die ich niemandem sonst erzählt hätte, vielleicht nicht einmal Corey. Dann sprachen wir jene Dinge an, an die man sich nicht gerne erinnerte, und ihre Augen wurden so dunkelgrün wie Flaschenglas, das hundert Jahre lang vom Wasser des Ozeans geschaukelt worden war.

Sie erzählte mir viel Persönliches von sich. Als es um ihren Familienbetrieb ging, schweifte ich ab; nicht, weil ich nicht interessiert war, sondern weil ich es nicht wissen wollte. Noch nicht. Ich musste den richtigen Moment abwarten, an dem ich es ihr erzählen konnte. Ich wollte es ihr direkt erzählen, ohne beschönigende Worte, die es für sie leichter machen würden es zu hören. Die Tatsache, dass Steve involviert war, war so, als ob man aus einem Vertrag aussteigen wollte, den der Allmächtige höchstpersönlich angeordnet hatte. Er besaß ein Netzwerk von hunderten, wenn nicht von noch mehr Leuten aus jeder Gesellschaftsschicht. Er konnte über sie verfügen. Sie schuldeten ihm Gefälligkeiten und er sammelte sie wie ein Hexenmeister, der sorgsam seine Zutaten für ein giftiges Gebräu zusammenstellte.

Ich schaute Lillie an und stellte mir vor, wie es wäre, wenn ich für sie verantwortlich wäre und wie ich sie vor allem beschützen konnte, was sie traurig machen und den Glanz aus ihren Augen vertreiben konnte. Ich wollte, dass sie zu mir gehörte. Vielleicht hatte das Schicksal es so gewollt, dass sie genau die war, die ich brauchte, und zwar genau in diesem Moment. *Warum bin ich so egoistisch?* Sie hat Bedürfnisse, sie hat Probleme, aber ob es ihr bewusst ist oder nicht, sie hat jetzt auch mich.

Es bestand kein Zweifel, dass ich sie nicht einfach so aus jener Tür hinausgehen lassen und sie nie wieder sehen konnte. Aber sie war intelligent. Ich konnte ihr nicht einfach einen Job in meiner Firma anbieten. Ich fürchtete, dass sie das als Wohltätigkeitsakt ansehen würde, oder vielleicht als romantischen Auftakt, und das wäre beleidigend. Nein, es musste einen besseren Weg geben. Und wie das Schicksal es wollte, begann dieser Weg genau hinter der Tür des Restaurants.

Ich half Lillie in den Mantel und atmete dabei den Duft ihres Shampoos ein, als sie ihre langen Locken unter dem Kragen herauszog. Es war auf der Stelle vertraut und doch einzigartig – als ob es extra für mich gemacht worden wäre. Wir gingen auf die Tür zu und als ich sie aufstieß und sie zuerst hinausgehen ließ, erwartete uns die Apokalypse. Ich erschrak, als ich bemerkte, wie spät es geworden war. Ich hatte die Zeit so sehr genossen, dass die Stunden nur so verflogen waren und in der Zwischenzeit hatte sich über dem See ein Sturm zusammengebraut. Chicago hatte die Schönheit des Lake Michigan vor der Haustüre, bekam aber auch seine wilde Naturgewalt zu spüren. In dieser Nacht war diese Gewalt in Form eines Schneesturms über dem Wasser aufgetaucht, etwas, wofür die Region bekannt war.

»Wo ist der denn hergekommen?«, fragte sie, als ob ich Gott wäre und ich dieses Wetter bestellt hätte. Dieses Gefühl gefiel mir irgendwie.

»Ich habe nichts in der Wettervorhersage gehört. Es tut mir

leid, dass ich Sie so lange aufgehalten habe«, log ich. Es tat mir kein bisschen leid. »Darf ich Sie zu Ihrem Auto begleiten?«

Ihre Schuhe waren ganz und gar nicht geeignet für den Schnee, der ihr weit über die Knöchel reichte. Die Schneepflüge fuhren schon und sie hatten die Schneemassen von der Straßenmitte weggeschoben und an den Randsteinen aufgehäuft.

Der Wind, den die Kaltfront mit sich gebracht hatte, hatte die Nacht fest im Griff und zerrte wie besessen am Saum ihres Mantels.

Ich machte mir Sorgen, dass sie eventuell von mir weggeweht werden würde. *Wie lächerlich.*

»Warum warten Sie nicht drinnen? Geben Sie mir Ihren Schlüssel; ich starte Ihren Wagen und dann wärme ich ihn für Sie auf.«

»Das müssen Sie nicht tun. Wahrscheinlich bin ich sogar wärmer angezogen, als Sie es sind.«

»Möglich, aber das ist Männersache, also brauchen Sie gar nicht zu diskutieren«, grinste ich. Sie nickte und händigte mir ihre Schlüssel aus. Dann drehte sie sich um und trottete wieder zurück nach drinnen.

Ich ging zuerst zu meinem Auto und holte meine Handschuhe und die Eiskratzer für die Windschutzscheibe aus dem Kofferraum. Dann stellte ich den Kragen rund um meine Ohren auf und lehnte mich gegen den starken Wind, während ich versuchte, ihren Schlüssel in das Türschloss zu stecken. Es musste geregnet haben, bevor es zu schneien begonnen hatte, denn das Schloss war komplett zugefroren. Ich klopfte mit dem hinteren Ende der Bürste auf das Schloss, aber es würde mehr als das brauchen. Der Eiskratzer brach an einer Ecke ab und ich schaute auf die Schlüssel in meiner Hand und fragte mich, ob das Auto über einen automatischen

Türöffner verfügte. Ich wusste, dass das nur ein Funken der Hoffnung war, da das Auto wahrscheinlich zwanzig Jahre alt war. Ich ging um das Auto herum auf die andere Seite und versuchte es noch einmal mit dem Schlüssel, mit dem Ergebnis, dass ich ihn verbog. Frustriert zog ich meinen eigenen Schlüsselbund heraus und startete den Motor meines eigenen Autos. Ich ging zurück in das Restaurant und fand Lillie, wie sie im Eingangsbereich saß und ihre Füße über ein Heizgitter hielt.

»Das fühlt sich so gut an«, sagte sie und grinste mich an. Wenn ich gekonnt hätte, dann hätte ich sie aufgehoben und an Ort und Stelle sofort geküsst.

»Ich habe schlechte Nachrichten«, sagte ich zu ihr, obwohl es für mich wunderbare Neuigkeiten waren.

»Wirklich?«

»Ich fürchte, Ihr Auto ist zurzeit nicht allzu fahrtüchtig. Es muss geregnet haben, bevor es zu schneien begonnen hat. Ihr Auto ist komplett eingefroren. Ich konnte nicht einmal hinein, um es zu starten, aber selbst wenn, würde ich nicht wollen, dass Sie in diesem Schneesturm Auto fahren.«

Sie blickte mich mit einem Ausdruck an, der teils voller Angst und teils voller Freude war. Ich wusste genau, was sie dachte, da ich dasselbe fühlte. Die Stunden, die wir gerade miteinander verbracht hatten, waren magisch gewesen und keiner von uns wollte, dass sie jetzt schon zu Ende waren.

»Wissen Sie was?«, sagte ich zu ihr. »Mein Auto wärmt gerade auf. Ich gehe hinaus und fahre es an die Eingangstür heran, sodass Sie nur in einer Minute hinauszukommen brauchen, okay?«

»Denken Sie, dass es in Ordnung ist, mein Auto hier zu lassen, bis ich jemanden finden kann, der herkommen und es enteisen kann?«

»Darüber müssen Sie sich keine Sorgen machen. Darum werde ich mich kümmern.«

Es blieb ihr der Mund offen, als ob das eine Möglichkeit gewesen wäre, an die sie nie im Leben gedacht hätte. Sie nickte und ich ging hinaus und zwängte mich in das Auto. Dann drehte ich um, sodass die Beifahrertür am Fuße der Stufen war. Ich drückte leicht auf die Hupe und stieg aus, gerade als die Tür aufging und sie herauskam. Ich bot ihr meine Hand an und sie nahm sie, obwohl wir beide wussten, dass dies nicht wirklich notwendig war. Ich half ihr ins Auto, ging dann rundherum auf die andere Seite und kletterte selbst hinein.

»Schnallen Sie sich an. Ich denke, Sie werden jetzt erleben, wie es sich anfühlt, in einem Auto zu fahren, das zu Ihnen passt«, neckte ich sie, wobei ich mich auf ihren Kommentar von vorhin über die unangemessenen Größen unserer Autos bezog.

»Sie haben das sicherlich absichtlich gemacht, nicht wahr?«

Ich kicherte und schaltete die Scheibenwischer ein. Wir fuhren los und mussten sofort erkennen, dass die Straßen in einem schrecklichen Zustand waren. Ich wusste, dass eine Eisschicht den Straßenbelag bedeckte, ich fühlte es, besonders als ich um die Kurven fuhr.

»Können Sie irgendwo hier an einer Reparaturwerkstätte halten?«, fragte sie.

»Wozu?«

»Nun, weil ich natürlich einen Abschleppwagen finden, zurückfahren und mein Auto holen lassen muss.«

»Ich kümmere mich darum, das habe ich Ihnen doch gesagt.«

»Wo fahren wir denn hin?« Ihre Stimme war zaghaft und ich fragte mich, ob sie Angst hatte.

»Zu mir nach Hause«, sagte ich leise und musterte sie von der Seite. Ihre Augen waren geweitet, aber sie sagte nichts. »Geht das in Ordnung?«, fragte ich hoffnungsvoll.

Sie nickte. Mehr war nicht notwendig.

Ich hatte ein Apartment in der Stadt für Gelegenheiten wie diese, wenn das Wetter zu schlecht war, um nach Hause zu fahren. Ich hatte auch ein Haus am Strand im Norden der Stadt. Ich hatte es eines Tages aus einem Impuls heraus gekauft, nachdem ich gerade die fünfundzwanzigste Filiale eröffnet hatte. Es war ein Geschenk an mich selbst, eine Bestätigung meines eigenen Egos. In dem Moment, in dem ich einzog, wusste ich, dass ich einen Fehler gemacht hatte. Es war viel zu groß für eine Person und ich fühlte mich darin nur noch einsamer. Deshalb behielt ich mein Apartment unten an der Magnificent Mile, mit Blick über den See. Es hatte nur vier Schlafzimmer, aber mehr als genug Platz für mich. Manchmal blieb Corey mit seiner Familie über Nacht, etwa nach einem Familienabend. Ja, gut, es war auch das eine oder andere Mal vorgekommen, dass ich eine Freundin mit nach Hause genommen hatte. Aber jene Nächte waren nichts im Vergleich zu der Jetzigen. Jetzt war das etwas anderes, etwas komplett anderes.

Der Sturm hatte die sonst so überfüllten Straßen leer gefegt. Es fühlte sich so an, als ob die gesamte Stadt nur für uns beide gebaut worden wäre. Die Ampeln schienen genau dann umzuschalten, wenn wir uns näherten, der Schnee schluckte die normalen Geräusche der Straße und die Leute hatten als Schutz vor dem eisigen Wind in ihren Wohnungen die Gardinen zugezogen. Wir bogen in die Parkgarage meines Blockes ein und machten uns auf den Weg zum Erdgeschoss, von wo uns ein Lift direkt zu meinem Stockwerk brachte. Ich brauchte nur meine Magnetkarte, um einzutreten, und als ich das tat, wurde mir selbst bewusst, dass die Aussicht auf die Skyline spektakulär war. Unter dem Schnee glänzten die Weihnachtslichter der jungfräulichen Landschaft wie

Schmuckstücke. Lillie war sichtlich beeindruckt und ging mit offenem Mund auf die Fensterreihe zu, die sich vom Boden bis zur Decke erstreckte, wie ein Kind, das gerade das Märchenland entdeckt hat.

»Das ist zauberhaft«, sagte sie und bestätigte meine geheimen Gedanken.

»Bitte, lassen Sie mich Ihren Mantel nehmen.«

Sie überreichte mir ihren Mantel und ich wünschte, ich wäre so aufmerksam gewesen und hätte ihn wie ein Gentleman von ihren Schultern gezogen. Trotz des Geldes, das ich gemacht hatte, und der Kontakte, die ich in meinem Leben aufgebaut hatte, war ich in meinem Herzen immer noch ein Junge aus einfachen Verhältnissen geblieben.

»Ich hole uns einen Brandy«, schlug ich vor, während ich zur Garderobe ging, um ihre Sachen zu verstauen. Als ich in den Raum zurückkam, stand sie mit dem Rücken zu mir und starrte aus dem Fenster hinaus. Ich stellte mich hinter sie, schlang meinen Arm um sie und präsentierte ihr das Kognakglas, das ich für sie gebracht hatte.

»Danke«, murmelte sie und setzte das Glas an ihre Lippen. Ich schaute auf die kupferfarbenen Locken ihres glänzenden Haars hinunter und konnte mich nicht länger beherrschen. Schnell stellte ich meinen eigenen Drink ab, nahm ihr Glas und stellte es neben meines, fasste sie an den Schultern und drehte sie, bis sie vor mir stand und mich anschaute. Ich musste mich tief hinunterbücken, um sie zu küssen, löste das aber anders, indem ich sie einfach hochhob. Ihre Augen weiteten sich vor Überraschung, brannten aber dann nach dem ersten Kuss mit demselben Verlangen, wie ich es verspürte.

Wir brauchten keine Worte mehr. Ich konnte spüren, dass sie dasselbe fühlte wie ich, sodass ich sie in meinen Armen festhielt, während wir die Strecke zu meinem Schlafzimmer zurücklegten. Meine Reinigungskraft hatte die Tür leicht angelehnt gelassen, sodass ich sie mit einem Fuß aufstieß und Lillie auf die schwarze Satinüberdecke bettete.

Sie lag da und schaute mich fragend an. »Alles ist gut«, flüsterte ich. »Ich passe gut auf dich auf.«

Das schienen die Zauberworte gewesen zu sein, die ihr Herz öffneten, denn sie streckte mir ihre Arme entgegen und ich zögerte nicht einmal einen Moment, mich neben sie zu legen und sie in meine Arme zu ziehen.

Zuerst hielt ich sie einfach nur, so eng und gleichzeitig so zärtlich, wie ich nur konnte. Ich schmiegte meinen gegen ihren zarten Körper. Ich fühlte, wie ein Körperteil von mir reagierte und ich wusste, dass sie das zweifelsohne auch spürte. Ich beugte meinen Kopf und küsste ihr Ohr, was sie erzittern ließ. Ich merkte, dass sie das genoss, da sie mir ihr Ohr noch einmal entgegen drückte. Innerhalb weniger Augenblicke küssten wir uns innig und mein Verlangen war nicht länger zu zügeln. Meine Finger flogen zu den kleinen Knöpfen am oberen Ende ihrer Bluse, aber sie war noch schneller als ich, und benutzte ihre Zehen, um sich den jeweils anderen Schuh abzustreifen, während sie ihre Finger in meine Gürtelschlaufen hakte.

Mit ungeschickten Fingern zog sie an meinem Gürtel und jedes Mal, wenn ihre Fingerspitzen meine Haut darunter berührten, dachte ich, ich würde bersten. Ich hörte ein leises Ächzen vor Enttäuschung, als sie meine Hose nicht weiter hinunter, als bis an meine Hüften, ziehen konnte. Ebenso frustriert war ich mit ihrer Bluse, sodass ich ihr diese letztendlich einfach über den Kopf streifte, während die Knöpfe dabei auf den Boden kullerten. Ich hob meine Hüften, schlüpfte aus meiner Hose, ließ sie ebenfalls zu Boden fallen und bemerkte, dass wir beide plötzlich nackt waren.

Ich lehnte mich auf meine Hüften zurück und sog den Anblick ihres Körpers ein. Sie war perfekt gebaut und hatte eine so schmale Taille, dass ich mich fragte, wie diese ihren Rücken tragen konnte. Ihre Brüste waren voll und ihre Nippel wirkten auf ihrer weißen, makellosen Haut so dunkel wie Maulbeeren. Ihre Hüften waren gerade so breit, dass ihre Proportionen ideal waren, und ihre Beine waren schmal und elegant geformt. *Wie kam es, dass sie bis jetzt noch nicht von einem Kerl aufgegabelt worden ist?* Es war mir egal, dafür verspürte ich umso mehr Dankbarkeit, dass sie für mich frei war. Ihre langen, kupfernen Locken erinnerten mich an Botticellis *Geburt der Venus.*

Sie saß rittlings auf meinen Hüften und während ich sie genau beobachtete, tat sie dasselbe mit mir. Während ich sie betrachtete, schien die Zeit still zu stehen. Dann bewegte sich ihre schlanke, weiße Hand langsam auf meinen Schritt zu. Ich schaute auf ihr Gesicht und sah, dass ihre Lippen leicht geöffnet waren, als sie sie mit der Spitze ihrer Zunge befeuchtete. Ihre grünen Augen waren jetzt dunkel und auf ein einziges Ziel gerichtet – nämlich meine Eier zu umfassen. Ich wollte in sie eindringen, aber etwas hielt mich zurück. Es war so, als ob wir in Trance wären – als ob die Zeit nicht mehr wichtig wäre, ebenso wenig wie die ganze Welt um uns herum. Wir schwebten dahin in einem schwarzen Raum und hatten nichts weiter zu tun als uns gegenseitig zu berühren und uns dem ebenso erregenden Gefühl berührt zu werden, hinzugeben.

Ihre Hände wanderten zum unteren Ende meines harten Schwanzes. Dann setzte sie sich langsam auf, beugte sich vor und stülpte ihren vollen Schmollmund über meine Eichel. Ich weiß, dass ich kurz losspritzte, denn ich hörte sie vor Vergnügen glucksen, als sie ihren Mund zurückzog, mit ihrem Finger mein Sperma aus ihrem Mund holte und sich die milchige Flüssigkeit langsam über die Brustwarzen strich. Jetzt gab es kein Halten mehr für mich.

Ich hörte das animalische Stöhnen, das aus meinem Hals

kam, als ich sie nach hinten in die schwarze Seide drückte. Ich spreizte ihre Beine und öffnete gleichzeitig mit meiner Hand ihre Schamlippen, wobei ich ihre Wärme und Feuchtigkeit, die meine Finger benetzte, spüren konnte. Voll verzweifeltem Verlangen stieß sie ein Stöhnen aus und hob mir die Hüften entgegen, womit sie mich einlud, in sie einzudringen. Ich wartete nicht auf eine zweite Einladung, sondern stieß in das perfekt geformte Herz ihrer Schamlippen nach innen, langsam und stetig, bis ich sie ganz ausfüllte.

Ich hörte, wie sie meinen Namen ausrief, während sie ihre Hüften seitwärts bewegte, um die volle Breite meines Schwerts genießen zu können, bevor ich in einen gleichmäßigen Rhythmus verfiel. Ich schob meine Hand unter ihr Hinterteil, bog ihre Knie und spreizte sie weit auf, als ich wieder und wieder in sie stieß. Auf jeden Stoß von mir antwortete sie mit einem von ihr.

Ihre Hände lagen auf ihrer Brust. Mit ihren Fingern streichelte sie selbst über ihre Nippel. Das entfachte mich nur noch mehr – diese wunderschöne, sinnliche Kreatur unter mir war dazu geboren mich zu empfangen. Daran gab es keinen Zweifel.

Wir konnten es kaum erwarten. Ich musste explodieren und sie wollte ihre Erlösung; sie warf ihre Arme grazil über ihren Kopf nach hinten und bog ihre Hüfte nach oben, als sie sich mir entgegenstreckte. Am liebsten hätte ich es stundenlang mit ihr getrieben, aber sie bedeutete zu schnell mein Verderben. Ihre Brüste direkt vor meinen Augen, ihre offenen, feuchten Lippen und das Erbeben ihres Körpers waren alles, was es brauchte, um mich zum Höhepunkt zu bringen. Sie schrie ebenfalls kurz auf, dabei erzitterte ihr Körper unter mir. Sie schloss ihre Augen, als ihr Kopf auf dem Polster von einer Seite auf die andere flog.

Als ich erschöpft war, legte ich mich neben sie auf eine Seite und hielt sie bis zum Ende ihres wunderbar langen Orgasmus fest. Als er schließlich abebbte, war ihre Stirn feucht und ein paar Locken ihrer Haare bedeckten ihre Ohren und die Seite ihres langen Halses. Sie atmete immer noch schwer und ich legte meine Hand auf ihre Pussy und verschloss damit ihre zitternde Haut, als ob ich so meinen Saft für immer in ihr zurückhalten konnte.

Lillie drehte sich auf die Seite und ihre perfekten, weißen Zähne bissen mir in die Brustwarzen – was wiederum mein Verlangen weckte. Sie war eine Hexe, die mich töten konnte – daran bestand kein Zweifel.

Es war irgendwann später, als sie mir schließlich ins Ohr flüsterte: »Mir ist kalt.« Ich zog sie wieder an mich heran, hob die Decke hoch und zog sie über uns, wobei ich mich wiederum an sie kuschelte. Schließlich entspannte sie sich und ich wusste, dass es jetzt in Ordnung war einzuschlafen. Sie befand sich in Sicherheit.

Kapitel 7

Lillie

Ich versuchte, aus einem tiefen Schlaf aufzuwachen, als ich bemerkte, dass neben mir noch jemand im Bett lag. Plötzlich fuhr ich aus dem Schlaf hoch, setzte mich auf und fand die braunen Augen von Chris auf mir ruhen. Seine Hände überbrückten den Raum zwischen uns, als er begann, meine Brustwarzen zu streicheln. »Mmmm … das fühlt sich so gut an«, murmelte ich. »Ich war mir nicht sicher, wo ich war, als ich aufwachte«, sagte ich. »Das ist alles … nun … neu für mich.«

»Du würdest dich schwertun, mir das zu beweisen. Nicht, dass du mich falsch verstehst, Liebes, aber ich habe noch nie jemanden getroffen, der so einfühlsam war wie du. Es ist so, als ob du aus einer anderen Zeit stammen würdest und eine Seelenverwandte wärst.«

»Eine Seelenverwandte? Das ist schmeichelhaft«, spaßte ich und zwickte ihn in seinen Nippel.

»Nein, wirklich, das ist etwas Gutes. Meinetwegen auch alte Seele. Das bedeutet, dass du für dein Alter schon sehr weise bist und dass du ein »Wissen« hast, das die Frauen deines Alters noch nicht besitzen.«

»Bist du eine alte Seele?«

»Ich? Nein, nicht wirklich. Ich habe vielleicht eine gute Portion Hausverstand, aber ich bin sicher keine alte Seele. Das kann man nicht lernen; damit wird man geboren.«

»Hmm … nun, diese alte Seele braucht eine Dusche und ein Glas kalten Wassers.«

Chris deutete auf eine Türe. »Beides findest du da drinnen. Lass dir Zeit. Ich benutze eine der anderen und mache uns ein kleines Frühstück, während ich den Wetterbericht höre.«

Ich nickte und zögerte.

»Stimmt etwas nicht?«, fragte er verwirrt.

»Nichts. Nun, also, ich bin es nur nicht so gewohnt, nackt vor jemandem anderen herumzugehen.«

»Machst du Scherze?«

Ich schüttelte meinen Kopf.

»Du bist ein Dummerchen. Okay. Ich habe kein Problem damit; also warum lässt du mich nicht etwas aus dem Schrank holen und ich lasse dich dann alleine.«

Ich nickte. »Danke für dein Verständnis.«

»Kein Problem«, antwortete er, kicherte aber, als er Jeans und Sweatshirt aus seinem begehbaren Schrank holte und den Raum verließ.

Mit einem Seufzer der Erleichterung ging ich in das Badezimmer, wo ich die Wasserfalldusche aufdrehte, die es mir erlaubte, die Wassertemperatur auf das Grad genau einzugeben. Ich hatte keine Vorstellung davon, welche Temperatur ich wollte, also startete ich bei hundert Grad Fahrenheit und tippte mich von dort aus langsam höher. Wie bei so vielen modernen Dingen, die verschiedene Einstellungen hatten, verlor ich mich so sehr in den Details, sodass der Hauptzweck der Dusche, nämlich sich zu waschen, zu kurz kam. Ich nahm auch nicht das Geräusch wahr, das mich in Alarmbereitschaft gesetzt hätte, wenn ich es bemerkt hätte.

Ich erschreckte, als sich eine Hand in die Dusche tastete. Ich drückte mich in die Ecke, packte ein Handtuch, das ich über das Gestänge gehängt hatte, und hielt es mir vor.

»Das hattest du doch vorhin nicht ernst gemeint, oder?«, hörte ich die Stimme von Chris.

»Was meinst du?«

»Du bist *tatsächlich* ein anständiges Mädchen.«

»Ich wurde zu einem braven, katholischen Mädchen erzogen.«

Die Tür glitt auf und ein nackter Chris stand da, sein Penis vollständig erigiert. Ohne auf meine Einladung zu warten, trat er zu mir in die überdimensionale Dusche und pumpte Seife von dem Seifenspender, als er hereinkam. Er kam zu mir, mit seinen seifigen Händen, die er in Richtung meiner Brüste streckte. Er zog mir das Handtuch aus den verängstigten Händen und trat etwas zurück, um mich von oben bis unten zu mustern. »Umwerfend«, sagte er voller Bewunderung und ich war kurz erleichtert, dass ich am Vortag meine Achseln rasiert hatte.

»Du besitzt keine Motels, nicht wahr?«, fragte ich mehr im Scherz als im Ernst.

Chris machte die Musik von *Psycho* nach und hob seine Hand mit einer Bewegung, als ob er zustechen wollte. Ich schrie auf, in einer halb spielerischen, halb echten Art und Weise, während er herzlich lachte. Dabei legte er seine Arme um mich.

Mein Gesicht war auf der Höhe seiner Brustwarzen und ich biss neckisch in eine hinein. Er erwiderte diese Zärtlichkeit, indem er mich hochhob und eine meiner Brustwarzen in seinen Mund nahm und daran saugte.

»Ich will dich noch einmal«, stöhnte er.

»Ich weiß, das kann ich fühlen«, gab ich zu und schaute hinunter auf seine Manneskraft, die prall geschwollen war und bereits am Eingang zu meiner Pussy platziert war.

»Spreiz deine Beine«, befahl er mir und ich muss zugeben, dass ich nicht diskutieren wollte. Ich tat, worum er mich gebeten hatte. Er hielt mich mit einer Hand, als er meine Beine um seine Taille schwang. Ich fühlte, wie er von unten in mich eindrang. Er hielt mich und drückte mich nach unten, sodass ich wie auf einem Pfahl auf ihm saß. Trotz der quietschenden Seifenschicht war ich von meinen eigenen Säften feucht genug, dass ich auf ihm auf und ab gleiten konnte. Das Bild eines Gewichthebers, der sein Workout machte, tauchte vor meinem inneren Auge auf und ich musste kichern.

»Du findest das wohl lustig, hm?« Er tat so, als ob er mir drohen wollte, zog seinen Penis heraus und stellte mich auf den Boden.

Ich übte sofort Rache, kniete mich hinunter und beugte mich hinunter, bis ich seinen Penis in meinen Mund nehmen konnte. Ich konnte seine Salzigkeit schmecken, während mir der aufgedrehte Duschkopf heißes Wasser über die Augen und die Nasenlöcher fließen ließ. Chris kniete sich auch hin, um unseren Größenunterschied auszugleichen, und plötzlich waren wir beide auf dem Boden der Dusche. Mein Mund saugte an seinem Penis und seiner saugte an meiner Pussy. Er hatte meine Beine auseinandergespreizt, sodass ich praktisch auf seinem Gesicht saß. Wir waren gefangen in einer tropischen Welt, wo nur wir beide existierten, und ich fühlte, wie sich alles schneller zu drehen begann, als seine Zunge meinen Tunnel zu erkunden begann. Ich wusste, dass er sich zurückhielt, sodass er dann, wenn ich zum Höhepunkt kam, selbst auch kommen konnte – was nicht sehr lange dauerte. Der Orgasmus war unglaublich und wirkte lange nach. Das Ergebnis waren zwei sich windende Körper in einer abkühlenden Dusche, die sich langsam sehr frisch anfühlte.

Mit seiner Hand drückte Chris auf die Programmierfläche der Dusche und das Wasser hörte augenblicklich auf zu fließen, sodass wir aufeinanderliegend in einem auskühlenden, verfliesten Raum wieder zu Sinnen kamen. Er stand notgedrungen auf und wickelte mich mit einer einzigen geräuschvollen Bewegung in ein riesiges, vorgewärmtes Handtuch ein und legte mich auf das Bett. Er zog sich mit ruhigen Bewegungen an und sah mich die ganze Zeit über an, während ich in das Handtuch und das Bettlaken gehüllt dalag.

»Schüchtern hast du gesagt, nicht wahr?«, grinste er und verließ den Raum. Dabei schloss er die Tür fest hinter sich. »Frühstück in fünfzehn Minuten – sei pünktlich«, hörte ich ihn rufen, als er den Gang bereits wieder durchschritt.

Ich suchte meine Kleider zusammen, die schon schlimm mitgenommen aussahen. Ich benutzte den Fön und eine Bürste, die ich im Spiegelschränkchen fand. Irgendwie schaffte ich es, mich wieder ganz passabel herzurichten, und ging beschwingt den Flur entlang in die Richtung, aus der der einladende Duft des frisch gebrühten Kaffees herkam.

Wir hatten uns gerade zu einem Teller mit Rührei und Croissants gesetzt, als eine Glocke neben der Tür melodisch läutete. Chris holte sein Handy heraus und drückte leicht auf das Display. »Chris?«, kam eine Stimme aus der Sprechanlage, auf die er gedrückt hatte.

»Guten Morgen, Bruder. Was treibt dich so früh raus?«, antwortete Chris.

»Früh? Verdammt, Chris, es ist nach Mittag.«

»Nun, gut, es ist spät geworden gestern Nacht. Komm doch rauf.«

Mein Mund klappte auf und ich kletterte vom Stuhl an der Bar mit dem Frühstück. »Raufkommen? Oh, Himmel, lass mich ins Schlafzimmer zurückgehen«, sagte ich und schlang schnell alles hinunter, sammelte mein Geschirr ein und stellte es in die Küche.

»Hey, bleib da. Wo willst du denn hin?«

Ich schüttelte erstaunt den Kopf. »Dein Bruder«, flüsterte ich aufgebracht. »Er ist schon auf dem Weg herauf!«

»Ich weiß.«

»Also, willst du nicht, dass ich verschwinde?«

»Nein. Ich möchte, dass du dein Frühstücksgeschirr wieder aus der Küche holst, dich hierhersetzt und dein Frühstück fertig isst wie eine Erwachsene. Er ist mein Bruder, nicht der Papst«, wies mich Chris zurecht. Ich verstand, was er meinte und tat, was er mir aufgetragen hatte, gerade rechtzeitig zum Klingeln des Aufzugs, das signalisierte, dass der Besucher da war.

Chris stand auf und umarmte eine etwas jüngere und weniger attraktive Ausführung von sich selbst. »Lillie, ich möchte dir meinen Bruder Corey vorstellen. Corey, das ist Lillie.«

Corey streifte mich nur mit einem schnellen Blick und ich war mir nicht sicher, ob mir diese herablassende Haltung gefiel. *Wie viele andere Frauen hat er hier schon getroffen?*

Corey war aus einem bestimmten Grund gekommen, wie es schien, und der hatte etwas mit seiner Frau zu tun, deren Name offensichtlich Daphne war.

»Corey, wenn es dasselbe alte Gesülze ist, dann mag ich es nicht hören«, begann Chris, während er sich eine Gabel voll Rührei in den Mund schaufelte.

»Ich musste für eine Weile abhauen. Sie ist unbarmherzig. Sie will wissen, wo ich hingehe, wann ich wieder zurück sein werde, wen ich treffe, was wir machen … Mann, du hast keine Ahnung davon, wie das ist.

»Das habe ich dir vorher gesagt. Du bist derjenige, der heiraten wollte. Damit habe ich nichts am Hut, Mann.«

»Aber Chris … so war sie nicht, als ich sie geheiratet habe«, beschwerte sich Corey.

»Menschen ändern sich, Bruderherz. Du hast auch deinen Teil dazu beigetragen. Früher bist du immer herübergekommen und hast damit geprahlt, was für eine wunderbare Freundin du hast und was ich für ein Narr bin, alleine zu bleiben. Es klingt so, als würdest du jetzt andere Töne anschlagen.«

»Hör auf mit dem Scheiß, Mann. Ich mache schon genug durch.«

»Was bekommt Marga zu hören?«

Ich aß stumm weiter, gespannt, wie sich das Drama, das vor meinen Augen gespielt wurde, entwickeln würde. Da ich keine Geschwister hatte, war diese Art von Beziehung neu für mich.

»Ich meine, haltet ihr euch vor ihr zurück? Kann sie hören, wenn ihr streitet?«

»Schieb mir nicht schon wieder die Schuld zu, Chris. Ich tue mein Bestes, aber es ist fast so, als ob Daphne geradezu warten würde, bis Marga in der Nähe ist, und dann legt sie los. Sie weiß, dass ich mich zurückhalte, solange Marga uns hören kann.«

Chris stierte auf sein Ei. Das Ei tat mir leid und ebenso Marga, wer auch immer sie war.

»Darüber haben wir schon gesprochen«, warnte Chris.

»Hey, lass mich in Ruhe!«

»Hey, du! Jetzt sind wir gerade da gesessen und haben in Frieden ein spätes Frühstück genossen, dann platzt du herein, ohne vorher anzurufen, und meckerst herum über eine Frau, die ich für ziemlich großartig halte. Es liegt nicht nur an ihr, Corey. Es gibt immer zwei Seiten einer Sache.«

»Ja, ja … Also sie hat damit angefangen und niemand kann mir den Vorwurf machen, dass es mir zum Hals heraushängt.«

»Ich schon«, betonte Chris und schaute Corey mit einem ernsten und bedeutungsvollen Blick an. Corey verstand den Blick offenbar, da er den Mund hielt, zum Küchenschrank ging, eine Tasse herausholte und sich selbst eine Tasse Kaffee eingoss.

»Danke für nichts, großer Bruder«, sagte Corey sarkastisch und drückte auf den Knopf, um den Aufzug zu holen. Er ging – mit der Tasse von Chris in der Hand.

Als sich der Aufzug schloss und Corey weg war, stieß Chris einen großen Seufzer aus. »Gott, tut der dramatisch. Er kommt immer wieder mit derselben alten Geschichte zu mir. Ich habe versucht, sie zu einem Eheberater zu schicken, aber er findet immer wieder Ausreden, um nicht hinzugehen. Es ist ihre Tochter, also meine Nichte, Marga, um die ich mir Sorgen mache. Ich denke nicht, dass das ihr gegenüber fair ist.«

Ich hörte stumm zu. Ich hatte wirklich in dieser Hinsicht keinerlei Erfahrung und so hätte alles, was ich hätte sagen können, hohl geklungen. »Wie alt ist Marga?«, versuchte ich, die Stille zu durchbrechen.

»Sie ist zehn. Ein echter Schatz. Wenn ich jemals Kinder habe, dann wünschte ich, sie wären so wie Marga. Sie ist intelligent und neugierig – eigentlich, ein bisschen wie du. Sie hat auch eine alte Seele.«

Ich nickte und hoffte, dass das ein Kompliment war. Er schien den Ausdruck auf meinem Gesicht zu lesen. »Mach dir keine Sorgen«, sagte er schnell, »das ist etwas Gutes.«

Ich seufzte und schüttete den Rest meines Kaffees in den Ausguss. Ich wusste, dass ich mich um mein Auto kümmern musste und dass es draußen kalt war. Die Kälte und Flüssiges zwangen mich immer, die Toilette aufzusuchen, also versuchte ich mich bei den Getränken zurückzuhalten. »Ich rufe mir am besten ein Taxi, das mich zu meinem Auto zurückbringt.«

»Das brauchst du nicht«, sagte Chris kurz und stellte sein Geschirr in die Küche. »Dein Auto ist enteist und steht hier in der Garage neben meinem.«

»Wirklich? Wie hast du das geschafft?«, fragte ich.

»Ich habe dir doch gesagt, dass ich mich darum kümmere.«

Ich stotterte ein bisschen, auf eine gute Art und Weise: »Ja, sicher, gut, das hast du, aber …«

»Du hast gedacht, dass ich dich belüge, stimmt's? Gib es zu!«, lachte er und ich lachte mit. Es schien, als ob wir uns sehr gut verstünden.

»Okay, also dann gehe ich jetzt. Ich habe massenhaft zu tun«, sagte ich und machte mich auf die Suche nach meinem Mantel.

»Hier!«, sagte Chris und als ich mich umdrehte, sah ich, wie er mir sein Handy hinhielt. »Gib deine Kontaktdaten ein. Ich möchte dich gerne wiedersehen … bald«, sagte er zum Abschluss noch.

Ich wusste, dass sein Versprechen ein leeres war, aber ich gab meine Nummer ein – allerdings die vom Haus. In einer Woche würde es abgemeldet werden. So konnte ich meine Enttäuschung bekämpfen, wenn ich nie wieder von ihm hören würde. Ich konnte mir selbst einreden, dass es wegen des Telefons war und nicht deshalb, weil er nicht anrief, obwohl er es versprochen hatte. Ich gab es ihm zurück.

»Komm her!«, sagte Chris einladend und streckte seine Arme aus. Ich ging zu ihm und fühlte, wie mir heiße Tränen in die Augen stiegen. Ich wusste, dass es ein *Abschied* war, aber ich wollte mit dem Gefühl gehen, dass es zumindest noch eine Chance gab. Ich drückte mich in seine Arme und schlang meine Arme um seinen Körper.

»Danke für das Abendessen … und für ... nun, du weißt schon …« Ich versuchte, mich zu lösen, aber Chris unterbrach mich und presste mir seinen Mund hart auf meine Lippen.

Als er sich schließlich losmachte, legte er seinen Zeigefinger auf meine Lippen. »Von nun an bist du ein braves Mädchen, sonst bringt dir Santa keine Geschenke mehr, hörst du?«

Ich nickte und drehte mich um, packte meine Tasche und meinen Mantel und drückte auf den Knopf des Aufzugs, ohne mich umzudrehen. Ich verabschiedete mich nicht und schaute auf den Boden. Alles andere tat einfach zu sehr weh.

Kapitel 8

Christopher

Ich war in meinem Büro, konnte aber rein gar nichts von meiner Arbeit erledigen. Da waren drei Dinge, die mich plagten. Das Erste und wichtigste war Lillie. Ich wusste, dass sie irgendwo da draußen war und alles zusammenpackte, um die Stadt zu verlassen. Ohne etwas dafürzukönnen, würde sie ganz von vorne anfangen müssen. Ich fühlte mich verantwortlich, auch wenn ich gar nichts damit zu tun hatte. Ich fühlte mich ihr immer noch auf seltsame Weise verpflichtet und das war ein ungewöhnliches Gefühl. Ich hatte bisher jedes Jahr meines Lebens als Erwachsener damit verbracht, meine Pflichtgefühle auszuschalten, zumindest gegenüber anderen Personen. Sie waren gefährlich; die Verpflichtung, die man gegenüber einem anderen Menschen verspürt, ist viel stärker, als es sich der Beteiligte vorstellen kann. Ich hätte diesen Teil von mir gerne ausgeschaltet – um mich nur auf das Geschäft konzentrieren zu können und von keinem anderen Menschen abhängig zu sein. Ich schien nur nicht herauszufinden, wie ich das anstellen sollte.

Das Zweite war meine Nichte Marga. Ich erinnerte mich daran, wie es war, zehn Jahre alt zu sein. Die Welt bestimmte über dich und du hattest keine andere Wahl, als das zu tun, was dir befohlen wurde. Diese verfahrene Situation zwischen Corey und Daphne riss sie wahrscheinlich innerlich entzwei und ich hielt es nicht aus, nichts dagegen machen zu können.

Das Dritte war Steve. Er ging mir aus dem Weg und ich wollte mir nicht vorstellen, was das möglicherweise bedeuten mochte. Er wusste, dass ich ein anderes Wertesystem hatte als er, und die Tatsache, dass er meine Gegenwart vermied, sagte mir, dass er irgendwo irgendein Geschäft am Laufen hatte. Ich wusste, dass es unsere Firma betraf, und das gab mir am meisten zu denken. Ich wollte nicht, dass Steve mich weiter in geschäftlichen Belangen vertrat.

Als ich an meinem Bürofenster stand und auf die Schneeflocken schaute, die auf den Boden darunter herabschwebten, hatte ich eine Idee, wie ich alle drei Probleme zur selben Zeit lösen konnte. Es war einer jener kreativen Einfälle, für die ich berühmt war, und die mir immer wie aus heiterem Himmel kamen.

»Corey?«

»Hallo, Chris. Hör zu: Im Moment ist es nicht günstig. Ich bin bei der Arbeit.«

»Als ob du mich noch nie bei der Arbeit gestört hättest. Hör du zu, ich habe nur eine Frage an dich: Ich fahre für zwei Wochen nach Europa. Ich muss ein paar Nachforschungen für meine Firma anstellen und ich würde Marga gerne mitnehmen.«

»Marga?«

»Ja. Das wäre super. Sie hat noch nie so eine Reise gemacht und es wäre großartig für sie, so ihren Horizont zu erweitern. Ich habe noch jemanden mit, der auf sie aufpasst, sodass sie nie allein sein würde. Wir fliegen in meinem Jet hinüber, sie wäre also in den besten Händen. Jedenfalls könntest du mit Daphne die Zeit, in der ihr allein seid, dazu nützen, um zu entscheiden, wie ihr weitermachen wollt, wie ihr aus eurer schwierigen Phase herauskommen wollt. Ist dir das recht?«

»Ja, also, ich denke schon. Aber du musst das auch mit Daphne abklären. Du musst mit ihr sprechen. Ich mische mich da besser nicht ein, denn dann gibt sie sicher nicht ihre Zustimmung.«

»Ich verstehe. Da hast du sicher recht. Ich rufe sie an.«

»Okay. Das musst du alleine regeln. Pass gut auf meine Tochter auf.«

Corey legte auf. Ich fand es als seltsam, dass Corey schon so tat, als ob Daphne kein Problem damit hätte, Marga fahren zu lassen. Wenn es wirklich so schwierig war, mit Daphne auszukommen, wie er immer tat, dann würde sie eventuell etwas mehr dagegen haben, aber das schien er nicht anzunehmen.

»Daphne? Ich bin es, Chris.«

»Hey, du! Wir haben ja schon ewig nicht mehr miteinander gesprochen. Aber ich wette, dass du eine ganze Menge über mich gehört hast.«

»Ja, na ja, also ich möchte mich nicht zwischen euch beide stellen und das sage ich ihm auch immer wieder. Hör zu. Ich habe da eine Frage für dich. Ich mache mich für zwei Wochen nach Europa auf, in meinem Jet. Ich würde Marga gerne mitnehmen. Was sagst du dazu?«

»Marga? Wirklich? Oh, Chris, bist du sicher? Sie ist erst zehn, weißt du, auch wenn sie so tut, als wäre sie bald dreißig.«

»Es ist kein Scherz, Daphne. Ich denke, dass es gut für sie wäre, für eine Weile wegzukommen. Sie ist ein wunderbares Kind und ich werde jemanden dabei haben, der sich um sie kümmert, wenn ich in einem Meeting bin. Ich denke auch, dass es keine schlechte Idee wäre, wenn ihr, du und Corey, etwas Zeit für euch alleine habt.«

»Ich gebe dir recht, was Marga angeht, Chris. Aber ich bin mir nicht sicher, ob Corey und ich in der Zeit, in der du nicht da bist, irgendwelche Wunder vollbringen werden.«

»Nun, dann lass mich wenigstens Marga eine schöne Reise schenken. Was sagst du dazu?«

»Dafür müssen wir sie von der Schule für ein paar Tage beurlauben, denke ich. Sie hat nur bis zum Neujahr Ferien.«

»So eine Möglichkeit der Weiterbildung kann die Schule doch kaum ablehnen.«

»Richtig. Soll ich es ihr dann sagen oder willst du es ihr selbst sagen?«

»Warum bringst du sie nicht heute Nachmittag zu meinem Apartment rüber? Es wird auch unsere Begleitung da sein; dann können sich alle kennenlernen. Klingt das gut?«

»Perfekt. Bis später dann.« Daphne legte auf.

Ich wurde nachdenklich. Irgendetwas war an Daphnes Verhalten in Bezug auf ihre Eheprobleme seltsam. Ich konnte meinen Finger nicht darauf legen, aber irgendwie hatte ich das Gefühl, dass sie in meiner Gunst bleiben wollte und dass sie nichts sagen wollte, was mich verärgert oder dazu veranlasst hätte, mich auf Coreys Seite zu schlagen.

Mein nächster Anruf war der, an dem mir wirklich gelegen war. Ich hob mir das Beste für den Schluss auf. Es klingelte einige Male, bevor sie antwortete.

»Hallo?«

»Hallo, meine kleine Elfe.«

»Chris?«

»Wer sonst?«

Am anderen Ende entstand eine kurze Stille, so, als ob sie versuchen würde, ihre Sinne zu sammeln, um nichts Dummes zu sagen. »Ich habe nicht erwartet, dass du anrufen würdest«, sagte sie schließlich.

»Nein? Warum nicht? Ich habe dir ja gesagt, ich würde anrufen.«

»Viele Kerle sagen das und tun es dann nie.«

»Ich bin nicht wie viele Kerle.« Ich war etwas verletzt, dass sie sich offenbar so wenig aus unserer gemeinsamen Nacht gemacht hatte. »Willst du mit mir reden?«

»Ich könnte mir nichts vorstellen, was ich lieber tun würde«, versicherte sie mir und ich entspannte mich wieder.

»Sag: Wie geht es mit dem Packen?«

»Ich bin ziemlich fertig damit, bis auf die zerbrechlichen Sachen. Die Umzugsfirma sollte dafür spezielle Schachteln bringen und ich werde sie dann einwickeln, wenn sie da sind.«

»Wann wird das sein?«

»Übermorgen.«

»Wo ziehst du dann hin?«

»Ich bin mir nicht sicher. Ich muss abwarten, bis das Haus verkauft ist, bevor ich Geld für ein Apartment habe. Ich denke, ich miete so ein Langzeit-Motel-Zimmer; weißt du, so ein Billiges.«

»Klingt öde«, kommentierte ich.

»Na ja, es ist ja nur vorübergehend. Ich überstehe alles, wenn es nicht zu lange dauert«, sagte sie fröhlich und wieder spürte ich Nervosität in mir aufsteigen.

»Hör zu: Kann ich dich um einen Gefallen bitten?«

»Nun, mir fällt nichts ein, was ich tun könnte, was du nicht auch selbst anstellen könnest, also streiche das mit dem Gefallen«, kicherte sie. »Entschuldige, meine Fantasie geht mit mir durch.«

»Ich mag es, wenn deine Fantasie in diese Richtung geht. Ich wollte fragen, ob du heute Nachmittag gegen siebzehn Uhr zu meinem Apartment kommen könntest? Es gibt etwas, was ich gerne mit dir besprechen würde, und es wird auch jemand kommen, den ich dir gerne vorstellen möchte.«

»Ja, sicher, das geht bestimmt. Ich sollte bis dahin schon alles erledigt haben.« Sie lachte und ich war wieder davon überwältigt, welche Fröhlichkeit sie in mein Leben brachte. Das war etwas, was ich zuvor nie gehabt hatte und ich merkte, dass es mir gefiel.

»Gut, bis dann.«

»Hey! Muss ich mich irgendwie besonders anziehen? Werde ich diesmal Rudolph spielen?«

»Nein, nichts dergleichen. Das wird dir noch viel besser gefallen.«

»Ich nehme dich beim Wort. In Ordnung, bis dann. Oh, und – Chris?«

»Ich bin noch da.«

»Weißt du, ich dachte, du wolltest nur nett sein, als du nach meiner Nummer gefragt hast. Das ist die Festnetznummer und ich bin überrascht, dass sie noch nicht stillgelegt wurde. Ich gebe dir besser meine Handynummer.«

»Sehr misstrauisch«, kommentierte ich, als sie mir ihre Mobiltelefonnummer gab. Sie legte auf und ich blieb mit einem angenehm warmen Gefühl zurück. Es fühlte sich schon sehr nach Weihnachten an.

***

Lillie rief aus der Lobby aus an und ich schickte ihr den Lift hinunter. Sie trat aus dem Lift heraus und ich erwartete sie mit offenen Armen. »Wie war dein Tag?«, fragte ich. Ich wollte es ernsthaft wissen, während ich ihr den Mantel abnahm und ihn in der Garderobe aufhängte. Ich reichte ihr eine Tasse heißer Schokolade und wir gingen ins Wohnzimmer. Sie ging direkt zu den großen Fenstern, um die Aussicht zu genießen.

»Es geht mir gut. Ich bin fast fertig mit Packen. Ich könnte hier die ganze Nacht lang stehen und aus diesen Fenstern schauen.«

»Okay, wenn du möchtest. Aber ich denke, dass es schöner wäre, wenn du dich mit mir hinlegen würdest.«

Sie drehte sich um und hatte einen seltsamen Ausdruck auf ihrem Gesicht. »Deshalb hast du mich hergerufen? Damit ich mit dir ins Bett gehe?«

»Was? Oh Gott, Lillie, nein. Dafür habe ich dich nicht hergebeten. Hör zu, setz dich hin. Ich möchte dich etwas fragen und wir erwarten in Kürze Gäste.«

Sie nahm auf dem Sofa Platz und ich setzte mich neben sie. »Also, du weißt zwar, dass ich ein Geschäftsmann bin, aber du kennst nicht alle Details. Ich werde dir heute später am Abend mehr darüber erzählen. Aber zuerst möchte ich dir sagen, dass mich meine Geschäfte für zwei Wochen nach Europa führen werden. Ich hätte gerne, dass du mit mir mitkommst, und zwar aus zwei Gründen. Der Erste ist, dass ich dich gerne mitnehmen möchte. Der zweite Grund ist, dass ich auch gerne meine Nichte Marga mitnehmen möchte und ich hoffe, dass du mir dabei helfen wirst, auf sie aufzupassen. Sie ist zehn.«

»Also … Ist das wie ein Job?«

»Mist! Ich wollte nicht, dass es sich so anhört. Ich hätte wirklich gerne, dass du als mein Date mitkommst, als meine Begleitung oder als Geliebte – wie immer du das am liebsten bezeichnen möchtest. Lillie, ich möchte gerne Zeit mit dir verbringen und ich kann mir keine bessere Möglichkeit dazu vorstellen, als dich mitzunehmen. Ich nehme Marga nur aus dem Grund mit, was Corey und Daphne ihr antun. Ich werde ein paar Meetings haben, aber ansonsten habe ich gedacht, dass wir viel Spaß haben würden. Habe ich nicht recht? Bin ich egoistisch?«

»Nein. Ich denke, es ist … war nur die Art, wie es sich anhörte.«

»Ich bin nicht besonders gut in solchen Dingen. In geschäftlichen Angelegenheiten weiß ich ganz genau, was ich sagen muss, aber das ... mit dir ... da kommt alles ganz anders heraus, als ich es meine und ich möchte nicht, dass du dir ausgenutzt vorkommst. Versprich mir, dass du dich nicht so fühlen wirst.«

»Es ist schon gut, ich verstehe.«

»Also … wirst du mit mir mitkommen?«

»Ich kann nicht.«

»Warum nicht? Ist es etwas, was ich gesagt habe?«

Sie schüttelte ihren Kopf. »Nein, aber du scheinst etwas zu vergessen. Ich bin mitten im Umzug. Ich muss das Ganze überwachen und sicherstellen, dass alles nach Plan verläuft. Das Haus muss verkauft werden und ich muss ein Zimmer finden.«

Ich stand auf und stellte mich vor sie hin. »Das ist kein Problem. Ich schicke meine Jungs rüber und die werden sicherstellen, dass alles nach Florida geschickt oder in einem Stauraum gelagert wird. Was auch immer du willst. Komm mit mir nach Europa. Nimm eine Auszeit, bevor du dich zu deinem nächsten Schritt entscheidest.«

Sie schüttelte ihren Kopf.

»Nein? Was passt denn nicht?« Sie zögerte und plötzlich fiel es mir wie Schuppen von den Augen. »Lillie, ich übernehme alle

Kosten. Es wird dich keinen Penny kosten, ich schwöre.«

»Das ist es nicht …«, begann sie, aber ich wusste, dass es genau das war, obwohl sie es nicht zugeben wollte. Ich fühlte mich wie ein totales Arschloch. Ich hätte das von vorneherein klarstellen sollen, anstatt sie zu beschämen. Ich war so sehr daran gewohnt, immer für alle in meinem Team alles zu bezahlen, dass es mir nicht in den Sinn gekommen war, dass jemand das anzweifeln würde.

Die Glocke, die signalisierte, dass jemand in der Lobby war, läutete und ich tippte auf mein Handy. »Hallo?«

»Chris, wir sind es.«

»Großartig, Daphne. Kommt rauf!«

»Ich verdufte jetzt mal«, sagte Lillie und ging zur Garderobe, um ihren Mantel zu holen.

Wie hatte ich es bloß geschafft, das zu vermasseln? Lillie war meine erste Priorität und das ganze Unterfangen würde platzen, wenn sie nicht mit mir mitkam. Und ich hatte es geschafft, dass sie sich miserabel fühlte und gehen wollte.

Die Türen des Aufzugs gingen auf und Daphne spazierte herein, mit Marga direkt hinter ihr. Ich umarmte sie beide und drehte mich um, um ihnen Lillie vorzustellen, aber die war hinter mir in den Aufzug gehuscht und war fort.

Ich war verzweifelt, aber mehr noch als das, war ich böse auf mich selbst. Ich weiß nicht, wie ich die halbe Stunde danach überstehen konnte, und Daphne bemerkte, dass ich nur mit halbem Ohr am Gespräch teilnahm. Mein Verstand raste.

Daphne übernahm die Zügel. »Marga, dein Onkel Chris hat dich eingeladen, mit ihm über die Ferien nach Europa zu fahren. Du wirst mit ihm in seinem Flugzeug rüber fliegen und alle möglichen verschiedenen Weihnachtsbräuche sehen können. Ich denke, das wird ein tolles Erlebnis für dich sein. Möchtest du fahren?«

»Oh! Ja, sehr gern, Onkel Chris!«

Marga kam zu mir, um mich zu umarmen, und ich war glücklich, dass sie sich freute. Ich ging schnell mit Daphne die Pläne durch. Wir sprachen nicht über sie und Corey, denn der einzige Sinn der ganzen Sache war, Marga aus dieser Atmosphäre zu befreien.

»Du hast etwas davon gesagt, dass du eine Begleitung mit hast, die dir helfen wird, auf Marga aufzupassen?« Daphne schaute sich um. Sie hatte offenbar gesehen, dass Lillie hinausgehuscht war, war aber zu höflich gewesen, gleich direkt nach ihr zu fragen.

»Ja, ja. Ich werde eine Begleiterin haben, sodass Marga nicht die Toilette alleine aufsuchen oder unbegleitet irgendwohin gehen muss. Ich habe eine Freundin eingeladen, aber sie hat mir noch keine Antwort gegeben – sie macht gerade große Veränderungen durch. Wenn sie nicht mitkommt, dann stelle ich ein professionelles Kindermädchen an. Mach dir keine Sorgen, Marga. Es wird jemand sein, mit dem du Spaß haben wirst, das verspreche ich.«

Daphne nickte zustimmend und ich war erleichtert, dass zumindest dieser Teil der Unternehmung geklärt war. Ich fühlte mich ziemlich schlecht dabei, als ich sie quasi hinauswarf, aber ich musste Lillie finden und die Dinge mit ihr klären. Ich wusste, dass ich so kein Auge zu tun können würde, solange alles in der Schwebe war. Ich denke, Daphne merkte, was los war, da sie nur ein paar Sätze später aufstand und sich zum Aufzug begab.

»Also, wir müssen jetzt gehen. Wir müssen dir etwas Kleidung besorgen und vielleicht auch einen neuen Koffer«, sagte sie. Sie plante schon voraus und mir wurde bewusst, was für eine großartige Mutter Daphne doch war. Ich hoffte, dass das, was auch immer zwischen ihr und Corey war, aus dem Weg geräumt werden konnte.

Marga umarmte mich noch einmal freudig und Daphne gab mir ein Küsschen auf die Wange. Ich winkte ihnen am Aufzug nach und ging sofort in mein hauseigenes Büro, um die Informationen zu suchen, die ich über Lillie hatte. Meine einzige Hoffnung bestand darin, dass sie immer noch in dem Haus ihrer Eltern war. Da schon alles gepackt war, bestand die Möglichkeit, dass sie eventuell schon in ein Motel gezogen war. Dann erinnerte ich mich daran, dass sie immer noch nicht über meine Art von Geschäften Bescheid wusste. Konnte ich wirklich ihr Vertrauen wiedererlangen, wenn ich ihr alles über meine Geschäfte erzählte? Oder würde ich sie dann gänzlich verlieren?

Das Wichtigste kommt zuerst, sagte ich zu mir selbst. Zuerst musste ich sie finden, dann konnte ich mir über den Rest Gedanken machen.

Es war an der Zeit für mich, ein paar Leute anzurufen, die mir noch einen Gefallen schuldeten. Als Erstes rief ich einen Studienfreund an, der nun bei der Polizei in Chicago arbeitete. Ich gab ihm ihre Autonummer durch und er rief mich ein paar Minuten später wieder an, um mir die Adresse, auf die das Auto zugelassen war, mitzuteilen. »Erzähle niemandem, wo du das herhast«, zischte er und ich versicherte ihm, dass ich niemandem etwas verraten würde. Es war dieselbe Adresse wie auf ihrem Lebenslauf. Ich hoffte, dass sie immer noch dort war, und wenn nicht, dann würde Sie sicher nicht weit wegziehen. In ihrer eigenen Nachbarschaft fühlte sie sich am wohlsten.

Wenn es eine Sache gab, auf die ich mich gut verstand, dann war es die, Leute richtig einzuschätzen. *Und wieso habe ich dann diese Sache vermasselt?,* fragte ich mich selbst wieder.

Mir war noch nie aufgefallen, wie langsam der Aufzug des Hauses fuhr. Oder kam es mir nur so vor, da ich es plötzlich sehr eilig hatte? Ich stürmte aus dem Gebäude und in die Garage hinein; Augenblicke später raste ich die Straße hinunter. Ich stellte das

Navigationssystem ein und es dauerte nicht lange, bis ich bei einem Haus vorfuhr, in dessen Garten ein schiefes »Zu verkaufen« Schild stand und wo durch ein Fenster ein schwacher Lichtschein drang. Ich parkte direkt an der Vorderseite und ging zur Tür.

Ich versuchte, Lillie anzurufen, um sie nicht zu erschrecken, aber sie ging nicht ran. Ich versuchte, ihr eine Textnachricht zu schreiben, löschte sie dann aber wieder, bevor ich sie abschickte, zumal ich annahm, dass sie sich verkriechen oder sogar weggehen würde, um mich nicht treffen zu müssen.

Wenig später stand ich an der Tür und klopfte. Dann trat ich einen Schritt zurück, um sie nicht zu erschrecken. Sie öffnete die Tür zuerst nur ein paar Zentimeter, dann – als sie mich erkannte – stieß sie die äußere Tür auf. »Was machst du hier?«

»Ich bin gekommen, um mit dir zu sprechen. Bitte!«

Der Hund eines Nachbarn bellte und es hatte begonnen zu schneien. Sie blickte sich um, deutete mir leise zu sein, winkte mich endlich hinein und schloss die Tür hinter mir. »Da gibt es nichts zu besprechen«, sagte sie.

»Kann ich es zumindest versuchen?«

Sie zögerte und mir wurde klar, dass ihr vielleicht der Zustand des Hauses peinlich war.

»Ich weiß, dass alles drunter und drüber geht und dass du mitten im Umzug bist. Ich bin nur hergekommen, um dich zu sehen, nicht das Haus.«

Das schien sie zu besänftigen und sie ging auf die Seite, sodass ich den Raum betreten konnte, der wahrscheinlich das Wohnzimmer war. An den Wänden waren die Kisten gestapelt und ich sah in der Mitte des Zimmers eine Schlafstatt aus einem Sofa-Bett und ein paar zerschlissenen Decken. Daneben flackerte eine Kerze und wiederum daneben lag Lillies Handy – mit schwarzem Display. Ich wusste, dass sie es ausgeschaltet hatte.

Sie trug eine Pyjamahose und ein übergroßes T-Shirt. Sie war so klein, dass es ihr bis weit unter die Knie reichte; und da bemerkte ich auch, wie kalt es im Haus war. »Ist dir nicht kalt?«

Sie zuckte mit den Schultern. »Sie haben den Strom schon abgedreht«, erklärte sie.

»Hier kannst du nicht bleiben, Liebes. Du wirst erfrieren.«

Sie zuckte zusammen, als ich das Kosewort benutzte. »Es ist in Ordnung. Die Schachteln sind wie Isolation und die Kerze spendete auch etwas Wärme.«

»Nein! Die Schachteln sind wie Zunder und die Kerze ist der Anfang eines Feuers, aus dem du dich in diesem Durcheinander nicht mehr retten kannst. Zieh dich an, du kommst mit mir!«

»Ich möchte nicht in dein Apartment gehen.«

Ich war verblüfft, aber ich versetzte mich in ihre Lage. Ich verstand. »Ich verstehe. Aber hier bleibst du nicht; also zieh dich an, puste die Kerze aus und ich arrangiere ein Zimmer für dich.«

Sie öffnete ihren Mund, um etwas zu entgegnen, musste es sich dann aber noch einmal überlegt haben, da sie das tat, was ich ihr aufgetragen hatte. Wir ließen ihr Auto in der Einfahrt stehen, um Vandalen nicht noch mehr zu ermuntern, da das Haus ohnedies schon einen verlassenen Eindruck erweckte. Ich fuhr mit ihr zum Hilton und besorgte ihr ein Zimmer. »Senden Sie zwei Steaks mit Beilagen nach oben, ebenso eine Flasche Wein – und morgen in der Früh das Frühstück«, gab ich klare Instruktionen.

Ich versuchte, das Bild ihrer bemitleidenswerten Wohnung und ihrer heruntergekommenen Erscheinung bei meiner Ankunft aus meiner Erinnerung zu streichen. Es brach mir das Herz und erweckte schreckliche Schuldgefühle in mir. Das Erste, was sie tat, als wir in die Suite kamen, war zu duschen. Sie kam im Frotteebademantel des Hotels aus dem Badezimmer. Ihre feuchten Locken fielen ihr über den Rücken hinab. Der Bademantel war riesig für sie und sie wirkte darin umso kleiner – sie hatte die Ärmel aufgerollt, um ihre Hände bewegen zu können.

Der Zimmerservice kam mit dem Essenswagen und dann waren wir endlich allein. Das Abendessen war auf dem Tischchen am Fenster serviert und wir saßen dort, während wir das Essen und den Wein teilten. Ich wartete, bis sie sich beruhigt hatte, bevor ich mit meinem Anliegen herausrückte, wegen dessen ich gekommen war. Ich wollte sie besänftigen.

Als der Wein beinahe alle war, bestellte ich eine zweite Flasche und nachdem sie gebracht worden war, füllte ich unsere Kelche erneut und lehnte mich gemütlich zurück. »Möchtest du mich nicht zuerst anhören, bevor du antwortest?«

Sie nickte, nicht so sehr um mir ihre Zustimmung zu signalisieren, als um mich meinen Kopf durchsetzen zu lassen.

»Danke. Ich hoffe, wir haben noch sehr viel Zeit uns besser kennenzulernen, Lillie, aber glaube mir jetzt einfach, wenn ich dir sage, dass ich Leute nicht verscheißere. Ich mache mich nicht über andere lustig und ich stelle niemanden bloß. Die, die mich kennen, können dir das bestätigen.«

Ich wartete auf ihre Reaktion, aber sie sagte nichts – und wartete, dass ich mit meinem nächsten Gedanken fortfuhr. »Du bist anders als alle anderen, die ich bisher getroffen habe. Ich kenne noch nicht alle Unterschiede, da ich selbst noch nicht alle entdecken konnte, aber eines Tages werde ich das. Zum jetzigen Zeitpunkt musst du verstehen, wie ich denke. Ich bin ein Problemlöser. Ich bin ein Unternehmer. Ich liebe Herausforderungen und wenn Schwierigkeiten auftreten, dann macht mein Verstand Überstunden.

Nun, ich denke, du hast schon mitbekommen, dass ich über die Situation bei Corey zu Hause nicht glücklich bin. Ich möchte Marga da für eine Weile herausholen. Ich fahre auch geschäftlich nach Europa, also kommt diese Möglichkeit gerade zur rechten Zeit. Aber, und das ist ein großes »Aber«. Das Erste, was mir dazu eingefallen ist, war, dass ich dich einladen wollte, mit mir zu kommen. Das war noch lange, bevor ich an Marga dachte. Ich habe kein Geheimnis aus der Tatsache gemacht, dass ich nicht verheiratet sein möchte oder dass ich keine eigenen Kinder haben möchte. Du weißt, warum. Also ist es die beste Möglichkeit, die ich jemals haben werde, mich wie ein Familienvater zu fühlen. Aber das, was ich eigentlich hier sagen will, ist, dass es mir wichtiger war, dass du mitkommst. Das ist mir wichtiger, als dass Marga mitkommt. Ich dachte nur, wir würden wie eine nette kleine Familie sein und wir würden gut miteinander auskommen; sie könnte sehen, was es bedeutete, eine Familie zu sein und ich, nun, ich hätte dich bei mir.«

»Wenn du nicht verheiratet sein willst und auch keine Kinder haben willst, warum liegt dir dann etwas daran, für zwei Wochen Familie zu spielen?«

»Das ist eine gute Frage«, nickte ich. »Ich denke, ich wollte bloß umgeben sein von Menschen, die mir wichtig sind und denen ich etwas bedeute … und den ganzen Mist hier hinter mir lassen. So was wie ein geistiger Urlaub für mich. Ist das zu egoistisch? Ist das so falsch?«

Sie beobachtete mein Gesicht und nippte an ihrem Wein. Ich dachte schon, sie würde gar nicht mehr antworten, und als ich das Ganze in andere Worte kleiden wollte, sagte sie plötzlich: »Einverstanden, ich fahre mit.«

Es nahm mir den Atem. Sie hatte eine bewusste Entscheidung getroffen, ohne dass ich sie dazu überreden musste. Sie war einfach wunderbar. Ich dachte, dass es angebracht war, dementsprechend respektvoll zu reagieren.

»Ich danke dir«, sagte ich einfach nur. »Ich werde alle Vorkehrungen so treffen, wie ich es versprochen habe.«

Sie gähnte hinter vorgehaltener Hand und ich verstand, dass sie erschöpft sein musste. Sie hatte den ganzen Tag Schachteln gepackt. In der Suite gab es zwei Schlafzimmer. Ich ertappte sie dabei, wie sie auf eine der beiden Türen blickte.

»Hör zu, lass mich heute hier bei dir bleiben. Ich möchte sicher gehen, dass es dir gut geht, und morgen früh fahre ich dich zum Haus zurück und kümmere mich darum, dass alles nach Plan verläuft. Ich werde im Nebenzimmer schlafen, wenn es dir lieber ist.«

Sie beobachtete mich wieder genau und zuckte dann mit den Schultern. »Das Zimmer gehört dir«, sagte sie in einem ziemlich schnippischen Ton, stand auf und ging in das Schlafzimmer, wobei sie symbolisch die Tür hinter sich zumachte. Obwohl es mir nicht gefiel, musste ich ihre Privatsphäre respektieren und mein Versprechen einhalten. Ich überprüfte die Türen, schaltete die Lichter aus und ging ins Badezimmer, um eine schnelle Dusche zu nehmen. Dann kroch ich ins Bett. In meinen Gedanken drehte sich alles um die verschiedenen Aufgaben, die ich am nächsten Morgen zu bewältigen hatte. Ich war fast schon eingeschlafen, als ich leise meine Tür knarren hörte und ein leichtes Gewicht hinter mir auf dem Bett spürte. Ein schlanker Arm schlang sich um meine Taille und ein Paar weiche, runde Brüste drückte sich an meinen Rücken. Sie bewegte noch ein paar Mal ihre Hüfte, bis sie eine gemütliche Schlafposition gefunden hatte, und dann war es ein paar Augenblicke mucksmäuschenstill, bis ich sie ruhig atmen hörte. Dann konnte ich einschlafen; sie war in Sicherheit.

Kapitel 9

Lillie

»Hallo?« Ich saß auf einem Gartenklappstuhl im Wohnzimmer meiner Eltern und sah den Möbelpackern zu, wie sie meine Habseligkeiten katalogisierten. Da klingelte mein Handy.

»Hallo, ist das Lillie?«

»Ja …?«

»Wir kennen uns nicht, aber ich bin Daphne und Chris hat mir Ihre Nummer gegeben. Ich hoffe, das geht in Ordnung für Sie.«

»Sind Sie Daphne, seine Schwägerin?«

»Ja, das bin ich.«

»Nun, wir haben uns irgendwie gesehen, im Apartment von Chris, aber ich bin weggegangen, ohne etwas zu sagen. Ich weiß, das war unhöflich von mir. Ich war mir bloß zu dem Zeitpunkt nicht sicher, was ich von all dem halten sollte, vorwiegend von der Reise. Ich hoffe, Sie können mir das verzeihen?«

»Nicht der Rede wert. Hören Sie zu, ich weiß, dass ihr drei heute aufbrecht und dass Sie mitten in einem Umzug sind, aber ich habe mich gefragt, ob ich nicht schnell rüberkommen soll zu Ihrem Haus mit ein paar Tassen Kaffee und heißen Apfel-Muffins, die ich gerade aus dem Ofen geholt habe?«

Ich fragte mich, worum es wirklich ging. »Sicher, wenn Ihnen die Unordnung nichts ausmacht, dann klingt das perfekt. Könnten Sie eventuell gleich jetzt kommen? Ich muss noch fertig packen und mich dann ins Auto setzen, sodass ich mit einem guten Zeitpolster zum Flughafen komme. Sie wissen ja, wie viel um diese Jahreszeit los ist.«

»Ich bin schon auf dem Weg«, sagte sie und ich gab ihr meine Adresse.

Daphne war genau die große, gertenschlanke Blondine, die ich Chris zugetraut hätte. Ich fühlte mich wie ein Zwerg neben ihr und ich spürte, wie meine schüchterne Seite zum Vorschein kam. So verhielt ich mich immer, wenn ich mir unterlegen vorkam. Sie trug enge Jeans und Stiefel, sowie eine karierte Bluse mit einer Lammwollweste darüber, was ihr gesamtes Outfit perfekt abrundete, als ob sie auf dem Laufsteg wäre. Obendrein war sie auch noch nett, was die Dinge nur noch schlimmer machte.

»Oh«, umarmte sie mich, »du bist ja richtig niedlich. Für deine Haare würde ich jeden Preis bezahlen!«

Wie könnte man so jemanden nicht mögen? »Kommen Sie doch herein, ich habe noch einen Klappsessel gefunden und aufgestellt.« Ich führte sie durch den Gang durch die Schachteln hindurch ins Wohnzimmer; dabei war es mir ausnahmsweise egal, ob der Teppich gesaugt war oder nicht. Bei einem Umzug spielte das keine Rolle.

»Ich kann mir gar nicht vorstellen, wie du es machst, diesen Umzug hinzukriegen und schon in ein paar Stunden nach Europa aufzubrechen. Ich wäre da ziemlich durch den Wind«, gestand sie.

»Durch den Wind war ich gestern Nacht. Heute bin ich einfach nur wie betäubt.«

»Warst du schon mal drüben?«, fragte sie. Dabei gab sie mir einen ihrer Muffins auf einem eleganten Pappteller, gemeinsam mit einer Papierserviette und einer grünen Plastikgabel auf der Seite. Alles, was sie tat, hatte Klasse.

Ich schüttelte den Kopf. »Nein. Das einzige Mal, dass ich das Land verlassen habe, war in einer Nacht, in der meine Freunde und ich Blödsinn gemacht haben und die ganze Nacht in Richtung Norden gefahren sind. Wir kamen bis nach Kanada.« Warum habe ich das alles jetzt ausgeplaudert? Ich höre mich an, als ob ich vierzehn wäre.

»Ich weiß, dass es jetzt im letzten Moment ist, aber ich habe gedacht, dass es mir besser dabei geht, wenn ich die Frau kennenlernen würde, der ich meine Tochter für die nächsten Wochen überlasse. Sie war noch nie weit verreist. Ich hoffe, das geht in Ordnung für dich?«

Ich schüttelte den Kopf. »Klar, ich respektiere das total und würde eher schlechter von Ihnen denken, wenn Sie es nicht getan hätten. Also, gibt es etwas Besonderes, was ich wissen müsste? Allergien? Medikamente?«

Sie biss in ihren Muffin mit weißen Zähnen, bei denen sogar der Abstand von einem Zahn zum anderen perfekt stimmte. Die Frau war mit sich selbst im Reinen aufgewachsen, und wahrscheinlich mit Geld. Das sah ich ihr an. »Nein, nichts. Sie ist ein braves Mädchen, obwohl ich ihre Mutter bin. Ich möchte nicht sagen, dass sie nicht ein bisschen Angst hat – es ist eine große Reise für jemanden, der so jung ist; aber sie liebt ihren Onkel Chris und vertraut ihm.«

Ich nickte und nippte am Kaffee, dabei dachte ich daran, was ich als Nächstes fragen könnte. Einer der Packer fragte mich etwas wegen einer Schachtel und das gab mir eine weitere Minute, um mich zu sammeln. »Wollen Sie mich auch etwas fragen?«

Sie lachte plötzlich auf und spuckte dabei fast einen Schluck Kaffee, den sie gerade genommen hatte, wieder zurück in die Tasse. »Merkt man das?«

Ich nickte und spürte, wie die Furcht meinen Magen zusammenzog. »Schießen Sie los, fragen Sie!«

Sie setzte ihre Tasse ab und wartete, bis die Packer hinausgegangen waren. Sie lehnte sich nach vor und fragte: »Es geht mich eigentlich nichts an und dann doch wieder ... aber … Wie lange kennt ihr euch schon, Chris und du?«

Das hatte ich kommen sehen. »Nur ein paar Tage.«

Sie nickte und ließ die Information einsinken. »Marga … nun, es ist wahrscheinlich kein Geheimnis, dass ihr Vater und ich derzeit nicht gerade gut miteinander auskommen und Chris scheint zu denken, dass Marga etwas Abstand braucht, und einige Zeit davon wegkommen soll. Ich weiß nicht genau, wie ich das sagen soll und hoffe, dass Sie es mir nicht übel nehmen, wenn ich sage, dass ich etwas besorgt bin, dass sich Marga eventuell ausgeschlossen fühlt ... wissen Sie? Ich meine, frische Romanzen sind so … also … intim und exklusiv.«

Ich schüttelte den Kopf. »Machen Sie sich keine Sorgen. Ich weiß genau, was Sie meinen. Sie sind besorgt, dass Marga sich möglicherweise wie das dritte Rad am Wagen fühlt und traurig wird oder Heimweh bekommt. Machen Sie sich keine Sorgen. Chris und ich sind gerade erst dabei, uns kennenzulernen. Wir sind nicht so nah, in diesem Sinn, noch nicht. Tatsächlich bin ich gestern genau deshalb weggegangen, weil ich mir nicht sicher war, ob er mir einen Job geben oder mich einladen wollte, wenn Sie verstehen, was ich sagen will.«

Der Ausdruck auf ihrem Gesicht war unbezahlbar.

»Oh, nein! Nein, nein, nicht, was Sie jetzt denken!« Ich lachte. »Chris und ich haben uns getroffen, als er mich über eine Zeitarbeitsfirma angeheuert hat, damit ich bei einer Wohltätigkeitsveranstaltung, an der er Santa spielte, neben ihm als

Elfe auftrat. Es geht alles mit rechten Dingen zu.«

»Oh!« Daphne legte ihre Hand auf die Brust. »Ich bin so erleichtert. Ich weiß, dass das peinlich ist, aber bei Chris weiß man nie ... nachdem er so gegen die Ehe ist und so weiter.«

Ich sah sie ausdruckslos an, damit sie nicht auf die Idee kam, ich wäre verletzt.

»Oh mein Gott, das hat er Ihnen aber erzählt, oder? Sie wissen, dass er nicht darauf erpicht ist zu heiraten?«

»Ich weiß«, bestätigte ich. »Obwohl ich zugebe, dass ich nicht weiß, warum. Er ist so mitfühlend und rücksichtsvoll anderen gegenüber ...«

Sie schaute mich seltsam an. »Wir sprechen hier schon über Chris, oder?«

»Ehm, ja. Warum?«

»Dann geht es vielleicht um einen anderen Chris, als ich ihn kenne.«

»Warum? Was kennen Sie von ihm?«

»Oh, nichts, was einen beunruhigen könnte«, sagte sie, wobei sie mir die Hand auf das Knie legte und es tätschelte. »Es ist nur so, dass Chris und Corey in einem lausigen Elternhaus aufgewachsen sind und Chris tatsächlich die Hauptlast für seinen Bruder übernommen hat. Er ist fürsorglich, das denke ich schon, ja. Manchen Menschen gegenüber, aber anderen gegenüber ist er ziemlich gleichgültig. Du bist eine der Glücklichen, wie es scheint.«

Ich würde diese Beobachtung einer späteren Nachuntersuchung unterziehen, wenn ich die Möglichkeit dazu hatte, eingehender darüber nachzudenken.

»Jedenfalls«, tappte sie mit Entschlossenheit auf mein Knie, als sie aufstand. »Ich weiß, Sie haben alle Hände voll zu tun. Kann ich irgendwie helfen?«

Das war diese Art von Angebot, das die meisten Menschen aus Höflichkeit machten, aber irgendwie hatte ich das Gefühl, dass sie es ehrlich meinte. »Nein, ehm … Das geht schon. Sobald sie hier fertig sind mit dem Katalogisieren, schickt Chris jemanden her, der das Verladen und den Abtransport überwachen wird. Und ich … muss nur zum Flughafen fahren.«

»Gut, wenn Sie es sagen. Aber Sie sollen wissen, dass Sie mir jederzeit eine Nachricht schreiben können, wenn Sie unterwegs etwas brauchen sollten. Ich werde sehr gerne helfen.«

»Das schätze ich sehr, Daphne. Und ich bin froh, dass Sie vorbeigekommen sind«, fügte ich hinzu. Ich meinte es auch.

»Das freut mich. Und können wir uns bitte in Zukunft Duzen?«

»Sehr gerne.«

Ich sah ihr nach, wie sie rückwärts aus der Einfahrt und dann langsam die Straße hinunterfuhr. Ich war erstaunt darüber, dass sie die Zeit hatte, vorbeizukommen und mich zu besuchen. Ich hätte gedacht, dass sie alle Hände voll damit zu tun hatte, die Sachen für ihre Tochter einzupacken. Vielleicht hat sie jemanden, der das für sie erledigt, dachte ich mir, als ich den Packern ein letztes Mal durch die Tür folgte und noch einmal für einen letzten Blick zurückging. Dann fuhr ich zum Flughafen.

Kapitel 10

Christopher

»Bereit? Alles so, wie ich es verlangt habe?«

Der Pilot nickte und tippte an die Ecke seiner Kappe. »Bereit zum Abflug, wenn Sie es sind.«

»Meine Gäste sind noch nicht hier. Können Sie über das Lautsprechersystem eine Durchsage für den Warteraum machen? Lillie Flemming und Marga Tollier bitte zu unserem Gate geleiten?«

»Kein Problem, Sir, obwohl ich auch unseren Flugbegleiter hineinschicken werde, um sie abzuholen. Unser Gate ist nicht ausgeschrieben.«

»Dann kümmern Sie sich bitte darum!«

Ich lehnte mich auf die cremefarbenen Lederbezüge der Sitze in der Hauptkabine zurück und tippte auf der Suche nach Nachrichten noch einmal auf mein Handy. Nichts, weder von der einen noch von der anderen, aber da war ein E-Mail von Steve.

»Schöne Ferien! Wir müssen über das Geschäft reden. Kannst du anrufen, wenn du gelandet und alleine bist?«

Was war das denn? Ich hasste kryptische Nachrichten, besonders, wenn sie von ihm kamen. Ich sah ein weiteres Mal aus dem Fenster, konnte die Mädels aber nicht sehen. Ich wählte Steves Nummer. »Was ist los?«

»Bist du in der Luft?«

»Nein, aber dabei bald wegzufliegen. Warum?«

»Ich hab mich noch einmal wegen der Immobilie von Flemmings Bäckerei umgehört. Ihre Tochter hat mich zurückgerufen. Sie sagte, sie wären im Moment nicht daran interessiert zu verkaufen. Willst du, dass ich sie ein bisschen unter Druck setze?«

Ich fühlte, wie das Blut aus meinem Kopf rann. »Hast du meinen Namen erwähnt?«

»Natürlich nicht! Hast du gedacht, ich wäre ein Stümper?« Er klang verletzt, aber ich wusste, dass er jedes Mittel, das ihm zur Verfügung stand, einsetzen würde, um das zu erreichen, was er wollte. Ich wusste, dass er – wenn ich ihm sagte, dass er sich zurückziehen sollte – Lillie drängen würde und das Haus selbst kaufen und es dann gegen mich in der Hand haben würde. Ich durfte jetzt keinen Fehler machen.

»Okay, nenne nicht meinen Namen, sonst wird sie mit dem Preis nach oben gehen. Kauf es einfach still und heimlich und bring es hinter dich. Allerdings ohne Druck. Das würde sie misstrauisch machen.«

»Irgendetwas ist komisch an der Sache.«

»Ach so?«

»Durchaus: Drei Jahre lang wurde keine Grundsteuer mehr bezahlt und die Gemeinde ist drauf und dran, den Besitz zu pfänden. Wir könnten es uns auf dem Gerichtsweg um den Preis der Nachzahlungen abholen, wenn wir das abwarten wollen. Warum würde sie nicht verkaufen wollen, solange sie noch etwas für das Haus bekommen kann?«

»Ich weiß es nicht und es ist mir auch egal«, versuchte ich, so gleichgültig zu sagen, wie ich nur konnte. »Vielleicht will sie Zeit schinden, um zu sehen, ob der Preis nach oben geht. Lass sie schwitzen.«

»Gut, wenn du es sagst. Aber sobald es dann einmal in die Versteigerung geht, dann gibt es keine Garantien. Du weißt, was ich meine?«

»Die gibt es nie.« Ich wollte das Gespräch beenden.

»Ja, das denkst du vielleicht«, schoss er nach und ich fühlte, wie mir das Blut kalt durch die Adern floss. Ich musste ihm etwas vorspielen.

»Hast du Verbindungen, die uns helfen können?«

Er musste getrunken haben, da er in der Stimmung war zu prahlen. »Zur Hölle, ich habe überall meine Verbindungen. Weißt du das jetzt immer noch nicht?«

»Inklusive Feuer?«

»Verflucht, ja! Ich kann das Weiße Haus niederbrennen lassen, wenn du mir sagst, dass es das ist, was du willst.«

Ich war bereit dazu, ihm den Kopf abzureißen. Meine gesamte Zukunft lag in den Händen eines Verrückten. Er musste Flemmings Bäckerei niedergebrannt haben – vielleicht nicht persönlich, aber er musste jemanden beauftragt haben! Zumindest war es das, was mir mein Bauchgefühl sagte. Sie hätten sterben können, realisierte ich mit Schrecken. Und der Hurensohn log mir direkt ins Gesicht!

Ich bemühte mich, dass meine Stimme so gleichgültig klang wie nur möglich; sogar ein Glucksen brachte ich zuwege. »Ich wusste die ganze Zeit über, dass du es gewesen bist, du durchtriebener Hund. Hör zu: Richte Marjorie liebe Grüße aus und ich erwarte mir von dir, dass auch du dir die nächsten Wochen freinimmst, okay?« Ich wollte ihn aus meinem Gebäude draußen haben, bis ich wiederkam und mit ihm persönlich abrechnen konnte.

»Hey, das könnte ich doch glatt machen. Ja, Marjorie möchte auf die Inseln fahren und an ihrer Bräune arbeiten. Vielleicht setze ich sie in ein Flugzeug und wir fliegen Richtung Süden – raus aus dem Schnee.«

»Hört sich großartig an. Schöne Ferien, mein Freund!«, wünschte ich ihm, bevor ich auflegte. Innerlich bebte ich vor Wut. Ich verband mich mit meinem Anwalt.

»Erinnern Sie sich daran, worüber wir gesprochen haben?«

»Ja, Sir.«

»Kümmern Sie sich darum und setzten Sie den Staatsanwalt darüber in Kenntnis, dass ich Informationen habe, an denen er interessiert sein wird, wenn ich zurückkomme.«

»Mache ich. Darf ich wissen, in welcher Hinsicht?«

»Noch nicht. Sie werden es herausfinden, wenn ich zurück bin. Genießen Sie die Feiertage.«

»Ihnen auch.«

Die Tür des Jets öffnete sich und ein strahlendes kleines Gesicht tauchte in der Türöffnung auf. »Onkel Chris! Ist das wirklich unser eigenes Flugzeug?« Marga trat in die Kabine, gefolgt von Lillie, die rote Wangen hatte.

Ich wandte mich zuerst an Marga. »Sicher ist es das. Warum gehst du nicht mit Luke nach vorne ins Cockpit und lässt dir vom Piloten die Armaturenknöpfe erklären?« Ich nickte Luke zu, der sie nach vorne lotste.

Ich stand auf, öffnete meine Arme und streckte sie Lillie entgegen. Sie fiel in meine Arme und ich merkte, dass sie zitterte. »Was ist denn los?«, fragte ich beunruhigt. »Geht es dir nicht gut? Bist du krank?«

»Noch nicht, aber ich habe Höhenangst.«

Ich lachte. »Und das ist dir gerade jetzt eingefallen?«

»So irgendwie. Chris, ich bin bis jetzt noch nicht geflogen und ich habe nicht darüber nachgedacht, dass du ein privates Flugzeug haben könntest.«

»Einen Jet.«

»Was?«

»Es ist ein Jet, Süße. Eine Boeing 747-8 VIP, ein Privatjet.«

»Mir ist es egal, ob es ein 2017 Kanarienvogel im Hinterhof ist; er fliegt höher, als ich es will.«

»Jetzt komm schon. Weißt du, da gibt es ja noch die Möglichkeit, eine kleine Chance, dass es dir gefallen wird. Nachdem du noch nie mit einer öffentlichen Fluglinie geflogen bist, weißt du gar nicht, was du verpassen wirst; und das sage ich, weil es in öffentlichen Flugzeugen ziemlich ungemütlich ist.«

Sie wankte und ihre Knie gaben nach. »Kann ich mich irgendwo hinsetzen?«

»Klar! Komm hier rüber und setz dich auf das Sofa. Wenn du dich gerne hinlegen möchtest, dann kannst du das auch machen. Ich bin hier, gleich neben dir. Soll Marga deine Hand halten?«

»Das würde mir nichts ausmachen«, gab sie kleinlaut zu.

»Lillie, das habe ich nicht gewusst. Es tut mir leid. Ich kann aber leider nichts dagegen tun, außer ich engagiere einen Flaschengeist, der dich hinüberzaubern kann.«

»Glaubst du, dass einer zu haben ist?«

»Nein, ich glaube, dieses Schiff ist schon ausgelaufen, tut mir leid.«

»Wenn wir gerade von einem Schiff sprechen …«

Ich lachte laut auf. »Sei nicht so ein Angsthase. Luke ist ein exzellenter Küchenchef und er hat ein ziemlich gutes Menü geplant. Du kannst dich auf dem Sofa entspannen und ich drehe den Fernseher an. Luke wird dir etwas gegen Flugkrankheit geben, wenn du es brauchst, aber ich denke, dass es dir gefallen wird, sobald wir unterwegs sind. Ich werde dich drüben womöglich hinauszerren müssen.«

»Ich wünschte, das hier wäre bereits das andere Ende.«

»Na komm!« Ich führte sie zum Sofa und setzte sie hin. Dabei küsste ich sie, ließ meine Finger über die Innenseite ihres Beines gleiten und presste einen Finger auf ihre Muschi. »Es wird alles gut werden und wenn du willst, dann können wir uns auch im großen Schlafzimmer hinlegen.«

»Es gibt hier ein Schlafzimmer?«

»Oh, ja. Kannst du dir vorstellen, dass ich mit irgendetwas fliegen würde, das keines hat?«

»Nein, wahrscheinlich nicht. Was ist mit Marga?«

»Nun, sie kann in deinem Bett mit dir schlafen, wenn du das willst, aber ich dachte, wir würden das Sofa hier für sie herrichten. Man kann es ausziehen und es ist wirklich gemütlich. Luke wird ein Auge auf sie haben.«

»Lass mich hier nur für ein Weilchen sitzen, um mich zu sammeln.«

»Klar, kein Problem.«

Gerade da kamen Luke und Marga zurück und Marga sprang

aufgeregt zu Lillies Füßen auf das Sofa. »Bist du auch so aufgeregt?«, schrie sie schrill.

»Oh, ja, Liebes«, antwortete Lillie und bemühte sich, so gut es ging, normal zu klingen. »Setz dich jetzt hin und lass dich anschnallen. Vielleicht spielen wir ein Kartenspiel, wenn wir erst einmal in der Luft sind.«

Marga drehte sich so hin, dass sie aus dem Fenster schauen konnte. »Ich möchte sehen, wie wir abheben. Magst du nicht auch mit mir hinausschauen, Lillie?«

»Oh, Liebling, warum schaust nicht du hinaus und erzählst es mir danach? Bitte? Das ist ein spezieller Auftrag für dich.«

»Oh, spitze!«, kicherte sie.

»Setz dich jetzt hin, Marga! Du kannst hinausschauen, sobald dein Sitzgurt festgezogen ist«, sagte ich etwas strenger.

Marga setzte sich sofort hin. Sie war ein sehr gut erzogenes Kind und ich wusste, dass Daphne dafür verantwortlich war. Die Motoren heulten auf und Marga schrie vor Vergnügen auf. Lillie auf der anderen Seite war nicht so begeistert.

Wir fuhren auf die Rollbahn, drehten um und hoben ab. Marga presste ihr Gesicht auf das Bullauge, während Lillies Gesicht nun schneeweiß war. Ich nahm ihre Hand und streichelte ihr mit meinem Zeigefinger zärtlich über die Handfläche. Ich zog eine Schublade aus dem Tischchen neben mir heraus, nahm ein Fläschchen mit Valium heraus und gab ihr eine geringe Dosis. »Hier, das wird dich beruhigen.«

Sobald wir stabil in der Luft waren, stand Luke auf und begann den Tisch für das Abendessen zu decken. Lillie winkte ab. »Nein, danke, nichts für mich.«

Luke nickte und kam kurz darauf wieder. Er reichte ihr ein

Glas. »Das ist Ginger Ale, Miss. Das beruhigt den Magen.«

Sie nickte und trank mutig alles auf einmal aus, dann legte sie ihren Kopf auf das Polster zurück. Marga und ich aßen und sie plapperte über die Schule und wie aufgeregt sie wegen der Reise war. So wollte ich sie sehen: fröhlich und aufgeregt, statt verängstigt und verschlossen. So glücklich sollte sie immer sein. Marga gab Lillie Meile für Meile eine Beschreibung dessen, was vor ihrem Fenster vorging, und ich konnte Lillie leise ächzen hören, während die Bilder in ihre verängstigte Vorstellung vordrangen. Sie lag auf dem weißen Ledersofa, ihre dunklen Haare hinter ihr ausgebreitet. Das löste bei mir die Fantasie einer Lieblingspuppe aus, mit der ich gerne spielen wollte.

Aber letztendlich verflüchtigte sich die Aufregung wieder und als es für Marga Zeit wurde ins Bett zu gehen, nickte ich Luke zu und er brachte einen ganzen Arm voll Polster und Decken. »Marga, hol deinen Pyjama und zieh dich hier im Badezimmer um. Dann kannst du etwas schlafen und wenn du aufwachst, sind wir schon in Paris.«

Sie tat, wie ihr aufgetragen wurde, während ich mich hinunterbückte, Lillie zusammenrollte und sie in das Schlafzimmer trug. Ich schloss die Tür und zog sie aus. Danach streifte ich ihr zum Schlafen eines meiner Shirts über. Ich legte sie ganz auf die andere Seite des Bettes und kletterte neben sie hinein. Sie drückte sich an mich. Das war zu meiner liebsten Schlafstellung und zur schönsten Zeit des Tages geworden.

Kapitel 11

Lillie

Mein Verhalten auf dem Flug war mir peinlich. Ich hatte mehr Fürsorge gebraucht als Marga! Bei all dem, was mit meinem Umzug und dem gleichzeitigen Beginn einer Beziehung zusammenhing, hatte ich gar nicht daran gedacht, was ein Flug mit sich brachte. Ich hatte Glück, dass ich mir irgendwann einmal einen Pass ausstellen ließ, für die entfernte Möglichkeit, dass ich ihn einmal benutzen sollte.

Chris verhielt sich ganz normal und umsichtig und ich stellte fest, dass sein Benehmen mir Kraft und ein Gefühl der Sicherheit gab. Das wollte ich für ihn auch tun. Ich wusste, dass er niemals heiraten wollte, aber wenn man sich entschied, allein zu bleiben, dann verzichtete man doch auf so viele der schönsten Dinge des Lebens. Ich brauchte nur an meine Eltern zu denken, um das zu sehen. Sie kamen über schwere Zeiten hinweg, weil sie einander hatten. Ich fühlte dasselbe Chris gegenüber - ich wollte ihm zeigen, dass er sich auf meine Unterstützung verlassen konnte, egal, was auch immer passieren mochte.

Er weckte mich mit einem Kuss auf, als wir am Flughafen Charles de Gaulle aufsetzten. »Wir sind angekommen, Schätzchen. Du ziehst dich besser an und machst dich fertig. Wir fahren direkt ins Hotel und werden dort frühstücken. Es ist immer noch früh.«

Ich spähte vorsichtig aus dem Fenster und sah, dass es draußen tatsächlich noch finster war. »Wie weißt du, dass es Paris ist? Es ist alles finster draußen.«

»Oh, mach dir keine Sorgen«, lachte er. Ich bezahle meine

Piloten ziemlich gut, damit sie mich an die richtigen Orte bringen. Komm schon, Schlafmützchen … außer du willst noch ein bisschen mehr herumfliegen.«

»Nein, nein, ich bin schon wach, ich schwöre. Lass uns bloß am Boden bleiben!«, protestierte ich und rollte mich von der Matratze herunter. Ich hörte Chris kichern. Er verließ das Schlafzimmer und ich hörte, wie er Marga zärtlich dazu bewegte, ebenfalls aufzuwachen. Ihr kleines, verschlafenes Stimmchen versuchte sich zu wehren, aber dann wurde es ihr bewusst, wo sie war und dann erwachte ihr freches Wesen wieder mit voller Energie.

Wir stiegen aus dem Jet und wurden von einer Limo empfangen, die uns durch die immer noch dunklen Straßen von Paris kutschierte, bis wir zum Park Hyatt Paris kamen. Wir folgten dem Portier in den Aufzug und stiegen im vierten Stock aus. Chris hatte eine der Residence Suiten gebucht, in der Marga am einen Ende ihr eigenes Zimmer hatte, und Chris und ich uns ein Zimmer auf der anderen Seite teilen würden.

Marga sprang herum und drückte ihr kleines Gesicht gegen das Glasfenster, als sie den Hof unter ihr und die Skyline in der Entfernung betrachtete. »Ich glaube, ich kann den Turm sehen!«, rief sie aus und Chris gluckste.

»Ich glaube nicht, Marg … Da stehen ziemlich viele andere Gebäude auch noch dazwischen.«

»Oh, nein, Onkel. Ich bin mir sicher, dass ich ihn sehen kann. Ich kann auch das Jesuskind sehen!«

Chris nickte. »Ja, hier in Frankreich ist es Tradition, Krippen aufzustellen, in denen dargestellt wird, wie Jesus geboren wurde. Bis zum zweiten Februar machen sie das, denke ich. Bis vierzig Tage nach Weihnachten. Also wenn wir bis zum Februar hierblieben, dann könntest du immer noch diese Weihnachtskrippe sehen.«

Ich stand in der Mitte des Raumes und war etwas unter Schock. Ich bin tatsächlich in Paris! Das war alles, woran ich denken konnte. Ich starrte auf die Einrichtung der Suite. Es war alles ... so ... französisch! Obwohl alles rund um uns so elegant und modern war, war der Charme der Stadt nicht zu übersehen. Ich konnte es kaum erwarten, durch die Straßen zu streifen, in die Geschäfte hineinzugucken und sogar ein paar Stücke von dem echten französischen Kleingebäck zu kosten.

Chris schien mit der Situation sehr zufrieden zu sein – offensichtlich wirklich darüber glücklich, dass wir bei ihm waren. »Ich sage euch etwas«, schlug er vor. »Lasst uns hier in der Suite frühstücken. Ich habe ein Meeting und ich dachte, vielleicht wollt ihr zwei Ladies ein langes Bad nehmen oder ein kleines Schläfchen machen und wenn ich dann fertig bin, dann können wir hinausgehen und uns die Stadt anschauen. Und heute Abend werden wir in einem weltberühmten Restaurant essen. Was sagt ihr dazu?«

»Onkel Chris, wirst du den ganzen Tag weg sein?«, fragte Marga etwas eingeschüchtert. Ich konnte sehen, dass sie am liebsten gleich losstarten wollte, und mir ging es genauso.

»Ich sollte nicht länger als ein paar Stunden unterwegs sein«, versicherte er uns. Jemand klopfte an der Tür und ein Kellner kam herein mit einem Servierwagen, der mit zugedeckten Speisen gefüllt war. »Wie gerufen«, kommentierte er und wir warteten, bis der Kellner ein weißes Tischtuch über das kleine Marmortischchen ausbreitete, glänzendes Silberbesteck auflegte und frische Blumen hinstellte. Er trat auf die Seite, wartete, bis wir uns hingesetzt hatten und präsentierte uns dann jedes Gericht, indem er jeweils den Deckel aufhob und es Chris in Erwartung seiner Zustimmung hinhielt. »Stellen Sie einfach alles auf den Tisch, vielen Dank«, wies Chris ihn an. »Wir können uns selbst bedienen. Danke, Sie können jetzt gehen.«

Ich fühlte mich so, als ob ich in eine andere Welt transferiert worden wäre. Wenn man Chicago, wo ich aufgewachsen war, jemals als Kleinstadt bezeichnen wollte, dann war das jetzt die Zeit dafür. Ich war noch nie unter Menschen gewesen, die wirklich Geld hatten. Sie benehmen sich anders. Sie akzeptierten Dinge für gegeben, um die ich mich sorgen musste und die mir Kummer bereiteten – inklusive persönliche Angelegenheiten, wie etwa die Wäsche zu waschen oder ein Bad einzulassen. Sogar Marga fühlte sich in dieser Atmosphäre wohler, als ich es tat. Ich war mir nicht sicher, ob mir das gefiel oder ob es mir unangenehmer war, als es notwendig war. Ich beschloss, mich einfach so zu benehmen wie immer und Chris den Rest erledigen zu lassen.

Nach dem Frühstück folgte mir Chris in das Badezimmer und schloss die Tür.

»Hör zu, Lillie. Da gibt es etwas, worüber ich mit dir reden möchte, aber du musst mir versprechen, dass du das nicht als Kritik auffassen wirst. Können wir ganz offen miteinander sein?«

»Ja, ich wüsste nicht, was dagegen sprechen würde.« Ich machte mich auf alles gefasst, was da kommen mochte. Ich wusste, dass es mich treffen würde.

»Ich weiß, dass du bisher ein ruhiges Leben geführt hast und vielleicht nicht die Notwendigkeit bestanden hat, eine umfangreiche Garderobe zu besitzen. Ich suche nach den Worten, mit denen ich das am besten so verpacken kann, dass du dich nicht verletzt fühlst.«

»Ich glaube, dass du sagen willst, dass ich für Paris nicht passend gekleidet bin?«

»Also …« Er wand sich und ich merkte genau, dass er am liebsten alles andere getan hätte, als dieses Gespräch mit mir zu führen. »Es ist meine Schuld, ich weiß. Ich habe dich auf diese Reise eingeladen und habe nicht im Geringsten daran gedacht, welche Vorbereitungen ein weibliches Wesen für solche Dinge trifft. Ich habe dich überrumpelt. Jedenfalls, lass mich das einfach loswerden.« Er fuhr mit seiner Hand in die Tasche und holte eine Kreditkarte heraus. »Ich möchte nicht, dass du gekränkt bist, oder dass du irgendetwas anderes hineininterpretierst als zu denken, dass das nur ein Zeichen dafür ist, dass ich dir nur Gutes tun will. Ich hätte es sehr gern, wenn du und Marga einen großen Teil des Tages damit verbringen würdet, euch Kleidung zu kaufen. Für beide von euch natürlich. Ihr müsst auf kein Preisschild achten oder an einem Geschäft vorbeigehen, weil ihr denkt, dass es dort zu teuer sein könnte. Darum musst du dir keine Gedanken machen.«

»Schickst du mich auf eine Einkaufstour?«

»Du siehst ja, wie schwer mir das jetzt fällt. Ich hätte gerne, dass du alles hast, was dein Herz begehrt, und ich weiß, dass dein Budget dafür nicht reicht. Ich möchte dir diese Dinge kaufen, nicht weil ich im Gegenzug etwas dafür haben möchte, sondern weil es mich verdammt glücklich machen würde, dich glücklich zu sehen. Ich möchte es dir ermöglichen, in die Welt der Mode einzutauchen, für die Paris so bekannt ist. Marga wird auch ein paar Dinge brauchen, aber ich hätte gern, dass du den Großteil des Tages für dich verwendest.« Er war angespannt; ich konnte sehen, wie sich die Muskeln an seinem Kiefer spannten.

Ich lächelte und schüttelte meinen Kopf. »Du bist einfach unglaublich, weißt du das? Du gibst mir das, wovon jede Frau träumt, und entschuldigst dich auch noch dafür. Du bist ein besonderer Mensch, Chris. Ich werde dir das leicht machen. Ich weiß, dass man es mir an meiner Kleidung ansieht, dass ich in einer Bäckerei in Chicago aufgewachsen bin. Ich möchte nicht, dass du dich wegen mir schämen musst, und wenn wir in Chicago in meinem Viertel wären, dann müsstest du das auch nicht. Aber hier verstehe ich, was du meinst. Lass mich einfach nur >Danke< sagen. Ich werde hinausgehen und etwas shoppen, aber du musst wissen, dass ich mir nichts kaufen werde, was ich nicht auch in Chicago in der richtigen

Situation tragen könnte. Das wäre einfach gegen meine eigenen Prinzipien. Ich bin sehr praktisch veranlagt«, unterstrich ich und hoffte, dass er das verstand.

»Ich weiß, was du meinst, und das ist tatsächlich auch eines jener Dinge, die ich an dir mag. Du stehst mit beiden Beinen auf dem Boden und du bist sicher nicht leichtsinnig. Aber dieses eine Mal, bitte, für mich: sei verschwenderisch. Sieh es als Weihnachtsgeschenk von mir, wenn du willst.«

Ich zuckte mit den Achseln und gab nach, lächelte und streckte meine Arme nach oben, um sie um seinen Hals zu legen. »Ich danke dir«, flüsterte ich in sein Ohr.

»Gott! Wenn du das tust, dann möchte ich dich am liebsten in das Bett dort tragen. Aber ich muss gehen, ich habe Termine, die warten. Mein Fahrer wird dich und Marga begleiten und wird vor jedem Geschäft auf euch warten. Und wenn ihr hungrig seid, dann gönnt euch etwas. Marga wird sich sicher nicht beschweren. Und dann bringe ich euch heute Abend in eines meiner Lieblingsrestaurants und du kannst Leute beobachten, während du das genießt, was ich für eine der feinsten Küchen der Welt halte.«

»Du scheinst sehr viel übers Essen zu wissen?«

Er schaute schnell weg und ich fragte mich, warum. »Ich habe ein paar Kochkurse belegt, während ich auf der Uni war«, sagte er schließlich und ich akzeptierte es, aber ich wusste, dass da noch mehr dahintersteckte. Ich beließ es dabei. Er würde es von sich aus erzählen müssen.

»Gut, ich muss mich beeilen.« Er gab mir einen schnellen Kuss, einen Klaps auf den Hintern und packte seine Aktentasche, bevor er den Raum verließ. Ich hörte, wie die äußere Tür zuging, und einen Moment später tappte Margas kleine Hand auf die Schlafzimmertür.

»Lillie?«, drang ihre dünne Stimme an mein Ohr. »Onkel Chris hat gesagt, dass wir shoppen gehen?«

»Komm rein, Marga!« Ich klopfte mit meiner Hand auf die Matratze neben mir. »Komm her und wir sprechen darüber.« Sie hüpfte voller Freude aufs Bett, setzte sich hin und hörte zu.

»Also wir zwei, du und ich, wir werden den Tag gemeinsam verbringen. Onkel Chris, also Chris, hat uns ausreichend Geld gegeben, sodass es nur an uns zwei Hübschen liegt, auszugehen und uns zu amüsieren. Glaubst du, dass das etwas für uns ist?«

Ihre Augen strahlten. »Oh, ja, das ist es. Mommy hat mir beigebracht, wie man das macht.« Ihre Stimme klang sachlich und verschwörerisch zugleich.

»Bevor wir gehen, wäre es gut, wenn du deine Mama anrufen und ihr sagen würdest, dass wir hier gut angekommen sind und dass sie sich keine Sorgen zu machen braucht. Du kannst mein Telefon benutzen. Danach kannst du ein Bad nehmen, ich springe in die Dusche und wir machen uns auf. Wie wäre das?«

Marga nickte und klatschte voller Vorfreude in die Hände. »Lillie?«

»Ja?«

»Denkst du, dass es Onkel Chris etwas ausmachen würde, wenn wir eventuell bei einem Spielzeuggeschäft einen Stopp einlegen würden? Mama hat mir erzählt, dass die französischen Puppen die schönsten Puppen der ganzen Welt sind.«

»Nun, wir können schon bei einem Spielegeschäft Halt machen, aber Santa kommt schon sehr bald und vielleicht hat er ja schon etwas für dich? Du bist doch ein braves Mädchen gewesen, oder?«

Marga nickte wieder, mit einem großen Lächeln auf dem

Gesicht, das aber plötzlich traurig wurde.

»Stimmt etwas nicht?«

»Es gibt nur eine Sache, die ich mir von Santa wünsche.«

»Und die wäre?« Ich legte meinen Arm um sie und erwartete zu hören, dass sie sich vielleicht ein Pony wünschte.

»Ich wünsche mir, dass Mommy und Daddy nicht so viel streiten würden.«

Ich dachte, das Herz würde mir brechen. Chris hatte voll ins Schwarze getroffen. Was es auch immer war, das zwischen ihren Eltern vor sich ging, es hatte mit Sicherheit große Auswirkungen auf sie. Obwohl ich Marga noch kaum kannte, fühlte ich ihre Traurigkeit und wollte ihr helfen. Und ich war genau deswegen hier, um auf sie aufzupassen, während Chris sich um seine Geschäfte kümmerte. Ich war ein bisschen beschämt, dass ich anfangs auf seine erste Einladung so unpassend reagiert hatte. Ich hatte damals nicht verstanden, wie sehr er Margas kleine Welt besser machen wollte.

»Mach dir keine Sorgen, Kleines. Während du hier mit Onkel Chris und mir bist, verbringen deine Mommy und dein Daddy Zeit miteinander und ich bin mir sicher, dass sie dann, wenn wir zurückkommen, sehr froh sein werden, wenn sie dich wieder haben. Alles wird viel besser sein.« Ich kniff mich selbst und hoffte, nicht allzu viel zu versprechen. Sie konnte sich nicht noch schlechter fühlen, als sie es ohnedies in diesem Moment schon tat. Und wenn es etwas gab, was ich für sie tun konnte, dann das, dass ich etwas von der Last von ihrem Herzen nahm, damit sie mit Unbeschwertheit shoppen gehen konnte, wie es einer Zehnjährigen entsprach. Das hatte sie verdient. »Jetzt gehst du schnell in dein Zimmer und machst dein Schläfchen und ich komme dich in ungefähr einer Stunde wecken für dein Bad.«

»Danke, Lillie!«, sagte sie, kniete sich hin und schlang mir ihre

Arme um den Hals. Sie gab mir einen dicken Kuss auf die Wange und ich drückte sie ganz fest, bevor sie aus meinem Zimmer flitzte und höflich die Tür hinter sich zumachte.

Ich legte mich auf mein Bett und drückte mir ein Kissen auf die Brust. Marga hatte mein Herz gerade im Sturm erobert.

Kapitel 12

Christopher

Langsam begann ich es zu bedauern, dass ich Lillie mitgebracht hatte. Ich fühlte mich wie ein Arschloch. Ich war nicht ganz ehrlich zu ihr gewesen, was die Natur meiner Geschäfte anging und wie sich unsere Wege bereits gekreuzt hatten, ohne dass sie es gewusst hatte. Ich redete mir sogar selbst ein, dass sie eine Begleitung für Marga war, aber ich wusste, dass ich log. Ich wusste, dass ich sie für mich selbst mitgenommen hatte, da ich Zeit mit ihr verbringen und ihr die Schönheiten von Europa zeigen wollte.

Bis jetzt waren Frauen für mich kaum mehr als schönes Beiwerk gewesen, aber ich hatte nie ihr Vertrauen missbraucht und hatte sie nie ausgenützt. Alles, was bisher zwischen mir und einer Frau passiert war, war in gegenseitigem Einverständnis geschehen und ich ging auf Nummer sicher, dass keiner von uns Erwartungen für die Zukunft hegte. Ich versuchte, auch Lillie in diese Rolle zu zwängen, aber ich fühlte, wie sehr es mir selbst zu entgleiten drohte, wie diese Rolle überhaupt definiert war. Ich hatte sie nach Europa gebracht, um ihr eine Pause zu gönnen und um sie für eine gewisse Zeit aus ihrer furchtbaren Situation herauszuholen. Ich wollte sie beschützen. Und ich fragte mich, warum. Der rational denkende Teil in mir sagte, dass sie es schaffte, selbst auf sich aufzupassen; dass sie jung war und schön und dass es bald jemanden geben würde, der sich um sie kümmerte. Der egoistische Teil in mir wollte das nicht geschehen lassen. Ich wollte nicht, dass sich irgendwer um sie kümmerte – außer mir. Ich hasste es, wenn Beziehungen zu eng waren. Einen Teil meines Erfolges verdankte ich der Tatsache, dass ich frei und ungebunden war, und dass es mir möglich war, kürzerzutreten, wenn es nötig war. Ohne Ehefrau, für die ich verantwortlich war, konnte ich Risiken eingehen. Wenn jemand von mir abhängig war, konnte ich das nicht mehr tun.

Dann gab es noch die Situation meines Bruders mit seiner Frau. Das, was sie durchmachten, wollte ich nicht haben. Auch wenn das hieß, dass ich nicht so ein wunderbares Kind haben würde wie Marga. Ich wollte das Katz-und-Maus-Spiel nicht, die Manipulation, die Eifersucht und den Liebesentzug, wenn man sich nicht entsprechend verhielt. Ich wollte etwas, was besser war als das.

Ich vermutete, dass es mit Lillie anders wäre. Sie war wie ich. Während ihr Familienleben eventuell bisher normaler gewesen war als meines, kannte sie den Wert des Dollars und sie hatte den Ehrgeiz, mehr für sich zu wollen ... Es war dieser Ehrgeiz, der mir am meisten an ihr gefiel. Wenn du dich nicht weiterentwickelst, dann stirbst du. Sie verstand das. Ich vermutete, dass sie zumindest ein bisschen in mich verliebt war – oder zumindest das selbst glaubte. Ich fühlte dasselbe für sie. Die Frage war, ob es bloße Vernarrtheit war oder ob es auch einen wahren Grund gab, warum jeder von uns so fühlte. Es war nichts, was ich alleine beantworten konnte, und ich hasste diese chaotischen Überlegungen.

»Wir werden bloß eine tolle Zeit miteinander verbringen«, sagte ich zu mir selbst. Schließlich stand Weihnachten schon vor der Tür und wir waren in einer der schönsten Städte der Welt. Es gab so Vieles zu feiern und so viele unterschiedliche Arten, das zu tun. Warum eine Decke voller Sorgen über alles ausbreiten? Das würde nur alles ersticken.

Ich war auf dem Weg zur Chambelland Boulangerie, einer der fünf besten Bäckereien von Paris. Ich hatte schon vor Monaten, als ich die Reise plante, mit den Besitzern gesprochen. Sie waren an meinen Tipps zur Produktion interessiert und ich wollte mehr über ihre Rezepte erfahren und ein Auge auf ihre feine Kunst der Präsentation von Backwaren werfen.

Jock und Pierre waren Brüder, die dritte Generation, die die Cambelland Boulangerie führten. Ich stand ihnen in der Kunst des Backens um nichts nach und fühlte augenblicklich ihre abwehrende Haltung, was für unsere Geschäftsbeziehung unglücklich war. Unser Treffen war mehr formell als freundlich und ich konnte nicht auch nur annähernd das erreichen, was ich mir erhofft hatte. Ich hatte den Gedanken, dass Lillie, wenn sie mit mir mitgekommen wäre, die beiden entwaffnet hätte und alles besser gewesen wäre. Als ich ihre Produktionsstätte mit dem dazugehörigen Schauraum verließ, erinnerte ich mich daran, dass ich, was Lillies Wissen über mein Geschäft betraf, genauso gut Mülleimer oder Basketballkörbe verkaufen konnte. Ich hatte die besten Leute dafür eingestellt, sicherzustellen, dass meine Holdingfirmen meine Investitionen zum Großteil verbargen. Sie hatte keine Ahnung davon, dass ich mich in ihrem Geschäft genauso gut auskannte wie sie, oder zumindest fast so gut. Was für ein wunderbares Paar wir doch abgeben würden, wenn wir an einem Strang zögen! Aber das taten wir nicht und das war meine Schuld. Dem wollte ich Abhilfe schaffen, wenn auch nur um mein Gewissen zu erleichtern. Ich war mir nicht sicher, was ich auf diesem Trip erreichen würde. Ich riskierte, dass sie böse wurde und das würde es für sie unerträglich machen, mit mir unterwegs zu sein.

Ich fand ein Café in einer Seitenstraße, wo ich für einen Café Latte Halt machte und ein paar Gedanken zu Papier bringen konnte. Nachdem ich bestellt hatte, rief ich meinen Anwalt an.

»Es ist Chris«, sagte ich, auch wenn er durch meine Anrufer-ID schon wusste, wer ich war.

»Ja, Chris. Wie ist es in Paris?«

»Etwas chaotisch. Wahrscheinlich ist es nicht das, was Sie hören wollen. Ich hätte diesen Trip auf nach den Ferien verschieben sollen, nachdem ich ein paar Dinge in den Staaten geklärt hatte. Aber es gibt nichts, was mit Weihnachten in Paris zu vergleichen wäre, also werde ich die Traditionen und die schönen Dinge hier genießen.«

»Im Moment klingen Sie nicht sehr wie ein Tourist. Entspannen Sie sich und verbringen Sie ein paar gemütliche Tage. Ich habe hier alles unter Kontrolle.«

»Inklusive dem, was wir gestern besprochen haben?«

»Alles erledigt.«

»Gut. Lassen Sie mir über Nacht die Dokumente zukommen.«

»Mache ich.«

Kapitel 13

Lillie

Wir riefen Daphne an, um ihr mitzuteilen, wo wir untergebracht waren und dass alles in Ordnung war. Marga sprang schon vor Vorfreude auf unseren Ausflug im Zimmer herum, also nahm ich das Telefon zur Hand. »Hier – hast du die Nummer?«

»Ja, ich sehe sie auf meinem Display. Ich schätze es sehr, dass du mich auf dem Laufenden hältst. Corey ist nicht zu Hause, aber ich werde es ihm ausrichten.« Ihre Stimme klang kläglich und ich fragte mich kurz, ob sie vielleicht wieder Streit gehabt hatten.

»Marga geht es großartig und ich glaube, dass Chris massenhaft Pläne für sie geschmiedet hat. Kümmere dich jetzt einmal nur um dich und entspann dich, okay?« Ich kannte sie kaum, aber Frauen halten wie Schwestern zusammen, wenn es darauf ankommt, sich um einander zu kümmern. Vielleicht fürchten wir alle, dass wir in derselben Situation und an demselben Punkt enden und dann ein Sicherheitsnetz brauchen.

»Ich werde sehen, was sich machen lässt. Ich weiß nicht, wie viel ich noch ertragen kann, Lillie. Es tut mir leid, ich sollte dich nicht mit all dem belasten.«

»Ist schon gut, Daphne. Ich hatte nie eine Schwester, weißt du. Ich würde die Chance gerne ergreifen, eine zu haben, und wenn es nur meine Schulter ist, die ich dir zum Anlehnen bieten kann.«

»Kann Marga uns hören?«, fragte sie zögernd.

»Nein, sie ist im Nebenzimmer und schaut Petit Ours Brun –

etwas über einen Bären, glaube ich. Es ist alles auf Französisch, aber das scheint ihr nicht viel auszumachen.«

»Ich nehme dein Angebot gerne an, Lillie. Ich habe den Eindruck, dass du vernünftig und fürsorglich bist. Noch dazu habe ich niemanden sonst, mit dem ich reden könnte.«

»Was ist denn los?«

»Corey ist letzte Nacht nicht nach Hause gekommen.«

»Oh. Ist das früher auch schon einmal passiert?«

Es gab eine Pause. Ich wollte für sie da sein, aber das Mobiltelefon lief auf meine Rechnung und internationale Anrufe waren ziemlich gesalzen. Ich überlegte mir, ob ich sie fragen sollte, dass wir über E-Mail kommunizierten, aber sie hörte sich so an, als ob sie mich jetzt dringend brauchen würde.

»Ja, vier Mal.«

Was sollte ich sagen? Ich sollte nicht zwischen die Fronten geraten, aber immerhin war ich wegen Marga hier, also war ich in gewisser Weise schon mitten drin. »Habt ihr gestritten?«

»Nicht letzte Nacht. Aber die ersten Male haben wir das schon.«

Ich schluckte etwas, als ich die tödlichen Worte sprach. »Weißt du, wo er war?«

»Ja.«

Sie wartete, bis ich ihr den Weg ebnete, mit der Wahrheit herauszurücken. »Willst du es mir sagen?«

»Bei einer anderen Frau.«

Vor Schock hielt ich den Atem an. Coreys Verhalten hatte

suggeriert, dass alles Daphnes Schuld war. Ich fragte mich, ob Chris es wusste. Wahrscheinlich nicht.

»Ja, ich weiß. Ich hätte nie gedacht, dass er mir das antun würde«, gab sie zu und ihre Stimme brach, als sie leise zu weinen begann. »Es war alles gut zwischen uns – oder zumindest dachte ich das. Dann waren da so kleine Dinge, weißt du, … plötzlich musste er immer länger auf der Arbeit bleiben, dann kamen mysteriöse, wichtige Fahrten in den Baumarkt dazu, dann Geschäftsreisen in andere Städte. Wenn ich ihn danach fragte, war er immer sofort in der Defensive. Ich rief seine Nummer an, aber er hob nicht ab. Zwei Mal fuhr ich an seinem Büro vorbei, um zu sehen, ob sein Auto da stand.«

»Daphne, es tut mir so leid. Ich weiß nicht, was ich sagen soll.«

»Hm. Ich wusste es auch nicht.«

»Und – was machst du jetzt?« Wenn Corey und sie sich scheiden lassen würden, dann musste Chris das wissen, bevor wir Marga in diesen Albtraum zurückbrachten.

»Ich weiß nicht. Wir haben uns ausgesprochen und er hat gesagt, er würde sie aufgeben – und dass wir es noch einmal versuchen sollten. Das Lustige ist, dass er nichts findet, was er mir vorwerfen könnte, also gibt es auch nichts zu kitten, weißt du?«

»Wie wäre es mit einem Eheberater?« Ich ließ den Gedanken im Raum stehen.

»Das interessiert ihn nicht. Er möchte nicht, dass jemand anderer etwas davon weiß.«

»Nun, die unterliegen natürlich der Schweigepflicht. Aber wenn er nicht gehen will, dann würde es auch nicht helfen, ihn dazu zu zwingen.«

»Ich weiß einfach nicht, was ich machen soll. Ein Teil von mir hätte gern, dass Marga zu Hause wäre und ich nur meine Koffer packen und in das Haus meiner Eltern ziehen könnte. Ich fühle mich hier allein so seltsam.«

Ich musste einfach fragen. »Daphne, weiß Chris davon?«

Während sie sich schnäuzte, wartete ich. »Ich weiß es nicht. Sie sind Brüder und ich würde annehmen, dass Corey ihm alles erzählt. Aber vielleicht tut er das nicht, zumal er derjenige ist, der alles kaputt macht.«

»Soll ich es ihm sagen?« Ich hielt meinen Atem an. Ich würde mich wirklich in die Familienangelegenheiten einmischen, wenn ich als Überbringerin der Nachricht auftrat.

»Würdest du das tun? Vielleicht kann er sich mit Corey unterhalten. Chris hat ziemlich klare Ansichten über gewisse Dinge und Treue steht ganz oben auf seiner Liste.«

»Ich werde es ihm sagen, bevor wir wieder zurückkommen«, sagte ich mit einer halbherzigen Stimme. Ich hoffte, sie würde ihre Erlaubnis wieder zurückziehen, aber sie schien erleichtert.

»Danke, Lillie. Es tut mir so leid, dass ich dich mit hineinziehe, aber ich weiß nicht, was ich sonst machen soll. Seitdem ich es herausgefunden habe, habe ich Chris nur einmal in seinem Apartment getroffen. Das war damals, als ich mit Marga dort war. Es ist nichts, was ich ihm über das Telefon sagen wollte. Ich fürchte, dass er, wenn er es nicht weiß, Corey frontal attackieren würde. Und ich würde die Schuld dafür bekommen. Wenn er es tatsächlich weiß … nun, dann wäre das wirklich enttäuschend und ich bin mir nicht sicher, ob ich das packen würde. Chris hat sehr viel Geld, Lillie. Er könnte die besten Anwälte engagieren und Corey könnte mir eventuell Marga sogar wegnehmen.«

»Oh, jetzt überstürze bloß nichts, Daphne. Du machst dir

vielleicht Sorgen um nichts. Ich werde es ihm sagen, wenn der Zeitpunkt richtig ist. Bis dahin warten wir und sehen, wie er reagiert, okay? Aber ich bin auf deiner Seite, wenn das etwas für dich zählt.«

»Danke, Lillie. Ich bin froh, dass du in unser Leben getreten bist. Und ich bin froh, dass mein kleines Mädchen jetzt mit dir zusammen ist.«

»Ich muss jetzt gehen«, sagte ich, um sie so auch daran zu erinnern, dass wir weiter entfernt voneinander waren als nur am jeweils anderen Ende der Stadt.

»Oh, natürlich. Wie gedankenlos von mir. Ich musste einfach nur reden. Oh, verdammt, ich ziehe es auch noch in die Länge. Danke, Lillie. Wir hören uns bald wieder!«

Die Verbindung wurde unterbrochen und ich saß da, mit dem Telefon in meiner Hand. In diesem Moment hatte ich das Gefühl, die Last der ganzen Welt auf meinen Schultern zu tragen, und ich wusste nicht einmal viel über die Protagonisten in diesem Drama. Ich fühlte mich hilflos, aber irgendwie war es dann auch wieder besser, dass ich sie nicht näher kannte. Vielleicht könnte ich sonst nicht objektiv sein.

Ich rief Marga aus dem anderen Zimmer und half ihr, den warmen Mantel, Fäustlinge und eine Mütze anzuziehen. Sie sah sehr süß aus und ich bemerkte, dass ich gerne ein kleines Mädchen hätte, das ich die ganze Zeit über nett anziehen konnte. Mit einem Seufzer schlüpfte ich in meinen eigenen Mantel und wir gingen nach unten.

Marga und ich kletterten auf die breite Rückbank der Limousine, jede mit dem schicksten Gewand bekleidet, das wir mit hatten. Wir waren aufgeregt, was wir alles Neues entdecken würden. Wir verließen uns auf unseren Fahrer, dass er uns zu den exklusivsten Geschäften brachte. Er entpuppte sich als hervorragender Führer, da er uns auf der Avenue des Champs-Élysées entlang brachte. Jeder einzelne Shop hatte etwas Besonderes. Einige waren ultramodern, mit Gewändern, die es auf Bestellung gab, während andere wiederum wie Leckerbissen aus Zuckerguss waren. Jedes Kleid auf einem eigenen Hänger, sodass man sie überstreifen konnte und das auswählen konnte, das einem am besten gefiel. Das waren meine Spielwarengeschäfte.

Fast ohne Ausnahme ließ jeder Verkäufer eine Bemerkung über meine Haarfarbe fallen. Danach folgte jedes Mal, dass sie mir ganze Ladungen von Kleidern, Kostümen und anderen Gewändern brachten, die mir farblich besonders gut standen: Grün- und Grautöne, Lila- und Brauntöne. Die meisten von ihnen sprachen zumindest einfaches Englisch, sodass wir uns unterhalten konnten. Ich auf meiner Seite führte die Kommunikation hauptsächlich mithilfe dieser Ausrufe: »Oooh! Das ist wunderbar, haben Sie das auch in meiner Größe?« Beim Einkaufen bedient man sich einer universellen Sprache, die alle zu verstehen scheinen. Die Schachteln begannen sich an den Kassentischen zu stapeln. Jedes Mal, wenn wir ein Geschäft verließen, empfing uns der Chauffeur an der Tür und brachte die vollen Taschen in seinem Wagen in Sicherheit.

Ich ließ auch Parfümerien oder Lederwarengeschäfte, in denen Schuhe, Gürtel und Handtaschen verkauft wurden, nicht aus. Es schien so, also ob alles perfekt zusammenpassen würde. Dann war Marga an der Reihe. Sie war ein hübsches Mädchen und sah in Kleidern niedlich aus. Die Verkäufer waren nur allzu glücklich, auch für sie eine Menge Gewänder anzuschleppen: sowohl etwas sportlich Lässiges oder ein Party-Outfit oder etwas Schickes, alles, was Zehn- bis Zwölfjährige eben gerne so trugen. Ich wusste, dass sie damit jeden zu Hause und in ihrer Klasse in den Schatten stellen würde. Diese Reise war schließlich dazu da, sie zu verwöhnen, und Chris hatte mir auch noch ausdrücklich gesagt, das zu tun. Es machte mir einen Riesenspaß.

Dann kam das Spielwarengeschäft. Sie führte mich mit Bedacht die Gänge entlang, nahm das eine oder andere in die Hand und erklärte, warum sie es gerne hätte. Als wir zu den Puppen kamen, wurden ihre Augen immer größer und sie nahm jede von ihrem Platz im Regal. Sie nahm sie in die Arme, wiegte sie und strich ihr übers Haar. In ihrem Herzen war sie immer noch ein kleines Mädchen, auch wenn man bereits sehen konnte, dass ihr Körper in nicht allzu langer Zeit aufblühen würde. Ich erlaubte ihr, ein paar Brettspiele zu kaufen, die wir im Hotel spielen konnten, während wir auf Chris warteten. Was die Puppe betraf, so wollte ich sie für Weihnachten aufsparen.

Wir kamen wieder ins Hotel zurück, nur ein paar Minuten bevor Chris auch zu uns stieß. Er sah müde aus und ich wusste, dass er einen langen Tag hinter sich hatte, ohne das Schläfchen, das Marga und ich gehabt hatten.

»Du siehst erschöpft aus«, sagte ich und massierte seinen Nacken.

»Oh, das fühlt sich gut an. Ja, ich glaube, dass ich langsam älter werde. Hattet ihr Hübschen einen schönen Tag?«

»Du meinst: Haben wir dein Geld ausgegeben? Ja, das haben wir. Und ich muss dann später etwas mit dir unter vier Augen besprechen, wegen Weihnachten«, sagte ich; dabei deutete ich mit meinen Augen auf Marga. Er nickte verständnisvoll.

»Warum führt ihr zwei eure neuen Kleider nicht gleich heute Abend aus? Zieht an, was ihr möchtet, und ich führe euch zum Abendessen in das Restaurant »Le Sourire«. Es ist eines meiner Lieblingsrestaurants in Paris.«

»Bist du sicher, dass du dazu aufgelegt bist? Wir können auch hierbleiben.«

»Wenn ich alleine wäre, dann würde ich das wahrscheinlich tun. Aber ich bin mit meinen zwei Lieblingsfrauen hier und ich möchte die Zeit nicht einfach so verstreichen lassen. Kommt jetzt, macht euch fertig.«

»Ich liebe dich, Onkel Chris«, sagte Marga und warf ihre Arme um seinen Hals.

»Ich liebe dich auch, Marga.«

Ich wählte ein hellrosa Etuikleid mit einem hohen Beinschlitz auf einer Seite sowie dazu passende Stöckelschuhe von Christian Louboutin. Ich drehte mein Haar nach oben und legte eine dünne Diamanthaarspange herum, um es zu fixieren. Als ich in das Wohnzimmer kam, konnte ich am Ausdruck auf dem Gesicht von Chris erkennen, dass ich damit einen Erfolg erzielt hatte. Seine Augen fuhren an meinem Körper hinauf und hinunter und er schenkte mir ein listiges, verführerisches Lächeln.

Chris hielt sein Wort und ging mit uns in das Restaurant »Le Sourire«, wo uns der Kellner nicht genug umschwirren konnte. Ich hatte immer gehört, dass die Franzosen kalt und überheblich seien, aber ich fand, dass das Gegenteil der Fall war. Vielleicht kam es daher, dass Chris eine dicke Brieftasche hatte, aber ich wollte nicht glauben, dass es nur darum ging. Es gab keine Speisekarten. Chris bestellte für uns auf Französisch und ich lehnte mich zurück, überließ ihm die Kontrolle und genoss einfach dieses Gefühl.

»Weißt du, ich lasse es eigentlich nicht zu, dass jemand für mich das Abendessen bestellt«, konstatierte ich.

»Wie kommt das? Bist du nicht offen für neue Erfahrungen?«

Neckte er mich? Warum? »Ich denke, man könnte es so sagen: Es gibt nicht viele Leute, denen ich so sehr vertraue, dass sie das machen könnten.«

Er betrachtete mich einen Moment lang eingehend, dann sagte er mit einer fast unsicheren Stimme: »Vertraust du mir?«

Ich nickte mit meinem Kopf und fragte mich, was er damit

meinte. Seine Worte hatten derartigen Nachdruck, dass mir klar wurde, dass er sie ernst meinte. »Ja, du hast mir nicht bewiesen, dass man dir nicht trauen könnte.«

Er nickte. »Gut. Fürchte dich nicht davor, mir zu vertrauen, Lillie. Es mag nicht immer auf der Hand liegen, aber ich kann dir versprechen, dass ich nie etwas machen werde, was dir wehtun könnte.«

Der Kellner namens Vic brachte den ersten Gang und das Momentum der Unterhaltung war wie weggeblasen. Ich wollte fragen, was er damit meinte. Aber ich wusste sehr gut, dass er nicht antworten würde. Er war zweifellos ein Mysterium für mich.

Ich wartete auf das Dessert. Ich hatte den Gedanken bereits abgewogen und beschlossen, dass ich eines Tages Flemmings Bäckerei wieder aufbauen würde. Was ich gesehen hatte, während Marga und ich einkaufen waren, war, dass es hier Rezepte und Traditionen gab, die ich aus Europa mit nach Hause bringen konnte. Wenn ich es schaffen würde, die Finanzierung eines Neubaus sicherzustellen, würden unsere Kunden wieder zurückkommen. Ich wusste einfach, dass sie das tun würden. Wir würden eine großartige Wiedereröffnung haben und die Schaufenster mit solchen Konfekten füllen, wie ich sie den ganzen Tag in den Boulangerien hier ausgestellt gesehen hatte. Es würde ein triumphales Comeback sein – eine Art, wie ich meinen Eltern und ihrem Vermächtnis wirklich Ehre erweisen konnte.

Ich wünschte, dass es eine Speisekarte gegeben hätte, sodass ich selbst etwas hätte auswählen können. Aber Chris schien das wieder zu übernehmen und bestellte für uns beide. Ich war hin und weg, als der Kellner mit einem ganzen Servierwagen voller Desserts angefahren kam und ihn neben unseren Tisch stellte.

»Lässt er den Wagen einfach hier?«, fragte ich. Während das genau das war, wovon ich träumte. Es bestand also das Risiko, dass ich, obwohl ich ein Zweitausend-Dollar-Kleid trug, eine dreischichtige Schokolade-Makronen Torte verschlingen würde.

Chris nickte, mit einem schelmischen Lächeln auf den Lippen. »Ich habe einfach von allem, was sie haben, eine Portion bestellt. Ich möchte, dass ihr beide alles kennenlernt, was Paris zu bieten hat. Also sucht euch aus, was euch gefällt. Wir können auch etwas teilen, wenn ihr wollt.«

Ich wandte mich an Marga. Es war einfach nur höflich, sie zuerst aussuchen zu lassen. In ihrer Aufregung waren ihre Manieren plötzlich verschwunden, da sie sich auf die Knie warf, um besser sehen zu können. »Oh, Onkel Chris, das ist einfach wunderbar.« Sie zog ihre kleine Hand zurück, da sie plötzlich einen Einfall gehabt hatte. »Onkel Chris? Glaubst du, wir können das eine oder andere mit uns in das Hotel mitnehmen, für später?«

Er lachte auf. Ich lächelte, da mir derselbe Gedanke gekommen war. »Marg, alles das gehört uns. Alles, was wir nicht hier essen, können wir mit ins Hotel nehmen und in der Kitchenette aufbewahren.«

»Oh, Onkel Chris, du bist fantastisch.«

Ich dachte genauso. Ich musste mich selbst kneifen. Er schien zu perfekt zu sein und alles rund um mich schien so unwirklich. Ich war dazu erzogen worden, ums Überleben kämpfen zu müssen, und dieses widerstandslose Dahingleiten war neu für mich. Ich fühlte mich in Alarmbereitschaft, in Erwartung des Unerwarteten, das mich plötzlich anspringen würde. Es musste einfach etwas passieren, das wusste ich.

Wir schlenderten den Bürgersteig entlang, als weiche Schneeflocken fielen. Die Limo folgte uns in ein paar Metern Entfernung. Wir schauten in Schaufenster und blieben für eine heiße Schokolade an einem Café stehen, das bis spät in die Nacht offen hatte. Freiluftheizer hielten uns warm, während Chris versuchte, sich an den Liedtext von »Twas the Night Before Christmas« zu erinnern, und sagte ihn Marga vor. Es musste so etwas wie eine Familientradition gewesen sein, da sie ihm half, ein paar Wörter zu finden, die ihm nicht mehr einfielen.

Ich schaute in den Himmel hinauf, in die herabfallenden Schneeflocken, und schloss meine Augen. Ich wünschte mir etwas – nämlich, dass ich zur selben Zeit in einem Jahr genauso glücklich sein würde wie in diesem Moment. Ich konnte nur glücklich sein, wenn jeder, der mir wichtig war, auch glücklich war, also war es ein Wunsch, der alle mit einschloss.

Marga war schon sehr müde, als wir in das Hotel kamen. Ich half ihr aus ihren Sachen und ließ schnell ein Bad für sie ein, um sie vor dem Zu-Bett-Gehen aufzuwärmen. Ich saß auf einem kleinen Hocker vor dem Waschtisch, während sie mit den Schaumblasen spielte und ein paar Weihnachtslieder summte. »Lillie?«

»Ja, Liebes?«

»Liebst du Onkel Chris?«

»Ja, das tue ich, Marga.« Es war so überraschend gekommen, dass ich nicht einmal darüber nachgedacht hatte. Es kam einfach nur so aus meinem Mund.

»Gut«, sagte sie, »weil ich denke, dass er dich auch liebt.«

Ich saß ruhig da und lauschte angestrengt, ob ich hören konnte, wie Chris herumging. Hatte er es gehört? Ich wollte meine Spuren verwischen. »Menschen lieben auf die unterschiedlichsten Arten, Marga. Ich liebe dich auch, weißt du?«

»Tust du das?«

»Oh, ja. Du bist mir sehr wichtig und ich möchte, dass du immer glücklich bist.«

»Dann bedeutet das, dass mein Daddy meine Mommy nicht mehr liebt, weil er ihr gesagt hat, dass es ihm egal ist, was aus ihr wird.«

Ich hätte einfach den Mund halten sollen. Wie konnte ich nur so unsensibel sein? »Oh, ich bin mir sicher, dass er es nicht so gemeint hat, Liebling. Manchmal sind Menschen verärgert und sagen Dinge, die sie nicht meinen.«

Sie schaute zu mir auf und ihre großen Augen waren voller Schmerz. »Aber wie kann ich wissen, wann sie die Wahrheit sagen?«

Unschuldiger Kindermund. »Also, du schaust einfach mehr auf das, was sie tun, anstatt das zu hören, was sie sagen. Dein Daddy liebt deine Mommy, da brauchst du dir keine Sorgen zu machen. Du wirst sehen – es wird alles gut werden.«

War ich dabei, ein Kind zu belügen?

Chris wartete auf mich, nachdem ich Marga ins Bett gebracht hatte. Er hatte sich über das ganze Bett ausgebreitet, trug absolut nichts und fühlte sich total wohl in seiner Haut. Ich bewunderte das. Ich könnte nie meine verstaubten Moralvorstellungen dermaßen über Bord werfen, um das zu tun. Aber Chris schien sein ganzes Leben so zu leben. Er war frei und unbesorgt. Vielleicht deshalb, weil ihm seine Rechtschaffenheit so wichtig war. Solange er dieser gerecht wurde, würde er sich um keine weiteren Urteilssprüche kümmern.

Ich wurde rot, als ich an ihm vorbei und in das Bad ging. Eine meiner Erwerbungen des Tages war ein französisches Negligée gewesen. Es war freizügig und doch gleichzeitig verführerisch sittsam; farblich war es schwarz wie die Nacht.

Chris stützte sich auf einen Ellbogen auf, als ich wieder ins Zimmer trat. »Oh Gott, du siehst hinreißend aus. Komm her und leg dich zu mir.« Er winkte mich herbei und lockte mich, indem er mit seinem Zeigefinger kleine Kreise in die Luft zeichnete. Ich spürte, wie mir plötzlich Schauer der Lust über den Rücken liefen.

Ich fühlte ein seltsames Gefühl des Zögerns. Vielleicht war es dieses Gespräch mit Daphne gewesen; da ich mir nicht sicher war, ob er es wusste, und wenn er davon wusste, ob er das Verhalten seines Bruders unterstützte? Wenn das der Fall war – worauf ließ ich mich dann ein? Was das betraf, war ich mehr als nur ein bisschen in der Falle. Ich war tausende Meilen weit weg von … was? Ich hatte kein Zuhause, nicht in diesem Moment. Meine Geldreserven waren begrenzt, bis ich einen Job finden würde. Ich war mir nicht einmal sicher, ob ich mir ein Rückflugticket in die Staaten leisten konnte. Ich fühlte mich auf einmal verletzlich, sogar ein bisschen abwehrend. Ich denke, dass Chris mir das ansah.

»Was stimmt denn nicht? Ich merke, dass sich etwas verändert hat.« Seine Stimme war ruhig und wissbegierig, aber nicht im Geringsten fordernd.

»Ich bin mir nicht sicher.«

Er schwang sich auf und setzte sich aufrecht hin, dabei musterte er mich eingehend. Ich wusste, dass ich rot anlief. Ich war dabei, eine sehr emotionale Diskussion mit jemandem zu führen, der splitternackt und höchst anziehend war. Ich wusste, dass wir darüber sprechen mussten, bevor er mich berührte; ansonsten wäre ich verloren gewesen. Wenn allerdings die Unterhaltung nicht gut verlief, was würde ich dann tun? Plötzlich fühlte ich auch, dass die Überfülle an Törtchen in meinem Magen der Spannung, die er zu ertragen hatte, Tribut zollte. Nun, jetzt oder nie.

»Komm schon, spuck es aus!«, ermutigte er mich.

»Ehm … Ich weiß nicht, was ich sagen soll. Ich bin sozusagen in eine Situation geworfen worden, die ich wirklich nicht für richtig empfinde, und ich weiß nicht, wie ich damit umgehen soll.«

Er setzte sich noch aufrechter hin, zog das Bettleinen über seine Blöße, da er realisierte, dass das keine lustige Unterhaltung werden würde. »Okay, sprechen wir darüber.«

Ich verzog meinen Mund, unsicher, wie ich beginnen sollte. »Habe ich dir erzählt, dass Daphne mich vor unserem Abflug angerufen hat?«

»Nein …«, antwortete er und da war ein missbilligendes Zögern in seiner Stimme.

»Sie sagte, dass du ihr meine Nummer gegeben hast und sie rief an, während ich noch mit den Packern beschäftigt war. Sie fragte, ob sie vorbeikommen konnte. Jedenfalls stimmte ich zu, zumal ich ja auch zum Teil für Marga verantwortlich sein würde. Ich dachte, dass es eine gute Idee wäre.«

»Rede weiter …«

»Also, Chris, ich mochte sie. Das tat ich wirklich. Sie war zuvorkommend und höflich, verantwortungsvoll und mitfühlend. Sie blieb nicht lange, brachte aber Muffins und Kaffee und ich muss zugeben, dass es mir zu der Zeit gerade nicht gut ging und dass mir das half.« Ich blickte ihn an und er nickte, um mich zu ermutigen, fortzufahren. »Gut, also, heute Morgen schlug ich Marga vor, sie sollte ihre Mom anrufen, um ihr zu sagen, dass wir gut angekommen waren. Marga meldete sich bei ihr und machte sich dann daran, Zeichentrickserien zu schauen, während sie mir das Handy reichte. Ich konnte spüren, dass mit Daphne etwas passiert war, auch wenn ich sie nicht gut kannte. Schließlich platzte sie einfach mit etwas heraus, dass dich, wie ich meine, nicht besonders froh machen wird, aber ich kann es dir nicht einfach verschweigen. Es ist deine Familie und du musst es wissen.«

»Kannst du es mir nicht einfach sagen?« Er wurde langsam frustriert.

»Daphne bat mich darum, dich wissen zu lassen, dass dein Bruder eine Affäre hat.« BUMM. Ich war es losgeworden. Ich wappnete mich für seine Reaktion. Was wollte ich sehen? Einen Wutausbruch oder ein Geständnis?

»Bist du dir sicher?«

Ich nickte. »Ich bin nicht diejenige, die eins und eins zusammenzählt; das ist sie. Sie sagte, sie hätten sich darüber schon unterhalten und dass er versprochen hatte, die andere Frau nicht mehr wiederzusehen, aber dass er letzte Nacht nicht nach Hause gekommen ist und dass sie annimmt, dass er sein Versprechen nicht eingehalten hat.«

Chris versank in einem finsteren Blick und ich konnte sehen, dass er nachdachte. »Verflucht soll er sein!«, entfuhr es ihm schließlich. »Ich wusste einfach, dass er nicht ehrlich war. Er hatte sich ständig über Daphne beschwert, immer und immer wieder, und jetzt sehe ich, dass er versucht hat, sein eigenes Verhalten damit zu rechtfertigen, indem er sie schlecht dastehen ließ. Zur Hölle mit ihm! Er hätte es mir sagen müssen. Ich kann es nicht ausstehen, wenn Leute nicht ehrlich sind und Geheimnisse haben – das hasse ich absolut!«

Ich stieß einen leisen Seufzer der Erleichterung aus. Es schien, als ob das Donnerwetter an mir vorbeigezogen wäre. Davor musste ich allerdings noch etwas loswerden. »Ich denke, du solltest wissen, dass Marga mitbekommen hat, dass die Situation schlimm ist. Als ich bei ihr saß, während sie das Bad nahm, sagte sie mir, dass ihr Daddy ihre Mommy nicht mehr liebte. Ich muss einräumen, Chris, dass sie ein sehr sensibles kleines Mädchen ist, und ich kann sehen, dass sie das sehr verletzen wird.«

»Verflucht soll er sein!«, wiederholte er wieder. Dabei stand er auf und schritt im Raum auf und ab. Ich beobachtete ihn, während er mit den Händen in der Luft gestikulierte, als er sich ein paar

Szenarien, die ihm durch den Kopf gingen, lebhaft vorstellte. Schließlich warf er die Arme in die Höhe und begann sich anzuziehen. Er nahm das Handy von dem Nachtkästchen und sagte: »Tu mir den Gefallen und rede vorerst nicht mit Daphne. Ich gehe nochmals raus. Warte nicht auf mich. Ich muss mit Corey sprechen.«

Ich zuckte zusammen, als er die Schlafzimmertür zuschlug. Als ich hörte, wie er das Apartment verließ, schlich ich mich ins Wohnzimmer und machte die Tür zu Margas Schlafzimmer auf. Sie schlief tief und fest, Gott sei Dank. Ich ließ sie allein, ging ins Bett und knipste das Licht aus. Aber es dauerte sehr lange, bis ich endlich einschlafen konnte. Mein letzter Gedanke war, dass ich dieses schöne Nachtgewand heute nicht hätte umsonst anziehen sollen. Ich hätte in einem T-Shirt schlafen können. Verdammt, was ist los mit mir? Wie egoistisch ist das von mir?

Kapitel 14

Christopher

Ich rechnete den Zeitunterschied aus und stellte fest, dass bei Corey der Arbeitstag fast zu Ende war. Er war Architekt von Beruf, besaß seine eigene Firma und betreute ein Dutzend oder mehr Architekten, die für ihn arbeiteten. Er war sein eigener Boss und war bislang ziemlich erfolgreich gewesen. In der Tat hatte ich ihn angestellt, um einige meiner Geschäftslokale zu designen, und ich war mit dem Endergebnis noch jedes Mal zufrieden gewesen. Es hatte uns näher zusammengebracht; vielleicht näher als alles andere seit unserer Kindheit.

Ich tippte auf seinen Namen in der Liste meiner Kontakte und setzte mich auf eine Bank direkt außerhalb des Hotels. Es schneite nun heftiger, aber das Feuer, das mein Ärger entfacht hatte, hielt mich warm.

»Hallo?« Corey antwortete beim dritten Klingeln.

»Ich bin es.«

»Ich weiß, das habe ich gesehen. Ist alles in Ordnung? Wie geht es Marga?«

»Ihr geht es wunderbar, aber ihretwegen rufe ich nicht an.« Ich verlagerte mein Gewicht auf der Bank und es wurde mir bewusst, dass ich mich so unwillkürlich in eine Kampfposition brachte. »Warum hast du es mir nicht gesagt?«

Stille auf der anderen Seite der Leitung. Dann endlich: »Wie hast du es erfahren?«

»Du Arschloch! Hattest du gedacht, dass so etwas nicht irgendwann ans Licht kommt? Es kommt immer ans Tageslicht und das ausgerechnet zum schlechtesten Zeitpunkt. In diesem Fall hat sich deine Frau daran gemacht, es Lillie zu erzählen. Und Lillie ist hier mit mir und wir passen ganz zufällig gerade auf deine Tochter auf, die derzeit extrem durcheinander ist, weil, wie sie Lillie erzählt hat, ihr Daddy ihre Mommy >nicht mehr liebt<. Was hast du zu deiner Verteidigung zu sagen?«

»Verdammt! Ich hätte nicht gedacht, dass sie etwas sagen würde.«

»Und das ist deine größte Sorge? Ist es nicht an der Zeit, jemandem die Wahrheit zu erzählen? Du bist mir in den Ohren gelegen, was Daphne doch für eine Zicke ist – und dabei hast du die ganze Zeit über eine andere Frau gebumst! Wie kommst du dazu, Daphne zu beschuldigen?«

»Wessen Bruder bist du eigentlich? Du solltest mir den Rücken decken.«

»Nicht, wenn du mir das Messer hinein rammst. Nicht, wenn du deine eigene Tochter malträtierst. Nicht, wenn du deinen Eheschwur brichst. Dafür gibt es überhaupt keinen Grund, Corey. Es geht hier nur um dein verdammtes Ego.« Ich konnte den Nebel in der Luft sehen, der von meinem Atem ausging.

»Okay, okay, also habe ich Scheiße gebaut.«

»So wie ich das gehört habe, hast du Scheiße gebaut, dann hast du versprochen, du würdest es nie wieder tun, dabei hast du dich umgedreht und es sehr wohl wieder getan. Stimmt das?«

»Ja, und wenn schon? Ich habe es auch verdient, ein Leben zu haben, weißt du? Ich reiße mir bei der Arbeit den Arsch auf – und wofür?«

»Du egoistischer Hurensohn – werde erwachsen! Du hast Daphne ein Versprechen gegeben, als du sie geheiratet hast. Du hast ein Versprechen gegeben, als du ein Kind bekommen hast. Das sind Prioritäten, nicht, ob du Spaß hast oder dich an deinem Reichtum ergötzen kannst. Ich wette, du hast Daphne nicht einmal eine Chance gegeben.«

»Du weißt gar nicht, wovon du sprichst.«

»Du hast den Mut, mir das zu sagen? Nachdem du die letzten paar Monate damit verbracht hast, mir die Ohren vollzujammern? So wie ich das sehe, hätte Daphne deinem Arsch schon längst einen Tritt nach draußen verpassen sollen. Und zwar schon beim ersten Mal, als du fremdgegangen bist. Du müsstest jetzt auf dem Anklagestuhl vor Gericht sitzen und den Richter davon überzeugen müssen, dass du es verdienst, deine Tochter zumindest an den Wochenenden zu sehen. So wird das Ganze nämlich enden, weißt du?«

»Nein, das wird es nicht. Dafür habe ich gesorgt.«

»Oh? Und wie hast du das wiederum angestellt?«

»Der Richter ist ein Freund von mir. Man könnte sagen, dass er mit jemandem liiert ist, den ich sehr gut kenne.«

Mir war zum Kotzen. Ich konnte nicht glauben, dass das derselbe Mensch war, mit dem ich groß geworden war. Er hatte nicht nur unverhohlen seine Frau und sein Kind vernachlässigt, sondern er hatte sich auch noch einen Fallschirm gebastelt. Er hatte sie in die Hölle geschickt, obwohl sie nichts falsch gemacht hatten. »Weißt du was? Du erinnerst mich an jemanden … hmmm … vielleicht an unseren Vater? Es ekelt mir vor dir, Corey. Du verpasst allen Männern ein schlechtes Image. Ich möchte nichts mehr mit dir zu tun haben. Ich bringe deine Tochter nach Hause, aber glaub mir, wenn Zeugen bei der Gerichtsverhandlung erlaubt sind, dann werde ich in der ersten Reihe sitzen. Ich werde Daphne jegliche Art von Unterstützung geben.«

»Das wirst du nicht tun. Du wirst keinen Finger rühren, um dich einzumischen.«

»Oh? Und wie wirst du mich stoppen?«

»Nun, so wie es aussieht, bist du auch ein schlimmer Junge gewesen.«

»Wovon sprichst du?«

»Ich hatte einen interessanten Telefonanruf. Wenn wir schon davon sprechen, das Telefon funktioniert in beide Richtungen, weißt du? In jedem Fall kam dieser Anruf von einem Gentleman, den du mir als deinen Geschäftspartner vorgestellt hast. Das bedeutet, dass er für dich verantwortlich ist, aber dass du im Gegenzug auch für ihn verantwortlich bist. Er sagte mir, dass du versucht hast, ein bestimmtes Gebäude zu kaufen, eine ehemalige Bäckerei. Er sagte mir auch, dass du ihn dazu angewiesen hast, alles zu unternehmen, was notwendig wäre, um dieses Gebäude zu bekommen. Es ist mir auch nicht entgangen, dass das Gebäude vor kurzem niedergebrannt ist. Du warst offenbar so sehr hinter der Immobilie her, dass du bereit dazu warst, einen Familienbetrieb zu zerstören.«

Ich wusste nicht, was ich sagen sollte. Er hatte mich kalt erwischt. Wenn ich zugab, dass ich davon wusste oder es zumindest annehmen musste, war ich geliefert. Wenn ich schwor, dass ich nichts davon wusste, dann war ich ein genauso großer Lügner, wie er einer war. Ich tat das Einzige, was mir einfiel. Wie ein Feigling legte ich auf.

Ich trottete zwei Stunden lang durch die Straßen von Paris, als ein bitterkalter Wind aufkam und durch die engen, gepflasterten Straßen fegte. Ich befand mich gerade mitten im größten Schlamassel meines Lebens und das Schlimmste war, dass mich mein eigener

Bruder als Geisel hielt. Hätte es jemals schlimmer kommen können?

Ich dachte über meine Situation nach. Corey wusste ein paar Dinge, aber er stellte über den Rest bloß Vermutungen an. Ich hatte das Gebäude nicht niedergebrannt, also gab es dafür keinen Beweis. Mein Hintern war gerettet. Auf der anderen Seite hatte ich es vermutet und es war ein Verbrechen, von dem ich profitierte. Ich würde keinen Richter finden, der mir in dieser Sache wohlgesonnen war. Schlimmer noch, Lillie war ebenso involviert. Wenn sie es wusste, würde ich sie nie wiedersehen. Wenn ich es ihr nicht sagte und es irgendwie schaffte, die anderen beteiligten Parteien zum Stillschweigen zu bringen, dann würde zumindest ich davon wissen und dann wäre meine Integrität weg. Ich würde sie einfach gehen lassen müssen. Egal wie, ich würde sie in jedem Fall verlieren.

Dann war da die Sache mit meinem Partner Steve. Er hatte meinem Bruder bereits mehr oder weniger gestanden, das Gebäude auf meine Veranlassung hin niedergebrannt zu haben. Dieser Hurensohn hatte mich mit seiner verschlagenen Voraussicht auf dem falschen Fuß erwischt. Meine Vermutung war, dass seine Spione Coreys außereheliche Verbindung aufgedeckt hatten und sie ihn bestachen, um mich ruhig zu halten. Es ergab alles Sinn. Die einzige Person, die von all dem profitieren würde, war Steve. Er war mir bis jetzt in allem um eine Nasenlänge voraus gewesen. Corey und ich waren nichts anderes als Schachfiguren auf Steves Spielbrett. Es wurmte mich ohne Ende, dass ich diesen Mann so nahe an mich herangelassen hatte. Jetzt bedrohte er meine Familie.

Selbst wenn ich ihn auslöschen wollte, was ich nie tun würde, hätte ich es nicht können. Ich würde nur die Büchse der Pandora öffnen, die mich als den Schuldigen dastehen lassen würde. Steve wusste das. Er wusste, dass er eine Versicherungspolice in der Hand hatte, die idiotensicher war. Ich war der Idiot und er hatte den Beweis. Er hatte den Einsatz in diesem Spiel um so viel erhöht, dass ich im Moment nicht mitgehen konnte. Und letztendlich ging es um eine unschuldige Frau, Lillie, und ein kleines Kind, das sich nichts mehr vom Leben wünschte, als dass Mommy und Daddy glücklich waren und es zu Weihnachten eine Puppe bekam. Wie war das Leben bloß so verdammt kompliziert geworden?

Ausgelaugt und durchgefroren ging ich schließlich wieder ins Hotel zurück und wartete am Aufzug, bis der Lift herunterfuhr. Der Angestellte an der Rezeption rief mir zu: »Ich habe eine Paketsendung für Sie, Sir.« Ich nahm den FedEx Umschlag von ihm entgegen und unterschrieb, dass ich ihn erhalten hatte. Der Name meines Anwalts war in der Ecke mit der Rücksendeadresse, also wusste ich, was es war. Jetzt musste ich nur noch entscheiden, welchen Schritt ich als Nächstes machen wollte.

Kapitel 15

Lillie

Ich hatte genug Mut gesammelt, um aus dem Fenster zu schauen. »Das sind die Alpen«, erklärte Chris. »Sie gehören zu den höchsten Bergen der Welt, außerhalb des Himalayas. Sind sie nicht schön?«

Ich nickte und schaute auf Marga, die mit offenem Mund da kniete. »Ist das der Ort, wo Santa lebt?«

»Nein, Liebling, Santa lebt am Nordpol. Das ist sehr weit weg von hier, auf der Spitze der Welt.«

»Hat Santa seinen eigenen Jet?«

»Nein, aber warum fragst du?«

»Weil Santa einen sehr weiten Weg vor sich hat, um alle Geschenke auf der ganzen Welt abzugeben. Wenn er keinen Jet hat, wie kann er dann schnell genug sein?«

»Weil Santa Rudolph hat und den Rest seiner Rentiere«, erklärte Chris weiter. Am Aufblitzen seiner Augen konnte ich sehen, dass er mein Unbehagen genoss. Er wusste, dass ich Marga keine Hirngespinste einpflanzen wollte. Es gab bei Gott im Moment genug Lügen in ihrem Leben. Aber sie war ein sehr wissbegieriges und schlaues Kind und man musste ihr schon eine gute Geschichte auftischen oder sie würde sie nicht glauben. Eingewickelt in mehrere Lagen von Seidenpapier und in eine solide Geschenkschachtel aus Gold und Silber gebettet, lag im Gepäckfach des Jets die Puppe, die Marga sich gewünscht hatte. Der Fahrer der Limousine hatte mich zu dem Geschäft gebracht, gleich nachdem Chris angekündigt hatte, dass wir die Stadt verlassen würden. Ich wusste, dass ich Marga nicht alles geben konnte, was sie sich zu Weihachten wünschte, aber zumindest würde sie diese Puppe bekommen. Das war das Mindeste, was ich tun konnte.

Marga plapperte munter weiter: »Onkel Chris, wo hast du gesagt, dass wir hinfahren?«

»Wir fliegen nach Bremen«, sagte er ihr. »Das ist eine Stadt ungefähr so groß wie Chicago im nördlichen Teil von Deutschland. Sie liegt direkt an der Nordsee, gerade so wie Chicago am Lake Michigan liegt. Heute ist der Weihnachtsabend und da feiert man in Deutschland Weihnachten. Heute Nacht versammeln sich alle Familien für ihr abendliches Festessen und dann öffnen sie ihre Geschenke. Es wird eine Unmenge an gutem Essen geben, viel Fröhlichkeit und viele Umarmungen. Außerdem lieben die Deutschen es zu singen. Sie sind sehr berühmt für ihre Torten und Kuchen, ihre Stollen und Streusel und ihre Mandelplätzchen.«

»Werden wir auch etwas davon bekommen?«

»Natürlich werden wir das. Dafür sind wir hergekommen.«

Ich schaute Chris an und fragte mich, was er meinte. Es hörte sich bei ihm so an, als ob es auf der ganzen Reise nur um Desserts ginge. »Warum habe ich das Gefühl, dass das Motto dieser Reise Bäckereien ist?«

Ich sah, wie seine Gesichtsmuskeln zuckten, dann hob er die Schultern. »Ich habe dir ja erzählt, dass ich ein paar Kochkurse belegt habe, und welche Idee wäre da besser, als meine zwei Lieblingsfrauen in die Alte Welt mitzunehmen, damit sie die Delikatessen dort selbst erleben können?«

Ich nickte und akzeptierte die Erklärung, auch wenn sie mir nicht ganz so plausibel erschien. Aber wer war ich schon, um seine

Worte infrage zu stellen? Er hatte alle Hände voll zu tun mit Corey und Daphne.

Ich hatte in der vorherigen Nacht genau gemerkt, dass er verärgert war, als er zurückgekommen war. Er war neben mir ins Bett gekrochen, war aber mit dem Rücken zu mir liegen geblieben und hatte sich fast zu einem Fötus-artigen Ball zusammengerollt. Er hatte nichts von Corey gewusst und war wahrscheinlich hinausgegangen, um ihn anzurufen und ihn zur Rede zu stellen. Das war ihm meiner Meinung nach zweifach hoch anzurechnen. Er hatte mir geglaubt und er hatte meinen Glauben darin bestärkt, dass ihm seine Integrität wichtiger als alles andere war. Ich hatte keine Ahnung, wie es sein würde, wieder nach Hause zu kommen. Ich hoffte, im Großen und Ganzen aus allem herausgehalten zu werden, was auch immer da kommen sollte. Wenn ich an Marga dachte, brach es mir das Herz. Ich wusste, dass Daphne drauf und dran war, die Scheidung einzureichen, und das war wohl auch am besten so. Wenn Corey nicht dazu bereit war, sich ganz dieser Ehe zu verschreiben, dann konnte sie nicht viel tun, um die Situation zu verändern. Das bedeutete, dass eine Schlacht geschlagen werden musste, und das kleine zehnjährige Mädchen sollte nicht der Siegespreis sein.

Es dauerte nicht lange und wir setzten zum Landeanflug auf Bremen an. Von der Luft aus konnte ich die bunten Lichter und eine dünne Schneeschicht auf den Grasflächen sehen. Es war eine geschäftige, quirlige Stadt und, wie ich später sehen konnte, gab es zwar immer noch Spuren des Krieges, wo Gebäude zerstört worden waren, aber im Großen und Ganzen waren die Leute glücklich, gesund und ganz sicher in Feierstimmung.

Chris hatte wieder ein Hilton gewählt, wenngleich die Ausstattung hier sehr anders war als die in Paris. Mit einer historischen Fassade an der Vorderseite hatte das Innere eine massives Oberlicht und Räume, die zu einem Innenhof mit Restaurant hinausgingen. Hier spiegelte das Dekor einen kargeren Stil wider, der höchstwahrscheinlich von der Nähe zu Skandinavien herrührte. Während die Einrichtung schlichter sein mochte, zeigten die Deutschen eine große Vorliebe für Farben und Muster. Wo immer ich auch hinschaute, sah ich leuchtende Blau-, Rot- und Grüntöne in handbemalter Volkskunst. Die Häuser in den älteren Teilen der Stadt waren so geschmückt wie in einem von Grimms Märchen. Es war absolut bezaubernd und irgendwie passte Weihnachten hierher.

Die meisten Leute sprachen Englisch, sodass ich kein Problem hatte, mit der Frau hinter dem Empfangstisch zu kommunizieren. »Ich muss ein Weihnachtsgeschenk kaufen«, erklärte ich ihr. »Ich bin auf der Suche nach einem Geschäft für Männer. Ich möchte etwas sehr Nettes kaufen.« Sie nickte verständnisvoll und schrieb den Namen und die Adresse eines passenden Ladens auf die Rückseite von einem ihrer Kärtchen.

»Zeigen Sie das Ihrem Fahrer«, sagte sie mir in akzentreichem Englisch. Ich bat sie, mir ein Taxi zu rufen, denn ich wollte nicht die Limousine benutzen, für den Fall, dass Chris sie eventuell benötigte. Ich sagte ihm, ich würde noch ein bisschen hinausgehen und mich umschauen, bevor die Geschäfte zu sperrten, und er fragte nicht weiter nach.

Das Geschäft, in das sie mich geschickt hatte, bot ein breites Sortiment an Männerbekleidung an. An einer Wand hingen sehr schöne, geschneiderte Anzüge und in anderen Ecken lagen schwere, gestrickte Pullover, Lederhosen und karierte Hemden, die man dazu trug. Ich erstand für Chris einen Pulli in Schokoladenbraun, der zu seinen Augen passte und legte dann mit einem Kichern ein Paar Lederhosen sowie einen grünen Filzhut mit einer Feder darin dazu. Ich wusste, dass er nie die Gelegenheit haben würde, das alles zu tragen. Aber allein schon sein Gesicht zu sehen, war den Spaß wert. Meine Einkäufe wurden als Geschenk verpackt und ich kletterte wieder in mein wartendes Taxi.

Als ich in die Hotelsuite zurückkam, erwartete mich Chris gleich hinter der Tür mit seinen Fingern auf den Lippen. »Marga schläft«, flüsterte er. Ich nickte und er zog mich am Arm in den Raum, der hier unser Schlafzimmer war. Er bemerkte notgedrungen die Pakete in der Tasche, die ich trug – ich hatte keine Möglichkeit, sie vor ihm zu verstecken. Ich hoffte, dass er annahm, ich würde Geschenke mit nach Hause in die USA bringen, aber er war sicher intelligenter als das.

»Wir werden heute unser Abendessen hier im Hotel einnehmen«, sagte er mir. »Es gibt viele feine Restaurants hier, aber da heute überall Weihnachtsfeiern sind, war es mir nicht möglich, früh genug irgendwo eine Reservierung zu machen. Ich hoffe, es macht dir nichts aus.«

»Ausmachen? Machst du Scherze? Alles, was ich machen möchte, ist aus dem Fenster zu schauen. Alles ist so, so … alt hier. Nicht auf eine schlechte Art, wie die East Side von Chicago, wohlgemerkt. Es ist alles so sauber und gut erhalten. Weißt du, dass ich sogar eine Müllabfuhr gesehen habe, auf der die Arbeiter die dazu passenden Uniformen anhatten? Kannst du dir das vorstellen?«

Chris lachte. »Ich bringe dich tausende Meilen über den Atlantischen Ozean und das, was dich am meisten beeindruckt, sind die Uniformen der Müllmänner, die aufeinander abgestimmt sind. Ich liebe es einfach, wie du die einfachen Dinge des Lebens wertschätzt, Lillie. Wenn wir schon davon sprechen, dann komm her und setz dich zu mir«, sagte er und klopfte neben sich auf das Bett. Ich streifte meine Schuhe ab, kletterte neben ihm auf das Bett und kuschelte mich in den Raum zwischen seinem Arm und seinem Brustkorb.

Er beugte sich herunter und küsste mich auf den Scheitel. »Bei all dem, was so passiert ist, haben du und ich nicht besonders viel Zeit für uns alleine gehabt, nicht wahr?«

»Du machst dir zu viele Gedanken, Chris. Ich hätte nichts

von all dem jemals gesehen, wenn du nicht gewesen wärst. Du bist so gut zu mir und Marga hat großes Glück, dass sie dich zum Onkel hat. Aber ich muss zugeben, dass ich mir ein bisschen Sorgen mache, wie es sein wird, wenn wir in die Staaten zurückkommen.«

»Darum musst du dir jetzt keine Sorgen machen, hörst du? Ich habe alles unter Kontrolle. Du weißt, dass ich mich um dich kümmern werde, komme, was wolle.«

Ich war mir nicht sicher, was das bedeuten mochte, aber ich entschied mich dafür, nicht nachzubohren. Ich seufzte und er reagierte sofort darauf. »Stimmt etwas nicht?«

»Alles stimmt, wirklich. Es ist nur so, dass ich ein bisschen durcheinander bin.«

»In welcher Hinsicht?«

»Alles geht so schnell. Ist dir bewusst, dass es nur paar Tage her ist, seitdem wir uns zum ersten Mal getroffen haben? Ich bin zwischen aufgestapelten Umzugskartons gesessen und habe mich gefragt, wo die nächste Mahlzeit herkommen sollte. Und nun bin ich hier, kaum eine Woche später, und übernachte in einem Hilton in Deutschland und diniere in den besten Restaurants. Das reicht schon, dass einem schwindelig wird.«

»Aber was ist daran beunruhigend?«, wollte er wissen.

»Ich kann nicht anders, als mich zu fragen, wo ich in einer Woche sein werde.«

Er zog mich nahe an sich heran und fuhr mit seinem Finger die Mitte meines Brustkorbs hinab, dann drang er in das Tal zwischen meinen Brüsten vor. »Darüber können wir uns in einer Woche den Kopf zerbrechen, ok?«

Er schnitt jedes Wort ab, das ich als Antwort hätte geben können, indem er mir die Lippen mit den seinen verschloss. Ich fühlte seine Hände unter mir und wie er mich auf das Bett drückte, bis ich flach dalag. Seine Hände arbeiteten schnell, um mich meiner Kleider zu entledigen. Seine eigenen folgten und als wir beide nackt waren, hob er mich hoch und lüftete die enorme Bettdecke, auf der wir lagen. Ich schlüpfte unter den Berg von warmen und flauschigen Federn und genoss das einzigartige Gefühl auf meiner bloßen Haut.

Chris kniete sich hin und begann meinen Körper zu massieren, wobei er zuerst an den unverfänglichen Stellen wie meinen Oberarmen und den Waden meiner Beine begann. Ich entspannte mich und schloss meine Augen. Seine Hände wanderten weiter und dann kamen auch seine Lippen dazu. Seine Zunge zog Kreise um meine Brustwarzen und sie reagierten, indem sie sich in seinem Mund aufrichteten. Er saugte an mir, während er mir den Rücken oberhalb meines Pos massierte und dann meine Hüften gegen seine Leisten presste. Es war offensichtlich, dass er bereit war und auf mich wartete.

»Spreiz deine Beine«, flüsterte er und ich kam seiner Bitte nach. Sein Gesicht bewegte sich von meinen Nippeln hinunter zu dem flachen Terrain meines Bauches und fand sein Ziel auf meinen Schamlippen. Mit seinen Fingern schob er meine Schamlippen auseinander, sodass ich eine kleine Brise kühler Luft auf ihnen spürte. Im Kontrast dazu fühlte ich, wie mich eine heiße Flüssigkeit in meinem Inneren durchflutete. Seine Zunge erforschte meine Höhle und er stöhnte vor Genuss auf, als er das leckte, was aus mir herausrann.

»Du schmeckst so gut«, murmelte er und ich konnte nichts weiter machen, als meine Hände an seinen Hinterkopf zu drücken, wodurch ich ihn unbewusst immer tiefer in mich hineindrückte. Sein Finger fand meine Perle und er begann sie zu reiben – zuerst langsam, dann mit steigender Intensität. Schwalle des Verlangens schossen durch mein Gehirn und mein Körper reagierte, indem ich meine Beine weiter spreizte. Ich überkreuzte meine Knöchel und zog ihn fester an mich. Er schien es nicht eilig zu haben, von mir abzulassen. Hinein und hinaus stieß er mit seiner Zunge immer tiefer in mich hinein. Ich fühlte, wie die Wellen meines Orgasmus einsetzten, und meine Brustwarzen reckten sich in Alarmbereitschaft und in Erwartung dessen, was da kommen sollte.

»Du machst mich verrückt!«, flüsterte ich. »Ich komme gleich.«

»Mach nur«, flüsterte er zurück. »Das wird nur das erste Mal sein – du wirst heute noch öfter kommen!«

Vielleicht war es der Ton in seiner Stimme, der mich über die Klippe stieß, denn im nächsten Moment begann mein Körper zu pulsieren und Wogen der Lust, die mich von Kopf bis Fuß erzittern ließen, erfassten mich. Chris hatte das kommen sehen und als sich meine Pussy danach verzehrte, endlich ausgefüllt zu werden, legte er sich über mich und drang in mich ein, wobei er mein pulsierendes Inneres vollständig massierte. Stoß für Stoß befahl er mir, ihn aufzunehmen. Der Orgasmus hatte mich überempfindlich gemacht und ich versuchte, gegen seinen Unterleib zu drücken, um ihn etwas abzuhalten, aber er war unersättlich.

Die ganze Spannung, der ganze Schmerz, alles war darauf konzentriert, meinen Körper zu besitzen. Sein Haar war nach vorne über seine Augen gefallen und ich strich es zurück, um in sein Gesicht zu schauen, und sah, dass seine Augen geschlossen waren. Er befand sich irgendwo anders, vielleicht an dem Ort, an den man flüchtet, kurz bevor der Damm bricht.

»Chris«, flüsterte ich seinen Namen und so, als ob es ein weiterer Ansporn für ihn gewesen wäre, drang er immer leidenschaftlicher in mich vor. Ich reagierte auf jeden seiner Stöße, indem ich jeden erwiderte, bis ich keine Kraft mehr besaß. Er hielt mein Hinterteil von unten, als er sich komplett in meine lechzende Lustgrotte entleerte. Sein ganzer Körper versteifte sich und ich fühlte seine Hitze, als er mich vollpumpte. Ich war ruhig und genoss es, seine Augen, die nach hinten rollten, zu beobachten und die Muskeln an seinem Kinn und seinen Wangen zucken zu sehen, als seine Lust sein normal so kühles Wesen ablöste. Schließlich fiel er erschöpft auf mich und ich konnte schwören, dass ich hörte, wie er keuchte: »Ich liebe dich.«

Kapitel 16

Christopher

Als ich wieder erwachte, lag Lillie an mich geschmiegt. Ich lag da und beobachtete, wie sie sich ausruhte: Ich folgte ihrem gleichmäßigen Atem, als sich ihr Brustkorb hob und senkte. Ich versuchte, die Wimpern zu zählen, die auf ihren rosigen Wangen ruhten, und ich betrachtete die Art und Weise, wie sich ihr Haar eindrehte. Es war immer noch feucht von der Anstrengung, ringelte sich über ihren Ohren und fiel hinunter bis über ihre Brüste. Sie war perfekt. Diese Erkenntnis schockierte mich – nein, »erstaunte« ist wahrscheinlich der bessere Ausdruck. Wie konnte ich wissen, was ich wollte, wenn ich sie zuvor noch nicht getroffen hatte? Wie konnte ich wissen, dass es an einem so unwahrscheinlichen Ort und unter solch ungewöhnlichen Umständen sein würde? Natürlich hatte es sein müssen. Sie hatte so sein müssen wie ich: einfach und authentisch.

Das konnte man nicht in den Speisesälen der Schwerreichen finden. Das fand man nur dort, wo man aufgewachsen war.

Ich war zufrieden damit, ein Weilchen länger da zu bleiben, während ich darüber nachdachte, was vor uns lag. Corey hatte zweifellos Scheiße gebaut. Ich denke, er hatte gar nicht in Betracht gezogen, dass er so viele unschuldige Menschen mit in sein Netz des Betrugs hineinziehen würde. Ich? Ich mochte ein kleines Bisschen davon verdient haben. Aber Steve war mit Sicherheit die Wurzel allen Übels. Und hier, neben mir, lag die Frau, die ich mit meinem Leben beschützen wollte. Wie kam das? Ich wusste, dass sie erfinderisch und intelligent war und außerdem sehr gut auf sich selbst aufpassen konnte. Richtig, ich hatte sie in dieses Schlamassel gebracht. Aber es war mehr als nur mein Pflichtgefühl, das mich dazu brachte, mich um sie kümmern zu wollen. Ich wollte es einfach deshalb machen, weil ich es machen wollte.

Wenn wir in die Staaten zurückkommen würden, dann würden Köpfe rollen. Corey würde für das, was er getan hatte, zur Verantwortung gezogen werden, auch wenn es bedeuten würde, ihn in die Gosse zu treten, so musste es eben getan werden. Lass ihn zu dieser anderen Frau gehen und glücklich sein oder zumindest so zufrieden, wie er gedacht hatte, dass er es sein würde.

Ich würde mir auch Steve vorknöpfen, ihn mit seiner Betrügerei und seinem Verrat konfrontieren.

Das brachte mich zu Lillie. Ich musste nur in den nächsten Raum gehen, um mir wieder vor Augen zu führen, warum ich niemals heiraten wollte. Wenngleich mir, je mehr ich darüber nachdachte, immer weniger Einwände einfielen. Wie sollte man es jemals schaffen, jemanden für sein ganzes Leben bei sich zu behalten, wenn man ihn nicht rechtlich an einen band? Vertraute ich ihr? Ich würde ihr mein Leben anvertrauen. Wollte ich sie? Noch einmal: Ich würde mein Leben für sie geben. Würde sie mich von etwas abhalten, das ich in meinem Leben noch erreichen wollte? Nein, instinktiv wusste ich, dass sie mir beistehen würde, wenn immer es nötig wäre. Aber wo war das Problem? War es, weil ich sie noch nicht lange kannte? Wie viel mehr gab es noch von ihr zu entdecken? Ich wusste über ihre Familie Bescheid, ich wusste, wo sie gewesen war und was sie nach der Universität gemacht hatte, und nun wusste ich, dass sie mir gehörte. Was konnte es noch mehr geben, das ich nicht sehen konnte?

Ich liebte ihren Körper. Ich liebte die Art, wie sie wie ein Kätzchen miaute, wenn ihr Orgasmus losbrach. Ich liebte die Art, wie sie sich nach dem Orgasmus an mich klammerte, um das Erlebnis möglichst lange andauern zu lassen, indem sie mich möglichst in sich behalten wollte, bis ihre Erschütterungen abebbten. Ich fühlte mich durch sie stark und gewollt.

Ich wusste, dass ich unsere Reisepläne ändern musste. Wir würden die Nacht über hier bleiben, aber am nächsten Tag, dem Christtag, mussten wir uns auf den Rückweg machen. Bei dem Gedanken daran, was ich wusste, konnte ich Europa nicht genießen; nicht im Wissen um die Falle, die mich zu Hause erwartete. Ich wusste, dass Marga enttäuscht sein würde, und Lillie vielleicht auch, aber ich würde sie beide dafür entschädigen. Ich umarmte die sanfte Seele neben mir und flüsterte in ihr Ohr, dass es Zeit war, aufzuwachen. Ich glitt vom Bett und stellte die Dusche an. Die Spannung und die Negativität dessen, was mich erwartete, wurden vom heißen Wasser weggeschwemmt. Ich spürte ihre Finger auf mir, noch bevor ich sie gehört hatte. Sie war zu mir in die Dusche geschlüpft und ich drehte mich zu ihr um, um sie so hochzuheben, bis mein praller Penis in ihre leicht geschwollene Pussy hineinfahren konnte. Ich lehnte sie nach hinten an die Wand und drang in sie ein, dann glitt ich wieder langsam heraus, während das Wasser über uns regnete. Ihre perlweiße Haut glänzte in den Tropfen und ich kämpfte gegen den Impuls an, sie auf den Boden der Dusche zu legen und sie dort zu nehmen. Stattdessen schlang sie ihre Beine um meine Taille und klemmte mich fest ein, während ich das Seifenstück in die Hand nahm und ihre Brüste wusch, ihren Bauch und schließlich das Objekt meiner Begierde. Sie lächelte süß und beobachtete mich mit ihren betörend grünen Augen. Da gab es nichts zu leugnen. In diesem Moment war ich mir sicher, dass ich mich in sie verliebt hatte.

Kapitel 17

Lillie

Als ich von meinem Schläfchen erwachte, brauchte ich ungefähr eine Stunde, um mich fertigzumachen. Ich ging in den Wohnraum und sofort füllten Tränen meine Augen. Chris war fleißig gewesen. Er hatte einen komplett dekorierten Weihnachtsbaum bestellt. Um seinen Stamm herum waren mehrere bunt eingepackte Geschenke drapiert. Auf dem Esstisch war ein Buffet von verführerischen Speisen und traditionellen, lokalen Bäckereiwaren bereitgestellt. Marga sprang zwischen dem Baum und dem Tisch hin und her und steckte ihren kleinen Finger in die Schlagsahne der Erdbeertorte, die mit Schokoladestreusel verziert war.

»Oh Chris, das ist wunderbar! Wie aufmerksam!«

»Ist das nicht wunderbar, Lillie?«, strahlte eine aufgedrehte Marga. »Wir haben heute Weihnachten genauso, wie es die Deutschen machen!«

»Wirklich?«

Ich war so froh, dass ich mir die Zeit genommen hatte, ihnen beiden Geschenke zu kaufen. Sie waren am Boden der untersten Schublade im Schlafzimmer versteckt. »Ich bin gleich wieder zurück«, sagte ich und ging, um sie zu holen. Ich legte sie zu dem Berg, der schon dort war, nahm Marga an der Hand und richtete ihr einen Teller mit Essen. Wir aßen fröhlich, machten Scherze und neckten einander. Danach fuhren wir mit dem Lift hinunter in die Lobby, wo ein Weihnachtsbaum mit echten Kerzen entzündet und Weihnachtslieder angestimmt wurden. Viele Hotelgäste waren anwesend und sangen fröhlich mit. Margas Gesicht strahlte vor

Freude.

Als wir wieder oben in unserer Suite waren, griff Chris hinter den Weihnachtsbaum und legte drei Pakete neben Marga auf das Sofa. »Frohe Weihnachten, Kleines«, sagte er und küsste sie auf die Wange.

»Danke, Onkel Chris, aber ich verstehe etwas nicht. Wie konnte Santa wissen, dass ich hier bin?«

Er tätschelte ihr das Bein. »Nun, Schatz, Santa hat mir berichtet, dass er deine Geschenke hat, und bat mich, dass ich mich darum kümmerte, dass du sie bekommst, zumal wir ja alle hierhergeflogen sind. Ich hoffe, das ist dir recht?«

»Das ist es«, kicherte sie und begann, die Verpackung aufzureißen. Chris hatte eine Pelzkappe, einen Schal und einen Muff für sie besorgt. »Oh, danke, Onkel Chris. Das ist so warm und weich. Das gefällt mir richtig gut!«

»Komm, mach weiter, öffne das Nächste!«, drängte er sie. Darin war ein Kochset, komplett mit Pfannen und Töpfen, realistisch ausschauendem Essen und sogar Kleingebäck. »Damit du dich immer an diese Reise erinnern wirst«, sagte er zu ihr und sie stellte alles aufgeregt auf dem Sofa auf.

»Eines noch«, sagte er zu ihr. Das war eine kleine Schachtel und ihre winzigen Finger zogen an dem Band, das es verschloss. Als sie den Deckel hob, formten ihre Lippen ein O, als sie eine wunderschöne Perlenkette und ein dazu passendes Armband heraushob. Sie waren aus kleinen, aber erlesenen Smaragden aus exzellenter Qualität.

»Oh, wow, Onkel Chris, das ist sehr hübsch. Ich werde sehr gut auf beides aufpassen«, versicherte sie ihm. Sie gab ihm eine feste Umarmung und wandte sich wieder dem Kochgeschirr zu.

Ich stand auf und zog meine Schachtel für sie heraus. »Schau mal, was da drinnen ist«, sagte ich ihr. Als sie das Papier aufmachte und die Puppe auspackte, die sie in Paris gesehen hatte, quietschte sie vor Freude und rannte quer durch den Raum, umarmte mich und drückte mir die Puppe an die Brust, damit ich diese auch umarmen konnte. Sie war das liebreizendste Kind, das ich jemals getroffen hatte.

Ich überreichte Chris sein Geschenk und er bewunderte den Pullover, dann verschwand er im Schlafzimmer und trat mit den angezogenen Lederhosen wieder heraus. Marga schüttelte sich vor Lachen und obwohl ich wusste, dass er herumscherzte, musste ich zugeben, dass mich seine Beine anmachten.

»Okay, Zeit fürs Bett!«, ordnete er Marga an. Sie protestierte lautstark, beruhigte sich aber, als ihr erlaubt wurde, die Puppe mit zu sich ins Bett zu nehmen.

»Gute Nacht, Lillie«, sagte sie und umarmte mich. »Danke!«

»Sehr gern geschehen, Schätzchen!«

Sie hielt auf halbem Weg inne und ein Schatten verdunkelte ihr Gesicht. »Onkel Chris, wäre es in Ordnung, wenn mich Lillie ins Bett brächte?«

Er blickte überrascht, aber nickte und schaute zu mir.

»Das mache ich liebend gerne«, sagte ich und nahm sie an der Hand. Sie führte mich in ihr Zimmer und schloss die Tür hinter sich. Sie hielt einen Finger in die Höhe, um mir zu signalisieren, ruhig zu sein, dann lotste sie mich zu ihrem Bett. »Was ist denn, Marga? Stimmt etwas nicht?«

Sie schüttelte ihren Kopf. »Nein, Lillie, aber ich muss es irgendjemandem sagen. Es ist einfach nicht richtig, es weiterhin als Geheimnis herumzutragen.«

Mein Herz sank und ich fragte mich, was sie wusste. »Was plagt dich denn, Liebes? Stimmt etwas nicht?«

»Ich möchte, dass es jemand weiß … aber … Ich weiß, dass es Santa Claus nicht wirklich gibt.«

Ich verschluckte mich fast vor Erleichterung. »Nein?«

»Oh, nein und das weiß ich schon eine ganze Weile.«

»Warum hast du dann Onkel Chris wegen Santa gefragt?«

Sie zuckte mit den Schultern und flüsterte: »Es scheint sehr wichtig für ihn zu sein. Weißt du, er hat keine Kinder und ich denke, dass er es vielleicht mag, wenn ich zu Weihnachten bei ihm bin. Ich wollte nicht, dass er sich schlecht fühlt. Ich wollte nicht, dass er weiß, dass ich erwachsen werde. Es wird ihn traurig machen.«

»Oh, Süße, dein Onkel liebt dich und er weiß, dass du erwachsen wirst. Er ist sehr stolz auf dich und ich denke, wenn du ihm über Santa erzählst, wird er es sehr gut aufnehmen.«

»Denkst du wirklich?«

»Ja, das tue ich.« Sie schien zufrieden zu sein, krabbelte unter ihre Daunendecke und rollte sich behaglich ein.

Nachdem sie ins Bett gegangen war, nahm mich Chris an der Hand und führte mich in das Schlafzimmer. Er streifte sich die Lederhose hinunter und schlüpfte in eine weiche Freizeithose. Er öffnete den Reißverschluss meines Kleides und hängte es für mich auf, dann zog er mir mein Unterkleid über den Kopf. Ich stand da, nackt und zitternd, während er sich hinunterbeugte und eine riesige Schachtel unter dem Bett hervorholte. »Fröhliche Weihnachten, Lillie!«, sagte er und half mir, die Schachtel aufzumachen. Darin lag die umwerfendste orientalische Seidenrobe. Das Gewand fühlte sich auf meiner Haut extrem sinnlich an. Farblich war es wie ein Pfau und es brachte meine Haare und meinen Hauttyp perfekt zur Geltung.

Ich drehte mich in der Robe und fuhr wie ein Modell vor ihm mit meinen Händen in die Taschen. Darin befand sich etwas. Mit meinen Fingern umschloss ich eine kleine, glatte Schachtel in schwarzem Samt und zog sie heraus.

»Oh, Gott«, sagte ich voller Angst, sie zu öffnen.

»Mach schon!«

Ich stand mit zitternden Händen da. Chris nahm mir die Schachtel ab, öffnete sie und hob ein atemberaubendes, goldenes und weißes Diamantarmband heraus. Er legte es mir um das Handgelenk und machte den Verschluss zu.

»Oh, Chris, das hättest du nicht tun sollen – das ist zu viel.«

»Ich wollte es tun und du verdienst es.«

»Du bist so gut zu mir«, sagte ich zu ihm, während ich seine breite Brust umfing.

»Nicht mehr als du zu mir, süßer Engel.«

Chris hob mich auf und drückte mich an ihn. Dann küsste er mich, bevor er mich endlich auf das Daunenbett bettete und langsam und gefühlvoll mit mir Liebe machte. Es war ein Weihnachten, das ich nie vergessen würde.

Kapitel 18

Christopher

Marga hatte sich überanstrengt, da sie mit ihren Geschenken länger aufgeblieben war, als wir mitbekommen hatten. Sie hatte ihre Schlafzimmertür geschlossen und war offenbar nicht vor vier Uhr morgens schlafen gegangen. Zu dieser Zeit ging ich in die Küche, um mir ein Glas Wasser zu holen, und erspähte einen Lichtstreifen unter ihrer Tür. Normalerweise hätte ich mit ihr geschimpft, aber es war Weihnachten und ich erinnerte mich daran, was für eine magische Zeit das für Kinder war. »Geh schlafen, Marga!«, rief ich leise, aber bestimmt durch die Tür hindurch und das Licht wurde ausgeknipst.

Das Resultat war, dass Marga gleich, nachdem wir vom Flughafen Bremen abgehoben hatten, den Schlafraum in Beschlag nahm und mit ihrer Puppe unter dem Arm fest einschlief.

Lillie und ich waren uns selbst überlassen. Luke verwöhnte uns mit Tellern voller Köstlichkeiten, die es traditionellerweise zu Weihnachten gab, sowie einer Flasche meines Lieblingsweines zum Entspannen. Ich spürte, dass Lillie in weihnachtlicher Stimmung war; sie hob immer wieder ihr Handgelenk, um das Armband, das ich ihr geschenkt hatte, zu bewundern. Ich war versucht gewesen, die Lederhosen wiederum zum Spaß zu tragen, aber das passte wohl kaum zu dem, was uns in Chicago erwarten würde.

Über dem Atlantik war das Wetter etwas rauer. Wir kamen in Turbulenzen und ich sah, wie Lillie sich verkrampfte und ihre Augen aufriss, als wir plötzlich nach unten sackten. Ich bat Luke, den Piloten zu fragen, ob wir über die Turbulenzen drüber fliegen konnten. Aber er gab mir zur Antwort, dass er ohnehin schon alles tat, was in seiner Macht stand. Ich setzte mich neben Lillie auf das Sofa, legte meinen Arm um ihre Schultern und zog sie nahe an mich heran. »Es wird alles gut, wir haben einen hervorragenden Piloten und das ist einer der sichersten Jets überhaupt. Stell dir einfach vor, du wärst auf einem Jahrmarktzug und hältst dich an mir fest, okay?«

Das schien sie etwas zu beruhigen. Ich dachte, dass Smalltalk auch helfen konnte, auch wenn ich nie besonders gut darin gewesen war. »Hast du die Reise genossen?«

»Oh, Chris, wie kannst du das überhaupt fragen? Es war wunderbar und hat alles übertroffen, was ich mir je ausgemalt hatte. Weißt du, dass du mir hier auch eine Lektion erteilt hast?«

»Habe ich das?«

Sie nickte. »Meine Eltern haben mich nach der alten Schule erzogen, wenn du so willst. Sie selbst waren Kinder von Eltern des Zweiten Weltkrieges und wussten, was es bedeutete, nichts zu haben. Also haben sie ihr Geld immer gespart, egal, wie wenig hereinkam. Sie haben mich dazu erzogen, verantwortungsvoll mit meinem Geld umzugehen und nicht verschwenderisch zu sein. Sie haben mir beigebracht, für andere da zu sein, wenn sie es brauchten. Sie sind gute Eltern. Also hätte ich alleine, nur für mich, nie so eine Reise unternommen. Ich hätte es als zu extravagant empfunden. Aber wenn ich das nicht getan hätte, dann hätte ich es verabsäumt, nicht nur meinen Horizont zu erweitern, sondern auch eine so eine gute Geschäftsidee zu bekommen.«

Das ließ mich aufhorchen. »Geschäftsidee?«

Sie nickte und knetete ihre Finger in ihrem Schoß. Ich wusste, dass es mehr als der Flug war, der ihr etwas Angst einjagte. Ich fasste sie schnell an der Schulter und drückte sie ein paar Mal, um sie dazu zu ermuntern, weiterzusprechen. »Erzähl mir davon.«

Sie zögerte etwas, begann dann aber. »Also … meine Eltern

haben eine Bäckerei besessen in einer Nachbarschaft, die zuerst ziemlich altmodisch war, aber im Sog der Modernisierung der Stadt hat sie sich dann zu einem ziemlich coolen Spot gemausert. Es ist ihnen ziemlich gut gegangen, was sie aber nie zugeben würden. In jedem Fall war es geplant gewesen, dass ich das Geschäft übernehmen sollte, wenn sie einmal in Pension gehen würden. Also habe ich mir meinen Abschluss in Wirtschaft geholt und natürlich hatte ich in der Bäckerei gearbeitet, seitdem ich ein kleines Mädchen war.«

»Aber...«

»Nun, es gab ein Feuer. Niemand weiß mit Sicherheit, wie es dazu gekommen ist, aber es ist nicht im Gebäude ausgebrochen, sondern dort, wo die Müllkübel gestanden sind. Als ich hinkam, war die Bäckerei schon fast gänzlich zerstört und meine Eltern standen unter Schock, wie du dir vorstellen kannst. So sehr ich auch selbst weinen mochte, so musste ich doch für sie stark sein. Also half ich ihnen ein paar Tage später, ihre Sachen zusammenzupacken. Dann sind sie nach Florida gefahren, um sich dort zur Ruhe zu setzen. Meine Aufgabe war es, das Haus zu verkaufen und mich um die Reste von dem zu kümmern, was von der Bäckerei übrig geblieben war. Meine Güte, ich bin mir nicht einmal sicher, ob du all das überhaupt hören möchtest.«

»Doch, natürlich, sprich weiter. Ich höre zu.«

»Okay, gut, zuerst wollte ich ja das Grundstück, auf dem die Bäckerei gestanden hatte, verkaufen. Damit hätte ich eventuell ein ganz gutes Geschäft gemacht, zumal die Immobilienpreise in der Gegend wirklich in die Höhe geklettert sind. Es liegt an einer Ecke und viel Verkehr fließt daran vorbei. Es gibt auch einen gewachsenen Kundenstock. Aber als wir Paris besucht haben, erkannte ich, dass noch mehr an Flemmings Bäckerei dran war als das Gebäude und ein paar Öfen. Es war eine Tradition. Flemmings war jahrelang Teil der Nachbarschaft gewesen. Das sind Werte, die unschätzbar sind. Es ist mehr als nur ein Stück Land. Also habe ich mich dazu entschlossen, noch einmal von vorne zu beginnen.«

»Von vorne beginnen?«

»Ganz genau. Wer würde nach all dem besser dazu geeignet sein als ich? Ich habe die Erfahrung, ich habe die Ausbildung und dank dir habe ich eine neue Perspektive von dem, was eine Bäckerei tatsächlich sein kann. Ich werde mir das Geld borgen und die Bäckerei dann wieder aufbauen. Es wird ein gehobenes Geschäft werden, im Einklang mit den schnelleren Entwicklungen rundum, aber es wird auch das Flair der Alten Welt, die es für so viele Jahre gehabt hatte, bewahren. Ich denke wirklich, dass es einen Markt dafür geben wird. Ich könnte sogar einen kleinen Geschenkshop inkludieren, als eine weitere Einnahmequelle. Sobald ich nach Hause komme, werde ich mit den Nachforschungen beginnen und so den Ball ins Rollen bringen.«

Ich verkrampfte innerlich. Sie hatte keine Ahnung davon, wie viel ich über ihre Situation wusste und welche Rolle ich dabei gespielt hatte, indem ich Interesse an ihrem Eigentum gezeigt hatte. Mein Wunsch, noch weiter zu expandieren, hatte ihr Familienleben zerstört. Ich war ein paar Worte davon entfernt, sie für immer zu verlieren. Die Bäckerei war mir egal gewesen. Für mich war alles ein Spiel gewesen. Ich brauchte das Geld nicht, ich brauchte den zusätzlichen Nervenkitzel nicht. Ich hatte nur gedacht, dass ich es brauchen würde. Ich hatte gedacht, dass es genau das gewesen war, was ich für den Rest meines Lebens tun würde. Aber nachdem ich gesehen hatte, wie Lillie mit Marga umgegangen war, nachdem wir uns nähergekommen waren, nachdem ich dahinter gekommen war, wie ihr Verstand arbeitete. Nach alldem wurde mir langsam klar, dass ich mir selbst etwas vorgegaukelt hatte. Es hatte nichts mit einem Spielchen zu tun. Tatsächlich war es ziemlich das Gegenteil. Das einzige Spiel, das ich in meinem Kopf spielte, war mit mir selbst.

»Was hältst du davon?«

Ich wusste, dass sie meine Meinung hören wollte, und vielleicht würde sie mich sogar um finanzielle Unterstützung bitten. *Wie zur Hölle war ich bloß in diesen Schlamassel hineingeraten?* Solange ich nicht zurück in Chicago war und dieses Durcheinander in Ordnung gebracht hatte, konnte ich nichts sagen oder tun. Zur gleichen Zeit hielt ich zwei Stromkabel in der Hand, die beide darauf warteten, sie mit einem Stromschlag zu exekutieren: Steve und Corey. Das waren nicht ihre Probleme – es waren meine.

»Erst einmal bin ich heilfroh, dass du eine großartige Zeit hattest. Es tut mir leid, dass wir verfrüht abreisen mussten, aber das passiert in meiner Welt. Geschäftliche Angelegenheiten ergeben sich spontan und sie müssen auf der Stelle geklärt werden. Also mussten wir abfliegen. Da gibt es auch diese Sache zwischen Corey und Daphne. Wir haben ihr Kind bei uns. Wenn es sich Corey in den Sinn gesetzt hat, Daphne zu verlassen, dann muss ich da sein und sie und ihr Kind auffangen. Das habe ich zu meiner Verantwortung gemacht.«

»Du bist ein guter Mensch, Chris.« Ihre Stimme war sanft und schmeichelhaft und mir gefiel es, dass ich einen besitzergreifenden Ton darin zu hören glaubte.

»Ich bin froh, dass du das denkst.« Ich hoffte nur, dass sie, wenn alles ans Licht kam, das immer noch dachte. Ich musste das Thema wechseln. »Hey, jetzt kannst du hinunterschauen. Wir sind über den Staaten.«

»Nein, ich glaube es dir aufs Wort, ich muss es nicht sehen. Das Hinunterschauen macht mich schwindelig. Wie lange dauert es noch?«

Ich lachte. »Ich weiß schon jetzt, dass du keine große Reisende werden wirst.«

»Nein, ich denke nicht. Besonders, nachdem ich in deinem Jet gewesen bin. Ich weiß, dass es nicht besser sein kann als das hier.«

Ich fragte mich, ob sie bemerkte, dass ich ihre Frage nie beantwortet hatte. Es war nicht so, dass ich es nicht wollte, sondern vielmehr war ich nicht darauf vorbereitet.

Später an diesem Abend brachten wir Marga zu Daphnes Haus. Seltsam, dass ich es in meinen Gedanken schon als Daphnes Eigentum betrachtete. Corey war nirgends zu sehen und Daphne bemühte sich sehr, ihre vom Weinen rot unterlaufenen Augen zu kaschieren.

»Hattest du eine wunderbare Zeit, Liebling?«, fragte sie Marga, und bekam als Antwort die Geschenke zu Gesicht und eine weiße Tüte mit einem leicht in Mitleidenschaft gezogenen Erdbeercreme-Törtchen vorgehalten. Daphne lachte, als sie die Tüte öffnete, wobei die Crème nun ein milchiger Strom war, der an ihrem Arm hinunterfloss.

»Ich bin mir sicher, dass das Törtchen sehr schön war, als ihr es gekauft habt«, sagte sie großmütig und ich konnte ihre Augen aufblitzen sehen. Marga bedeutete alles für Daphne. Ich würde mich dafür einsetzen, dass sie nie getrennt werden.

Wieder zurück in meinem Auto machten wir uns in Richtung meines Hauses auf. Lillie begann zu sprechen. »Könntest du den Fahrer bitten, irgendwo zu einem Motel zu fahren, bitte?« Sie war damit beschäftigt, ihre Habseligkeiten zusammenzusuchen und sich für das Aussteigen bereit zu machen.

»Was meinst du damit?«

»Chris, was glaubst du denn? Ich kann nirgendwo anders hingehen als in ein Motel. Das Haus ist weg, erinnerst du dich nicht mehr?«

»Ja, das tue ich. Und mein Anwalt hat alles geregelt. Das Geld sollte bereits auf deinem Bankkonto sein.«

»Nun, das schätze ich sehr. Bitte schick mir die Rechnung für seine Dienste.«

»Hey, warum bist du denn auf einmal so förmlich?«

Sie schaute mich verblüfft an. »Was meinst du? Unser Urlaub ist vorüber. Es ist Zeit, in die reale Welt zurückzukehren.«

»Und was bedeutet für dich die reale Welt?«

»Die reale Welt ist, dass ich keinen Job habe und kein Haus mehr. Dafür aber einen überaus ambitionierten Plan und ich muss irgendwo anfangen. Ich kann dir nicht genug dafür danken, dass du mich mitgenommen hast. Das war eine ganz besondere Zeit für mich, Chris.«

»Lillie? Warum verlässt du mich? Habe ich etwas gesagt?« Ich war durch die plötzliche Veränderung ihres Verhaltens wie vor den Kopf gestoßen.

»Ich verlasse dich nicht, Chris. Zwischen uns hat sich nichts verändert, denke ich, außer du willst es beenden. Ich hoffe, dass wir uns weiterhin sehen werden. Sobald ich mich irgendwo neu eingerichtet habe, sage ich dir, wo du mich finden kannst.«

Ich setzte mich nach vorn und zog meinen Arm von ihrer Schulter herunter, um ihr ins Gesicht zu blicken. »Nein, nein, nein, du verstehst nicht. Du bleibst in keinem Motel. Du fährst nach Hause mit mir. Ich habe es schon so beschlossen.«

Sie legte ihren Kopf schief. »Ich möchte nicht undankbar erscheinen, aber denkst du nicht auch, dass das ein bisschen dreist war?«

»Warum würdest du das denken?«

Sie saß einen Moment lang nur da und suchte nach Worten. »Chris, wir wissen beide, dass diese Beziehung zwischen uns, obwohl sie so wunderbar ist, nie mehr sein wird als das, was sie jetzt ist. Wir haben unterschiedliche Ziele im Leben. Ich? Ich möchte mein Geschäft aus dem Boden stampfen und wenn ich das geschafft habe, dann möchte ich meine eigene kleine Marga. Ich möchte jemanden finden, der mich mehr als alles andere liebt und mit mir eine Familie gründen will. Diese Person bist du nicht, Chris. Du hast es selbst gesagt – und du hast alle rundum immer wieder daran erinnert. Du möchtest niemals heiraten oder eine Familie haben. Du hast doch nicht gedacht, dass ich darauf verzichten würde, eine Mutter zu sein, nur um mit dir rund um die Welt zu jetten, oder?«

Die Art und Weise, wie sie es sagte, ließ es unflätig erscheinen. Ich rang um eine Antwort. Ich war mir für so viele Jahre darüber im Klaren gewesen, dass ich jetzt nicht alles in Sekundenschnelle neu überdenken konnte. »Okay, du gewinnst. Wir finden dir ein Zimmer für die Nacht und wenn du meine Hilfe benötigst, dann werde ich da sein für dich. Das ist nicht das, was ich geplant hatte, Lillie. Ganz und gar nicht. Aber du hast recht. Das habe ich gesagt. Du verdienst es, das Leben zu bekommen, das du dir erträumt hast. Um dir die Wahrheit zu sagen: Ich weiß gar nicht, was ich mir vorgestellt habe.«

Sie legte mir die Hand auf die meine und strich mir über den Handrücken meiner geballten Faust. »Chris, es tut mir leid, wenn es kalt klingt. Besonders nachdem du so gut zu mir gewesen bist. Wir sind beide erwachsen und ich verstand unseren Urlaub als so etwas wie ein ausgedehntes Date. Ich hoffe, dass ich dir mit Marga helfen konnte, aber ich kann nicht von jetzt an davon abhängig sein, dass du mich mit Essen und Kleidung versorgst. Siehst du nicht, was das aus mir machen würde?«

Ich sprach die Worte für sie aus. »Eine Mätresse.«

»Genau. Ich bin etwas Besseres als das, Chris. Ich verdiene

mehr als das. Ich bin anders als du: Ich kann nicht alleine bleiben. Ich möchte Menschen haben, die ich liebe, und die es lieben, bei mir zu sein. Meine Eltern stehen mir sehr nahe und es tut mir leid, dass du das nicht hattest. Vielleicht hatte unsere Kindheit ja einen Einfluss darauf, wer wir heute sind. Ich hatte nur gedacht, dass uns das alles klar war.«

Ich schüttelte meinen Kopf. Ich sagte nichts mehr. Der Fahrer bog auf den Parkplatz eines Ramada Inn. Ich sah durch das Fenster zu, wie er ihr Gepäck auf einen Rollwagen hob und ihr nach drinnen folgte. Ich drehte meinen Kopf, um geradeaus durch die Windschutzscheibe zu starren. *Verdammt, was war ich nur für ein Trottel.*

Kapitel 19

Lillie

Ich zitterte, als ich die Tür zu meinem Zimmer im Ramada aufstieß. *Warum hatte er mich nicht aufgehalten?* Im Wagen hatte ich bereits gemerkt, dass mir die Tränen hochstiegen und ich wusste, dass ich von ihm weg musste, solange ich sie noch zurückhalten konnte. *Er hatte nicht einmal mit mir diskutiert. Er hatte nicht in mein Inneres gesehen. Warum nicht?*

Ich schaute auf das Diamantarmband an meiner Hand und versuchte, die Wärme von ihm zu spüren – aber die Diamanten waren kalt und unzugänglich. Genau wie Chris. *Warum war ich mit ihm mitgefahren?* Ich wusste warum. Ich war verliebt in ihn und war es seit dem Abend gewesen, den wir in dem Restaurant verbracht hatten und er mir über seine Kindheit erzählt hatte. Er war zugänglich, klug, professionell, attraktiv … die Liste konnte man lange so weiter führen. Aber wenn er fühlte, dass ihm jemand zu nahe kam, dann war er kalt und berechnend. Diesen Teil an ihm hasste ich. Wenn ich ihm nicht nahe kommen konnte, dann ließ das die ganze Intimität, die zwischen uns gewesen war, zu einem Schwindel verkommen. Ich nahm das Armband ab und ließ es in meine Handtasche gleiten. Plötzlich fühlte ich mich schmutzig.

Ich duschte und ging die Kleider durch, die in meinem Koffer waren. Die Gewänder aus Paris hängte ich auf und ließ meine Gewänder aus Chicago in meinem Koffer. Sie repräsentierten unterschiedliche Leben, verschiedene Ichs. Die Frage war, welches würde ich in Zukunft sein?

Die heiße Dusche half mir nur dabei, meine kalten

Gliedmaßen zu wärmen. Es war nach Mitternacht. Weihnachten mit all den glänzenden Lichtern in romantischen Städten war vorüber. Sogar meine kleine, vorübergehende Scheinfamilie war wieder weg. Marga war zu ihrer Mom nach Hause gegangen und Chris war nach Hause zu seiner Familie gegangen: zu seinem Business.

Ich wollte mit Mama und Papa reden, aber in Florida war es schon sehr spät und ich wollte sie nicht aufwecken. Ich hatte sie von Paris aus angerufen und ihnen frohe Weihnachten gewünscht. In Mamas Stimme konnte ich Neid hören und einen Verdacht in Papas. Ich war nicht mehr länger sein kleines Mädchen. Ich war eine erwachsene Frau, die gerade einen lausigen Start hinlegte, musste ich mir selbst eingestehen.

Ich legte mich in das Bett mit seinen sterilen Laken und seiner ewig gleichen Ausstattung. Es fehlte der Charme der Städte, die ich soeben verlassen hatte. Aber das war mein Leben und ich musste schon heilfroh sein, dass ich in einem Ramada sein konnte. Ich konnte es mir wirklich nicht für lange leisten. *Morgen schaue ich mich nach einem Job um,* beschloss ich.

Am nächsten Morgen zog ich mir etwas von meiner Chicago-Garderobe an und rannte über die Straße in einen Supermarkt für einen großen Kaffee, eine Zimtschnecke und eine *Chicago Tribune.* Ich saß mit überkreuzten Beinen auf dem Bett und fühlte, wie die Einsamkeit an mir fraß. Während ich langsam an der Zimtschnecke knabberte, versuchte ich, mir vorzustellen, ich wäre mit Chris in Paris und alles wäre gut. Ich blätterte durch die Zeitung, überflog die Nachrichten und wandte mich schließlich mit einem Seufzer an die Stellenangebote. Mehr als alles andere wollte ich die Bäckerei wieder auferstehen lassen, aber dafür brauchte man Geld, und ich hatte keines. Ich schaute in meine Handtasche und wusste, dass das extrem teure Armband darin lag. *Bringe ich es übers Herz, es zu versetzen?*, fragte ich mich. Ich wusste, dass ich es nicht tun konnte. Es war alles, was mir von Chris geblieben war.

Ich rief ein Taxi und ließ mich zum alten Haus fahren. Ich hatte mein Auto bei den Nachbarn stehen lassen und musste es holen. Das Haus sah einsam und verlassen aus; und ich fühlte mich ziemlich genau so. Ich begann zu weinen und konnte mich den ganzen Weg zurück zum Ramada nicht mehr fangen.

Okay, krieg dich wieder ein!, befahl ich mir selbst. Ich öffnete den Schrank und begann die Outfits herauszulegen, die für eine Jobsuche geeignet waren. Ich wählte ein Navy-Kostüm mit einem gerade geschnittenen, doppelreihigen Jackett. Ich hatte ein Paar noch nicht so abgetretene Navy Schuhe, die dazu passten, und wenn ich mir mit meinem Haar etwas Zeit nahm, dann würde der Interviewer vielleicht sein Augenmerk mehr auf mein Gesicht legen als auf meine Absätze.

Ich zog einen Füller hervor und kreiste mehrere Jobangebote ein. Es war die Woche zwischen Weihnachten und Neujahr – eine schlechte Zeit, um einen neuen Job zu suchen, da die meisten Leute des Managementlevels auf Urlaub waren. Es gab einen Ort, von dem ich *wusste*, dass er offen war und ich brauchte das Geld. Ich rief die Zeitarbeitsagentur an und ließ sie wissen, dass ich zur Verfügung stand. »Sie machen Scherze«, sagte das sauer-gesichtige Fräulein, das ich das erste Mal getroffen hatte. »Wir haben gedacht, sie wären vom Markt.«

»Nun, da haben Sie falsch gedacht und ich brauche einen Job, also bitte, würden Sie mich vermitteln?«

»Okay, wir werden Sie verständigen, wenn jemand Sie für ein Interview haben will«, war ihre Standardantwort.

So fühlte sich also Herzschmerz an. Ich knipste den Fernseher an; es lief gerade ein Weihnachtsfilm. Sie war eine Prinzessin und er der arme Junge, der versuchte, zu Geld zu kommen, um ihre Aufmerksamkeit zu erheischen. *Ja, genau,* sagte ich zu mir selbst. Ich war wirklich in einer schlechten Stimmung.

Ich bemerkte es nicht einmal, als die Sonne unterging; ich hatte die schwarzen Thermo-Vorhänge fest zugezogen und das Abendessen ausgelassen. Für Depressive gab es kein Dinner.

Am nächsten Morgen fuhr ich am Grundstück der Bäckerei vorbei. Auf einer der Säulen, die stehen geblieben waren, klebten ein paar Zettel. Neugierig stieg ich aus und ging hin, um sie herunterzuholen. Es waren Bekanntmachungen der Stadtgemeinde, dass das Gebäude beschlagnahmt war und aufgrund von offenen Grundsteuerrechnungen zur Versteigerung kam. *Was?*

Ich stieg wieder ins Auto und rief Papa an. Er meldete sich und seine Stimme klang müde. »Papa?«

»Oh, Lillie, wie schön, deine Stimme zu hören.«

»Papa, das ist wichtig. Die Stadt hat eine Bekanntmachung auf das Gebäude geheftet. Da steht, dass es aufgrund von offenen Steuerzahlungen zur Versteigerung kommen soll. Papa, kann das stimmen?«

Von der anderen Seite der Leitung kam ein langer Seufzer. »Ja, es stimmt. Ich musste den Rotstift ansetzen.« Das war zu seiner Standardantwort geworden.

»Papa! Dort darf man den Rotstift nicht ansetzen. Wenn es nicht heruntergebrannt wäre, dann hätten sie uns das Geschäft weggenommen und wir hätten gar nichts dagegen machen können, solange du diese Steuern nicht bezahlt hättest. Wie viel schulden wir?«

»Oh, ich weiß es gar nicht mehr. Mit Mahngebühren und Zinsen – vielleicht ungefähr hunderttausend?«

»Dollar? Papa, ist das dein Ernst?«

»Nun, ich musste ...«

»Ja, ich weiß, den Rotstift ansetzen. Ich kann das nicht glauben. Wie konnte ich nur denken, ich würde versuchen, das Geschäft wieder aufbauen, um dich zu überraschen. Ich lebe in einem Motel, habe kein Geld und keinen Job. Jetzt gibt es keine Möglichkeit mehr, es zu retten.« Ich war am Boden zerstört. Das passte so sehr zu der Depression, in der ich mich gerade befand.

»Es tut mir leid, Lillie. Ich habe getan, was ich konnte.«

Ich brach zusammen. Ich wusste, dass es schwer für ihn war, das zuzugeben, und er konnte mir nicht helfen. Er hatte mich hängen lassen, er hatte Mama im Stich gelassen, er hatte sich selbst etwas vorgegaukelt. Aber er war mein Vater und ich schuldete ihm mein Verständnis und meine Liebe.

»Ist schon in Ordnung, Papa. Ich werde schon zurechtkommen.«

»Ich dachte, du warst in Europa? Wie kannst du so eine Reise machen, wenn du kein Geld hast?«

Auf gewisse Weise hatte er recht. Ich hätte zu Hause bleiben und einen Job finden sollen, mich um meine eigenen Probleme kümmern anstatt sie zu ignorieren und den Spielplatz den Reichen überlassen sollen. Wenn es für etwas gut war, dann dafür, mir klar zu machen, dass ich nichts hatte.

»Papa, das Geld ist auf dem Konto – das Geld vom Haus. Möchtest du, dass ich das Gebäude freikaufe, damit wir etwas Geld davon lukrieren können?«

»Nein, nein, Lillie. Lass es einfach gut sein. Flemmings Bäckerei gehört der Vergangenheit an. Lass das Geld des Hauses auf der Bank. Nimm etwas davon, wenn du es für dich brauchst, bis du auf deinen eigenen Beinen stehen hast. Mama und ich brauchen es auch. Hier ist es teuer. Teurer als ich gedacht hatte.«

Ich nickte und in diesem Moment wurde mir klar, was für ein schlechter Geschäftsmann mein Vater gewesen war. Ich gab es nur ungern zu, aber er hatte schlechte Entscheidungen getroffen und wir mussten schwer dafür bezahlen. Ich schwor, es in dieser Hinsicht besser zu machen: mein Vermögen aufzubauen und es zu beschützen. Es war an der Zeit, neu anzufangen.

»Papa, ich muss jetzt los. Sag Mama, dass ich sie liebe. Das Geld für das Haus liegt auf der Bank«, wiederholte ich und legte auf.

Kapitel 20

Christopher

Ich heuerte einen Privatdetektiv an – einen Typen, der beim Nachrichtendienst der Navy gewesen war und der sich mit Computern auskannte und wusste, wie man unentdeckt blieb. Ich schickte ihn zu Steves Haus und als er mir Bericht erstattete, wusste ich, dass ich recht gehabt hatte. Steve war nie auf die Inseln geflogen. Es war nur eine Ausrede gewesen, um ihm Zeit außerhalb des Büros fernab von meiner Kontrolle zu verschaffen. Er plante seinen Coup. Ich konnte es riechen.

Ich vermisste Lillie mit jeder Faser meines Körpers. Ich wollte in dieses lausige Ramada gehen und sie da herausholen – auch wenn es bedeutete, sie kidnappen zu müssen. Aber ich konnte nicht. Nicht, solange ich mich um Steve kümmern musste.

Ich wusste, dass sie herausfinden würde, welche Rolle ich gespielt hatte und im Moment wäre das garantiert Grund genug dafür, dass ich nie wieder in ihre Nähe käme. Schlimmer noch: Es bestand die Wahrscheinlichkeit, dass ich für das Feuer verantwortlich gemacht werden konnte. Wenn Steve sich durchsetzte, dann würde das bedeuten, dass er die Klausel in unserem Vertrag anwenden könnte, die besagte, dass jede Art von kriminellem Vorgehen Grund für seine Beendigung wäre. Das hieß, wenn Steve die Behörden davon überzeugen konnte, dass ich das Feuer angeordnet hatte, dann konnte er die Holding in jenen Geschäften, die wir gemeinsam besaßen, übernehmen. Da konnte ich Lillie nicht mit hineinziehen. Meine Angst war, dass sie ohnedies hineingezogen werden würde – nämlich als Klägerin.

Mein Detektiv, Sean Malloy, kannte sich in seinem Geschäft aus. Meine erste Tat war, die Belegschaft des Büros für die verbleibende Woche auf Urlaub zu schicken und das Gebäude abzuschließen. Ich gab Sean vollen Zugang zu allen Computern, inklusive der Rechnungsbücher. Er war gründlich, von Natur aus misstrauisch und hatte den Vorteil, dass er die Gesetze auf internationalem Niveau kannte. Ich blieb ihm aus dem Weg und beschäftigte mich in meinem Büro mit den Zahlen zum Jahresabschluss. Es gab keine Spur von Steve. Er dachte, wir würden es ihm abnehmen, dass er auf den Inseln war.

Am dritten Tag erschien Sean in meiner Tür. Ich spürte, wie sich seine Aura näherte, bevor ich ihn hörte; so sehr waren meine Sinne für hereinbrechende Gefahr geschärft. Es machte ein nervöses Wrack aus mir. Ich bewahrte eine Flasche Seagram's Whiskey auf dem Nachtkästchen in meinem Apartment auf. Aber das war meiner körperlichen Gesundheit mit Sicherheit nicht zuträglich. Es fühlte sich so an, als ob ich auseinanderbrechen würde. Ich vermisste sie. Ich hatte sie betrogen. Sie würde mich hassen.

»Was gibt es?«, fragte ich ihn, als er auftauchte.

»Ich habe etwas gefunden – oder besser gesagt: Ich habe vieles gefunden.«

»Kommen Sie herein, nehmen Sie Platz.«

Er schritt herein, mit militärisch steifer Haltung. Er legte einen USB-Stick auf meinen Schreibtisch. »Wenn Sie den hochladen wollen, Sir, dann kann ich es Ihnen zeigen.«

Ich tat, worum er mich gebeten hatte, und plötzlich tauchten ein paar Abrechnungen auf dem Monitor auf. Er kam um den Schreibtisch herum und beugte sich über mich, sodass er den Bildschirm antippen konnte. »Sie können sehen, dass es hier Duplikate gibt, Sir.«

»Zwei Exemplare von Abrechnungen?«

»Ja, Sir, und ich muss Ihnen wahrscheinlich nicht sagen, dass weder die Zahlen noch die Darstellung der Ausgaben übereinstimmen.«

»Zeigen Sie mir bitte einfach die Spitzenwerte.«

»Natürlich, Sir. Sehen Sie sich die beiden markierten Dezemberaufstellungen an. Nun, diese sind naturgemäß nicht komplett, weil der Monat noch nicht zu Ende ist. Aber hier stoßen Sie auf etwas, was Sie in den anderen Monaten nicht finden. Es gibt hier eine Ausgabe über zwanzigtausend Dollar für einen >Mr. Dillon<. Ich bin ihre Verbindlichkeiten durchgegangen und die Listen der Angestellten. Es ist mir nicht möglich, einen Mr. Dillon in den Gehaltszahlungen oder als Zulieferer ausfindig zu machen. Haben Sie eine Idee, wer dieser Mr. Dillon sein könnte?«

»Ich fürchte, dass ich ihn nicht kenne, aber ich habe eine ziemlich klare Vorstellung davon, wer er sein könnte.«

»Ja, Sir. Noch eine Sache, Sir. Sie werden sehen, dass laut diesen Aufzeichnungen Sie derjenige waren, der diese Ausgabe autorisiert hat.«

»Was?« Ich beugte mich näher heran und sah, dass er recht hatte: Als Zeichen der Genehmigung waren tatsächlich meine Initialen eingetragen. Aber es gab noch mehr. Der Scheck war von meiner Firma und zwei Tage vor dem Feuer in Flemmings Bäckerei ausgestellt. »Dieser Hurensohn!«

»Ja, Sir. Sie haben es erfasst. Ich glaube, es reicht, um zu beweisen, dass Sie hineingelegt wurden.«

»Wie kommen wir an diesen >Mr. Dillon< heran?«

»Ich arbeite bereits daran, Sir. Ich habe im Nebenzimmer ein Programm laufen, das alle Transaktionen der Banken der Stadt nach genau dieser Nummer durchsucht. Ich werde sie finden, keine Sorge. Wenn wir die Bank haben, dann wird sie uns zu dem Mann führen. Ein Scheck in dieser Höhe geht nicht einfach so durch, ohne dass die Regierung ihn nicht bemerken würde, Sir. Da gibt es genaue Regeln.«

»Gute Arbeit, Malloy. Gibt es noch etwas?«

»Ja, Sir, da gibt es noch etwas. Es gibt ein Konto eines Zulieferers, das auf >M.P.< lautet. Wenn Sie die vorangegangenen Monate durchsehen, und ich habe es über die vergangenen zwei Jahre hindurch gemacht und gefunden, dann finden sie eine monatliche Zahlung von Ihrer Firma an diese besagte andere in der Höhe von zweihundertundfünfzigtausend Dollar. Sir – es gibt kein M.P. Unternehmen, das beim Finanzamt oder auf irgendeiner Liste einer anderen staatlichen einkommensteuerpflichtigen Einrichtung aufgelistet wäre.«

Ich starrte auf den Bildschirm. Das waren drei Millionen Dollar pro Jahr! *An wen* ging all dieses Geld? Das war der Moment, an dem die Wahrheit ans Licht kam und ich wusste es. Die M.P. Enterprises war Steves Frau Marjorie. Oh, sie war eine Stripperin, wie zutreffend. Sie hatte mich um mindestens sechs Millionen Dollar erleichtert und höchstwahrscheinlich war Steve so zu dem Geld gekommen, mit dem er die Immobilien erwarb, an denen ich interessiert gewesen war. Ich hatte ihn im Grunde genommen dafür bezahlt, dass er mich beraubte.

Ich zog mein Mobiltelefon heraus und rief meinen Anwalt an. »Willard, es tut mir leid, Ihren Urlaub zu stören. Ich brauche Sie in meinem Büro. Jetzt gleich! Kommen Sie zur Tür an der Hinterseite des Angestelltentrakts. Ich lasse Sie herein.«

Zwanzig Minuten später stiegen Willard und ich die Stufen des Dienstbotenaufgangs zu meinem Büro hinauf. Ich stellte Willard Sean vor und bat Sean, er möge mit ihm ein paar Zahlen durchgehen. Als er alles gesehen hatte, sagte ich: »Steve hat zwei Jahre lang Geld unterschlagen, wobei er die Pseudofirma seiner Frau dazu benutzt hat, um an das Geld zu kommen. Ich gehe jede Wette ein, dass er das Geld dafür benutzt hat, sich vor mir Immobilien anzueignen, von denen er wusste, dass ich an ihnen interessiert war. Ich wette, dass Sean, wenn er durch all die Abrechnungen geht, herausfindet, dass die letzten Immobilien, die ich gekauft habe, mir von einer gewissen Holdingfirma M.P. Enterprises verkauft wurden.

Willard hörte zu, saß ernst in seinem Stuhl und dachte die Situation durch. »Ich bin überzeugt, dass das als Beweisgrundlage ausreicht, um ihn zu Fall zu bringen, Chris. Das wird die Betrugsklausel in Ihrem Vertrag wirksam machen und er wandert ins Gefängnis. Sind Sie bereit dazu, dass ich den Stecker ziehe?«

Ich schüttelte langsam den Kopf. »Nein, noch nicht ganz. Da sind noch ein paar Unschuldige, die ich vorher in Sicherheit bringen muss. Ich lasse Sie es dann wissen, wann es so weit ist. Das wird bald sein. Sehr, sehr bald. Sean, ich möchte, dass Sie Ihre Arbeit zu Ende bringen. Gehen Sie so weit zurück, wie es notwendig ist, und liefern Sie mir den Beweis. Ich möchte, dass nichts von dem nach draußen dringt. Wir wissen nicht, wie weit sich die Kreise seines Betrugs ziehen.«

»Ja, Sir«, antwortete Sean. »Sonst noch etwas, Sir?«

»Nein, gute Arbeit. Hervorragende Arbeit. Fertigen Sie Kopien an von allem, was sie brauchen, und stellen Sie sich auch darauf ein, außerhalb des Büros zu arbeiten, um die gesamte Beweislast zusammenzutragen. Hinterlassen Sie keine Spuren, Sean. Steve ist kein Dummkopf und er wird es bemerken, dass Sie im System gewesen sind.«

»Kein Problem, Sir. Standardmäßiges Vorgehen.«

»Gut. Danke, Sean. Ich werde mich melden.«

Sean verließ das Büro und Willard studierte meine

Gesichtszüge. »Sie machen sich wegen Corey Sorgen, nicht wahr?«

Ich zuckte mit den Achseln. »Vielleicht, ein wenig. Ich weiß, dass er mit diesem Konstrukt nichts zu tun hat. Er hätte mir mit allem gedroht, was er hatte, und er tat es nicht. Er glaubt nur, dass ich jemanden damit beauftragt habe, die Bäckerei niederzubrennen. Steve benutzt ihn als Druckmittel gegen mich, aber nein, Corey hat seine Hände bei nichts Illegalem im Spiel, außer man zählt den Betrug an seiner Frau dazu.«

»Was dann …?«

»Willard, ich habe es Ihnen noch nicht erzählt, aber es gibt eine junge Frau, mit der ich ausgehe.«

»Okay … das ist nichts Neues, Chris. Ich kenne Sie schon eine ganze Weile, nicht wahr?«

»Nein, diese ist anders. Sie ist eine feste Freundin.«

»Wo liegt das Problem?«

»Es ist Lillie Flemming, die Tochter des Bäckereibesitzers. Sie weiß nicht, was ich beruflich mache oder dass ich versucht habe, ihr Gebäude zu kaufen.«

»Scheiße. Dann werden Sie sie verlieren.«

»Vielleicht. Ich hoffe es aber nicht.«

»Deshalb haben Sie auch das Gebäude gekauft.«

»Ganz genau. Steve darf das aber nicht herausfinden.«

»Das wird er nicht. Ich habe eine Holdingfirma ins Leben gerufen, die nur Sie überwachen, und habe das Geld dazu benutzt, die Steuern abzuzahlen und das Gebäude zu erwerben.«

»Aber Sie haben die Verkaufsankündigungen kleben lassen,

richtig?«

»Ja. Somit ist jeder, der an dem Ort vorbeigeht, der Meinung, dass es bei der nächsten Auktion unter den Hammer kommt.«

»Kann Steve die Spur nicht nachverfolgen?«

»Nein. Unmöglich. Erstens wird er auf den Stufen zum Gericht auf den Verkaufstermin warten, sodass er bis ungefähr Ende Januar, wenn dieser stattfinden sollte, nicht herumschnüffeln wird. Zweitens hoffe ich, dass Sie mir bis dahin schon grünes Licht gegeben haben, die Lichter ausgehen zu lassen.«

»Oh, Himmel, es wird schon viel früher sein. Ich denke, es wird Ihre nächste Aufgabe sein, sich mit Sean kurzzuschließen und die Papiere vorzubereiten, um mir Steve vom Hals zu schaffen – und mir den Rücken freizuhalten. Schaffen Sie das?«

»Klingt nach einem Kinderspiel. Die Kriminalpolizei wird eingeschalten werden, Chris. Es wird einen Skandal geben.«

Ich schlug mit meiner Hand auf den Tisch. »Egal. Ich verlasse die Firma ohnedies. Ich bin es müde. Ich möchte nur dieses Arschgesicht aus meinem Weg geräumt bekommen und im Gefängnis sehen. Ist das klar?«

»Glasklar.«

»Gut. Nun, nochmals vielen Dank dafür, dass Sie vorbeigekommen sind. Ich weiß, dass das eigentlich die Zeit mit Ihrer Familie ist.«

Willard erhob sich. »Chris, wir kennen uns nun schon lange genug, dass ich Sie zu meiner Familie zähle.« Er streckte mir die Hand hin und ich schüttelte sie heftig, dann ging ich um den Tisch herum und umarmte ihn kurz.

»Sie sind einer der wenigen Leute, Willard, denen ich

vertraue. Das bedeutet mir viel.«

Willard nickte und verließ mein Büro.

Ich setzte mich wieder in meinen Stuhl und begann zu planen. Das war alles in allem immer noch mein Spezialgebiet.

Kapitel 21

Lillie

Ich dachte, ich würde sehr professionell aussehen, als ich meine Erscheinung im Badezimmerspiegel des Ramada Inn begutachtete. Okay, also vielleicht waren schwarze Freizeithosen mit einem Rollkragenpullover nicht das gängigste Outfit für einen Sitzungssaal, aber ich war dazu entschlossen, etwas aus meiner Chicago-Kleidung für diesen Termin zu benutzen. Mit einem original Pariser Designerteil in eine Bank zu marschieren und um einen Kredit zu beten, kam vielleicht nicht so gut an.

Ich nahm meine Tasche, meinen Mantel und einen tiefen Atemzug, um mir Mut zu machen. Dann fuhr ich zur People's Bank, bei der Flemmings Bäckerei jahrelang gewesen war. Mr. Sherman sah immer noch ziemlich genau so aus, wie ich ihn in Erinnerung hatte. Er hatte immer einen sehr aufrechten Gang und selten gelächelt, nicht einmal dann, wenn er unsere berühmten Crispies aus Pekannüssen kaufte. Als ich mich seinem Schreibtisch näherte, erkannte ich, warum seine Haltung immer so steif gewesen war. Das war die Art und Weise, wie er als Präsident der People's Bank an seinem Schreibtisch saß. Er stand auf, streckte seine Hand aus, nickte, lächelte aber – seinem Charakter treu bleibend – nicht. »Miss Flemming« begrüßte er mich.

»Mr. Sherman.« Ich konnte sehen, dass nun ein Verhalten gefragt war, das ich als kirchentauglich bezeichnen würde. Es würde keine Späße geben, kein Nachfragen nach der Familie und mit Sicherheit keinerlei Übertreibungen zum Zweck von bildhafter Darstellung.

»Was darf ich heute für Sie tun?«

»Ich komme gleich zum Punkt, Mr. Sherman. Wie Sie wissen, ist die Bäckerei meines Vaters und in der Folge davon auch sein Geschäft Ziel eines Brandanschlages geworden – wie die Polizei annimmt. Das Haus ist ohne jegliche Schuld von jemandem, der dort gearbeitet hat, inklusive meines Vaters, niedergebrannt. Leider war das Gebäude aufgrund einer gewissen Unachtsamkeit zu jenem Zeitpunkt nicht versichert und meine Eltern haben die Gelegenheit beim Schopf gepackt, um sich zur Ruhe zu setzen.«

Er nickte. »Ja, das ist mir bewusst.«

»Ich bin davon ausgegangen, dass Sie es wissen, dachte aber, dass es klug wäre, Ihnen zuerst die Fakten darzulegen. Nun denn, ich bin mir nicht sicher, ob Ihnen auch bewusst ist, dass ich vor kurzem meine Ausbildung abgeschlossen und zudem eine lebenslange Geschäftserfahrung hinter mir habe. Mein Ziel ist es, die Mittel für den Wiederaufbau der Bäckerei aufzubringen und auf diese Weise die Kunden wieder zurückzuholen, die uns immer noch kennen und uns vermissen. Ich habe in der Zwischenzeit dank eines großzügigen Freundes Europa bereist und einen Geschäftsplan entwickelt, der es beinhalten würde, den Ruf von Flemmings Bäckerei mit dem Zusatz von europäischem Flair noch zu verbessern. Nachdem wir mit Ihrer Bank jahrzehntelang Geschäfte gemacht haben, sind Sie offenkundig meine erste Adresse, an die ich mich wegen einer Finanzierung wende.«

»Lillie – wenn ich Sie so nennen darf – Sie wissen, dass ich viele Male Ihr Kunde war. Während ich immer Ihre Bäckereiwaren genossen habe, so war es doch die Atmosphäre in Ihrem Familienbetrieb, die mich oft dazu ermutigt hat, lieber von Ihnen als von anderen, neueren, zugegeben moderneren Geschäften zu kaufen. Mit dieser Information im Hinterkopf ist es wohl möglich, einem Traditionsbetrieb mit Erfolg ein neues Image zu verleihen, wenngleich es ein schwieriges Unterfangen ist und die Erfahrung eines Experten erfordert. Nun, welche Art von Gegenwert haben Sie, den Sie mir als Sicherstellung anbieten können?«

»Ich habe den Standort, den bestehenden Kundenstock und den guten Ruf meines Familiennamens.«

Er nahm seine Gläser ab und legte sie feierlich auf den Schreibtisch. Er schüttelte seinen Kopf und sagte: »Ich fürchte, dass das keine materielle Sicherstellung ist, bis auf das Grundstück, das, wenn ich richtig in der Annahme gehe, derzeit eine Abbruchstätte ist. Tatsächlich würde es beträchtliche finanzielle Mittel erfordern, alleine schon das leere Grundstück wiederherzustellen. Deshalb sehe ich auch das nicht als kreditwürdiges Gut. Es tut mir leid, Lillie, aber ich fürchte, die People's Bank kann Ihnen nicht helfen. Mein Ratschlag für Sie ist, dass Sie einen Investor als Partner finden, jemanden, der gewillt ist, das Risiko auf sich zu nehmen, um im Gegenzug auf lange Sicht von der Investition zu profitieren. Das Kriterium wird weniger gewinnorientiert und mehr emotional sein müssen. Ich danke Ihnen für Ihr Kommen.«

Es fühlte sich so an, als hätte ich einen Schlag ins Gesicht bekommen. Es war so, als ob man gebeten worden war, den Familientisch zu verlassen. Die People's Bank war uns von Beginn an beigestanden und nun drehte sie uns den Rücken zu. Ich wusste, dass es nicht Mr. Shermans alleinige Schuld war. Die Bank war vor ein paar Jahren von einem größeren Konzern aufgekauft worden und lokale, kleine Geschäftskredite waren nicht länger ihr Marktziel. Ich dankte ihm und verließ die Bank wie ein getretener Hund.

Als ich das Auto erreichte, war ich bereits am Weinen. *Warum weine ich in letzter Zeit immer? Ich war noch nie so ein Wrack gewesen wie jetzt.*

Flemmings hatte in der Gegend einen großen Konkurrenten. Fischers Bäckerei wurde von einem jungen Pärchen, das von New York City in die Nachbarschaft gezogen war, geführt. Sie bedienten eine jüngere Schicht von Kunden; solche, die sich selbst einreden wollten, dass ein Bagel aus biologischem Mehl weniger Kalorien hatte als jene aus gutem, altmodischem Gold-Medal-Mehl. Meine Eltern hatten über ihre neuen, hochtrabenden Ideen gespottet und oftmals hinter vorgehaltener Hand Bemerkungen fallen lassen, dass Leute mit hochnäsigen Ideen unter ihresgleichen bleiben sollten. In einer Nachbarschaft wie der unseren hatten es Außenseiter schwer, sich Akzeptanz zu erkämpfen. Und Mama wurde ziemlich deutlich, wenn es darum ging, das Fehlen von passenden Referenzen bei Fischers anzuprangern.

Jetzt fuhr ich an ihrem Laden vorbei und musste zur Kenntnis nehmen, dass ihr Parkplatz voll war. Die Leute konnten drinnen nur mehr stehen. Nun wurde mir klar, wo die treue Kundschaft von Flemmings hingewandert war. Sie war zum Feind übergelaufen, selbst wenn dieser aus einem anderen Staat kam.

Weiter unten auf der Straße fand ich einen Parkplatz und stieg aus dem Auto. Ich strich mir über den Pulli, fuhr mir mit den Fingern rasch durch das Haar und schritt mit Bestimmtheit auf Fischers Bäckerei zu. Der alte Mr. Nesbitt, der über zwanzig Jahre lang unser Kunde gewesen war, hielt mir die Tür auf, sodass ich eintreten konnte.

»Hallo, Lillie!«, grüßte er mich freundlich. »Es tut mir leid, wie sich die Dinge für euch entwickelt haben.«

»Danke, Mr. Nesbitt. Kommen Sie schon länger hierher? Wie ist das Essen?«

»Nun, man kann ja sonst nirgendwo mehr hin, Liebes. Jetzt wo es euch nicht mehr gibt. Ich komme nicht so weit herum, wie du weißt. Ich würde sagen, das Essen ist akzeptabel, aber nichts wird jemals an ein herrlich süßes Brötchen von Flemmings herankommen.«

»Danke, dass Sie das sagen.« Ich ging an der Schlange vorbei, stellte mich an die Seite des Ladentisches und winkte der jungen Frau zu, die an der Kasse stand. Als sie bei dem aktuellen Kunden abkassiert hatte, kam sie zu mir herüber, den Finger, der die Richtung zu den Toiletten zeigte, bereits in der Luft.

»Nein, das ist nicht das, was ich brauche. Ich würde gerne mit Mr. oder Mrs. Fischer sprechen. Bitte sagen Sie ihnen, dass Lillie Flemming hier ist und sie gerne sehen würde.«

Sie sah mich zweifelnd an und hielt mich wohl für eine Vertreterin. Sie hatte offensichtlich noch nie von Flemmings gehört und das schmerzte. Wir würden bald vergessen sein.

Mr. Fischer näherte sich schließlich vom hinteren Teil her, während seine Haltung kühl, aber einigermaßen freundlich war. Er war klein, hatte kurz geschorenes, schwarzes Haar und einen zurückweichenden Haaransatz. Er ging offenkundig regelmäßig ins Fitnessstudio und seine Arme waren mit Tattoos bedeckt. Er erinnerte mich an einen Gorilla und ich musste mich zusammenreißen, nicht zu lachen.

»Könnte ich Sie einen Moment sprechen?«

»Nun, ich habe alle Hände voll zu tun, Sie sehen ja die Massen, aber ich denke, dass ich eine kleine Pause machen kann. Kommen Sie mit nach hinten.«

Ich folgte ihm durch die Schwingtüren, wobei mir absolut klar war, dass ich respektlos behandelt worden war. Aber Bittsteller konnten keine Ansprüche stellen, wie es so schön hieß. Er führte mich zu einem Pausentisch, an dem die Angestellten ihr Mittagessen einnahmen und deutete auf einen Platz. »Also was kann ich für Sie tun?«

»Ich danke Ihnen, dass Sie sich die Zeit für ein Gespräch mit mir nehmen. Wie Sie wissen, ist die Bäckerei meiner Eltern vor kurzem niedergebrannt. Mein Ziel ist es, sie wieder aufzubauen.«

»Also warum sind Sie dann hier, um mit mir zu sprechen? Ich habe nichts mit Krediten am Hut und warum, ehrlich gesagt, würde ich meiner Konkurrenz helfen, ihren Laden wieder auf Vordermann zu bringen? Unsere Verkäufe sind raketenhaft in die Höhe geschossen, seit es Ihre Bäckerei nicht mehr gibt. Aber es war sowieso nur eine Frage der Zeit, bevor wir euch auf die altmodische Art und Weise vom Markt verdrängt hätten.«

In diesem Moment fühlte ich einen Hass aufsteigen, den ich nicht erklären konnte. Ich wusste, was Mama damit meinte, als sie sagte, Eindringlinge wären nicht willkommen – seine Ungehobeltheit und Ostküstenbrutalität waren unvergleichlich. Ich wollte ihn am liebsten schlagen. »Ich sehe, dass ich einen schlechten Zeitpunkt gewählt habe, Mr. Fischer. Ich verstehe, dass Sie beschäftigt sind«, sagte ich und erhob mich abrupt. Unser Geschäft war gestorben.

Ich drehte mich um und als ich schon auf meinem Weg nach vorne war, rief er mir in einer so lauten Stimme nach, dass es jeder im Raum hören konnte: »Hey, Mädchen …, wenn es euch Flemmings so dreckig geht, dann kann ich euch jederzeit einstellen, damit ihr halbtags hier Bagels verkauft. Ich meine nur …«

Mein Gesicht brannte vor Scham und tatsächlich waren viele der Leute im Verkaufsraum ehemalige Kunden von Flemmings und ihre zu Boden gerichteten Augen waren voll nutzlosem Mitleid. Mehr hätte ich nicht erniedrigt werden können.

Ich kehrte zurück in mein Basiscamp – mein Doppelbett im Ramada. Ich machte mir nicht einmal die Mühe, mein einziges Paar gebügelter Hosen aufzuhängen. Ich warf mich einfach nur auf das Bett und weinte mir die Augen aus.

Kapitel 22

Christopher

Zu dem Zeitpunkt, als Steve zur Arbeit erschien, war ich bereits mit der Hälfte der Vorbereitungen für seine Exekution fertig. Die Art, wie er auf Distanz zu mir ging, sagte mir, dass er wusste, dass etwas passieren würde. Er wäre vielleicht gar nicht zur Arbeit erschienen, wenn er nicht in sein Büro, zu seinem Computer und zu seinen doppelgesichtigen Rechnungsbüchern hätte müssen.

Ich ließ ihn in Ruhe, zumindest vorerst noch. Ich arbeitete mit dem Buchhalter und stellte die Zahlen für das Franchise-Unternehmen von Carolinas Emporium und Teeraum zusammen. Ich hatte meine Entscheidung gefällt. Das Geschäft barg für mich nichts Ansprechendes mehr. Es war mir verdorben worden: durch Steve, durch Coreys Betrügerei und nun durch das Verlangen, das ich nach Lillie verspürte, während ich wusste, dass ich mit meinen bisherigen Plänen nicht fortfahren konnte, während sie an ihrer eigenen Wiederauferstehung arbeitete. Sie war zu wichtig für mich.

Ich würde alles verkaufen und ich hatte bereits Interessenten, die sich darum rissen, es zu erwerben. Dennoch war es noch streng geheim; ich musste Steve im Dunkeln lassen, bis ich mich in die richtige Position gebracht hatte. Er hatte keinerlei Verdacht geschöpft, da es zu Jahresbeginn ein durchaus zu erwartender Anblick war, dass der Buchhalter in meinem Büro auftauchte. Niemand wusste etwas, bis auf Willard, Sean und mir. Sogar mein eigener Buchhalter dachte, dass es »Business as usual« war.

Ich sah auf die Uhr. Um kurz nach halb zwölf schlenderte ich beiläufig den Gang hinunter in die Richtung von Steves Büro. Er stand mit dem Rücken zu mir und befand sich mit jemandem in einer hitzigen Diskussion. Er hörte mein Klopfen nicht.

»Es ist mir egal. Ich möchte ihn aus der Stadt draußen haben, hören Sie mich? Es ist zu brenzlig im Moment. Das ist tatsächlich eine gute Idee. Schicken Sie ihn auf die Keys hinunter, zu Mickey. Sagen Sie Mickey, dass ich ihn geschickt habe und dass er ihn beschäftigen sollte, bis sich die Dinge hier beruhigt haben. Haben Sie das verstanden?« Er knallte das Telefon auf seinen Schreibtisch und drehte sich in seinem Sessel herum. Sein Kopf flog nach oben, als er mich sah. Sein Gesicht veränderte sich augenblicklich. Verdammt, war er gut.

»Schau mal an, wen wir hier haben. Wie war Paris, Chris?« Er stand auf und kam um den Tisch herum, dabei streckte er mir die Hand hin. Ich schüttelte sie und tat so, als ob nichts wäre. Er war nicht der einzige gute Schauspieler hier.

»Schön, wunderbar, ich genieße immer den Urlaub in der Alten Welt. Hör zu, Steve, ich bin an einem Deal dran und ich hätte gern, dass du mich zum Lunch begleitest und einen Typen triffst. Es ist etwas, was mir über den Weg gelaufen ist, während du auf den Inseln warst.« Ich tat so, als ob er die Stadt verlassen gehabt hätte und ich konnte es in seinen Augen sehen, dass er in Alarmbereitschaft war. Er hatte überall seine Spione und ich wusste nicht, was er gehört hatte. »In der Tat werden wir zu spät kommen, wenn wir uns nicht aufmachen. Nimm deinen Mantel, ich fahre.«

Ich merkte, dass er sich drücken wollte. Er suchte nach einer spontanen Ausrede, aber ich ließ ihm keine Chance. Ich hatte schon begonnen, zum Ausgang zu gehen. Er hatte keine andere Wahl, als mir zu folgen.

Sobald er in mein Auto gestiegen war, fing ich mit Smalltalk an. Ich beschrieb das Hotel in Paris und das Essen. Ich sprach über Margas ersten Flug und wie sehr sie bei dem Servierwagen voll

Törtchen gestrahlt hatte. »Ich bin mit vielen guten Ideen wiedergekommen«, palaverte ich weiter. »Du wirst nicht glauben, was ich wegen dieses Schokoladenkuchens, den ich mir bestellt hatte, gemacht habe: Ich habe den Chef bestochen, um an das Rezept zu kommen! Da ist sogar Kurkuma drinnen, kannst du dir das vorstellen? Du kannst es nicht herausschmecken, zumindest nicht so sehr, dass du es identifizieren könntest, aber es verleiht dem Ganzen eine Note, die man schwer beschreiben kann. Ich habe es schon in die Testküche hinunter geschickt. Sie werden heute Nachmittag ein paar Probestücke heraufbringen. Ich kann es nicht erwarten, dass du es probieren kannst.«

Ich wusste, dass ich ihn zu Tode langweilte. Er war unruhig, wollte das Gespräch beenden und sich eine Zigarette anzünden. Ich genoss es, ihn zu quälen, und ließ nicht davon ab. Ich redete den ganzen Weg über weiter bis Danny's Pub, wo ich ihn zu einer hinteren Tischnische führte. Unsere Verabredung zum Mittagessen wartete schon dort.

Corey lehnte mürrisch in der Ecke, nahm aber sofort Haltung an, als er sah, wen ich mitgebracht hatte. Die Spannung war zum Greifen, als die Kellnerin kam und ich für alle Steak-Salate und Eistee bestellte. Steve hasste Salat. Ich genoss die Folter immer mehr.

Corey heftete seine Augen auf mich und erhoffte sich einen Hinweis darauf, wie er sich verhalten sollte. Steve war vollkommen verkrampft und hatte beschlossen, nicht einmal seinen Mantel auszuziehen. Ich deutete ihm, auf der Innenseite der Sitzbank Platz zu nehmen, was ihm grundsätzlich die Möglichkeit zur Flucht nahm. Ich fuhr mit dem irrwitzigen Smalltalk fort, bis uns das Essen gebracht wurde.

»Also«, begann ich und aß etwas Salat. »Ich denke, ich hätte euch zwei einander vorstellen sollen, aber irgendwie habe ich das Gefühl, dass ihr euch schon mal getroffen habt.«

»Was läuft hier, Chris?«, wollte Corey wissen.

Ich schaute ihn mit einem bestimmten Gesichtsausdruck an, den er nur zu gut kannte – er sagte ihm, dass er die Klappe halten und aufpassen sollte, denn ich zog hier die Show ab.

»Ich habe gehört, dass ihr zwei euch in letzter Zeit ziemlich gut angefreundet habt.« Ich nahm die Zügel in die Hand und führte die Pferde auf meine Spielwiese.

»Jetzt übertreibst du es aber, Chris«, sagte Steve verteidigend. Ich wusste, dass ich ihn auf dem falschen Fuß erwischt hatte.

»Nein, Steve. Ich denke nicht, dass ich das tue. Lass mich rekapitulieren. Fangen wir damit an, dass Flemmings Bäckerei heruntergebrannt ist. Es gibt viele Verdächtigungen in dieser Hinsicht und ich spüre, dass es langsam heiß wird. Steve, bitte sag mir, dass du sie nicht persönlich in Brand gesteckt hast.«

»Was? Teufel, nein! Glaubst du, ich bin ein Idiot? Pass auf, Tollier«, sagte er in seiner Manier des rauen Kerls. »Du hast gesagt, dass du das Gebäude haben wolltest und dass ich dafür tun sollte, was auch immer notwendig war, um es zu bekommen.«

»Ja, das habe ich. Aber was ich damit gemeint habe, war, ihnen jeden Preis zu zahlen, den sie verlangten, richtig?« Ich kaute gelassen meinen Salat, als ob nichts wäre.

»Ja, aber du bist eine richtige Memme, bist du immer schon gewesen. Verdammt, ohne mich wären wir nicht da, wo wir heute sind.«

»Nein, ich nehme an, das stimmt«, warf ich ein. Aber die Ironie meiner Worte ging an ihm vorüber. »Also wen hast du dafür benutzt?«

»Ich habe meine Verbindungen, das solltest du besser nicht vergessen. In jedem Fall wird der Typ die Stadt verlassen. Dafür habe ich heute Morgen gesorgt. Das war tatsächlich das Gespräch, bei dem du hereinspaziert bist.«

»Warum hast du ihnen nicht einfach angeboten, die Bäckerei zu kaufen? Warum sie abfackeln?«

»Du bist wirklich zu doof, oder? Hast du eine Vorstellung davon, wie viel sie dafür hätten verlangen können? So alte, verrückte Leute wie die zwei? Sie hätten eventuell zwei oder drei Millionen haben wollen. Scheiße! Ich habe dir einen Haufen Geld erspart und das weißt du. Zugleich habe ich auch deine Konkurrenz ausgeschaltet. Verdammt!« Er schlug auf den Tisch, um seinen Worten Nachdruck zu verleihen. »Du schätzt mich nicht, das hast du nie getan.«

Ich warf einen schnellen Blick auf Corey, der stumm mit weit aufgerissenen Augen da saß. Ich stachelte Steve noch ein bisschen weiter an. »Also ist das dieser Dillon, den ich in den Abrechnungen gefunden habe? Der, der die zwanzigtausend abgeräumt hat?«

»Hey, die Kerle sind nicht gerade billig«, spielte Steve sich auf. »Auch dort habe ich dir einen Sack Geld gespart.«

»Nun, dafür bin ich dir wirklich dankbar, Steve. Das bin ich wirklich, aber das Eigenartige ist, dass die Zahlung an Dillon nur an einer Stelle erscheint. Ja, also, es ist mir gerade heute Morgen aufs Neue aufgefallen, dass es uns irgendwie gelungen ist, unsere Rechnungsbücher zu duplizieren. Sie stimmen aber nicht überein, Steve. Wie konnte das passieren?«

Jeder konnte sehen, dass er vergeblich nach einer Erklärung rang. Er sagte aber nichts.

»Ja, also, ich habe doch tatsächlich einen Ausdruck mitgebracht. Hier. Schau mal.« Ich zog eine Handvoll Papiere heraus, die ich zusammengerollt in der Innentasche meines Jacketts stecken gehabt hatte. »Schau dir zum Beispiel diese Zahlungen an, an …« Ich täuschte vor, mit meinem Finger die Seite nach unten zu fahren, als ob ich das Beispiel suchen musste. »Ja, hier ist es. An M.P. Enterprises. Sieht so aus, als ob wir denen allein im letzten Jahr zwölf Millionen ausgezahlt hätten. Und das Lustige ist, dass ich das genehmigt haben soll. Aber seltsamerweise habe ich nicht die geringste Ahnung, wer M.P. Enterprises sein soll. Weißt du es, Steve?«

Sein Gesicht war dunkelrot. »Was ist das hier überhaupt? Eine Art von Erpressung vor dem Jungen hier? Du hast dir doch nicht tatsächlich gedacht, ich würde wie ein braver kleiner Junge in meinem Büro sitzen und würde dich das Geld absahnen lassen, das nur deshalb hereinfloss, weil ich es verdient hatte, oder? Verdammt, jeder macht das. Ich habe mir selbst nur einen … nennen wir es einen wohlverdienten Bonus ausgezahlt.«

»Ja, also ich hätte mir ja noch so etwas wie einen neuen Firmenwagen einreden lassen, Steve, aber zwölf Millionen allein im letzten Jahr? Wie hast du das gemacht?«

»Oh, Himmel, Chris. Das ist doch nichts. Es ist mindestens doppelt so viel, wenn du es wissen willst. In Ordnung. Willst du auch etwas? Ich schreibe die Bücher um und du kannst dieselbe Summe haben, unter dem Tisch. Keine Aufzeichnungen, keine Steuern, sage ich immer.«

In Steves Ansicht war alles in Ordnung, solange er damit davonkam und das Geld verteilen konnte. Das war typisch für die Art und Weise, wie Mafiabosse arbeiteten. Ich hatte keine Ahnung davon, wie tief Steve drinnen steckte. »Ist das so, wie es deine Freunde machen, Steve? Ich habe mich immer schon gewundert, wie man mit so etwas davon kommen kann.«

Er gluckste. »Du checkst es wirklich nicht, du verdammter Scheißer, oder? Die dreißig Millionen oder so, die ich herausgeschlagen habe, das war nur mein Anteil. Das wahre Geld ist für die faulen Geschäfte draufgegangen. Lass es mich für dich buchstabieren, Dummkopf. Die Mafia. Die Bosse. Sie regieren die Stadt … Doc Verengetti, Tommy Manatilla, Joez Bonetti … Die haben die *wahre Macht* über die Stadt. Du kannst von Glück reden, dass ich sie kenne. Ich habe dich beschützt, du Arschloch. Wenn ich nicht jedem immer etwas zugesteckt hätte, würden jetzt alle deine Eigentümer in Schutt und Asche liegen – genauso wie das Anwesen der Flemmings.«

Ich kämpfte um meine Selbstbeherrschung. »Steve, warum hast du das vor mir verheimlicht? Die Schutzgeldzahlungen, das Geld, das du unterschlagen hast, die Brandstiftung… Warum?«

»Weil du nie und nimmer damit umgehen könntest, du Arschloch! Du und deine verdammte Integrität«, sagte er mit einer spöttischen Stimme. »Ich musste in dieser Partnerschaft die Hosen anhaben und du kannst von verdammtem Glück reden, dass ich es war und nicht einer der anderen Kerle. Sie hätten dich alle wie eine Ameise zerquetscht!« Steve kochte, war unruhig, und ich wusste, dass er gehen und eine Zigarette rauchen wollte. Vor allem aber wollte er angeben.

»Um das mal festzuhalten, Steve, du hast mich damit kalt erwischt. Ich hatte nicht die geringste Ahnung davon, was du getrieben hast. Ich war nicht daran beteiligt und was von nun an passiert, wird in sauberen Bahnen ablaufen, weil du nicht mehr darin involviert sein wirst. Hast du das verstanden?«

»Was meinst du …?«, fragte er, packte mich am Kragen und vergaß, wo er war. »Versuchst du, mir zu drohen, du Weichei? Denkst du, ich kann dein Licht nicht auspusten, noch bevor es dunkel wird? Wer zur Hölle glaubst du, dass du bist?« Er war so zornig, dass seine Spucke über meine Brust sprühte. »Lass mich verdammt noch mal aus dieser Sitzbank raus. Ich nehme mir ein Taxi. Ich bin hier raus.«

Ich legte ruhig meine Gabel nieder, wischte meinen Mund mit der Serviette ab und glitt von der Sitzbank. Ich machte eine einladende Handbewegung und sagte: »Sei mein Gast. Ich habe genug.«

Er war gerade dabei, von der Sitzbank zu rutschen, warf dabei aber noch seine Serviette in meine Salatschüssel und spuckte für alle Fälle auch noch hinein. »Du wirst von mir und meinen Freunden hören«, drohte er mir, als er neben dem Tisch stand.

»So wie du von meinen hören wirst«, entgegnete ich. »Darf ich bitten?«

Steve fiel das Gesicht nach unten, als vier Männer von der Sitzecke direkt hinter uns hervortraten und ihm den Weg versperrten. Drei von ihnen hielten ihm ihre Ausweise ins Gesicht und lüfteten ihre Mäntel, um ihre Revolver zu enthüllen. Der vierte Mann, Willard, winkte mir zu und schenkte mir ein seltenes Lächeln.

»Mr. Perkins, Sie stehen unter Arrest«, konstatierte Detektiv Delanty des Chicago Police Departments. Er fuhr fort, Steve seine Rechte vorzulesen, während ihm ein anderer Inspektor die Handschellen anlegte und er aus dem Restaurant abgeführt wurde. Delanty blieb einen Moment lang zurück.

»Wir haben genug gehört, um ihn hinter Gitter zu bringen, Mr. Tollier. Ich denke nicht, dass ich jemals ein besseres Stück Detektivarbeit gesehen hätte. Sir, wissen Sie, mein Partner und ich, wir waren in jener Nacht des Feuers dort. Wir waren immer in der Nähe der Bäckerei Flemmings. Gute Leute. Eine Schande, was passiert ist. Mein Partner wurde sogar verletzt da drinnen. Machen Sie sich keine Sorgen, wir werden uns um diesen Kerl kümmern *und* um seine Freunde.« Er streckte seine Hand aus. »Das Beweismaterial?«

Ich gab ihm die Papiere, die ich mitgebracht hatte.

»Entschuldigung, das habe ich ganz vergessen. Sie können Ihre Männer zu meinem Büro schicken. Mein Buchhalter wird Ihnen Zugang zu allem geben, was Sie brauchen. Meine Rechnungsbücher liegen offen, Detective.«

Delanty berührte seine Stirn in einer respektvollen Grußgeste, als er die Papiere nahm. Dann drehte er sich um und folgte den anderen.

Ich setzte mich wieder hin und schob den verdorbenen Salat zur Seite. Um die Wahrheit zu sagen, zitterten mir die Hände. Ich wusste, dass Steve eine Waffe trug, und da er den Mantel nicht ausgezogen hatte, konnte ich nicht sicher sein, was ich zu erwarten gehabt hatte. Ich war froh, dass er ihn nicht mitgenommen hatte. Sie hatten nichts gefunden, als sie ihn durchsuchten.

Ich sah zu Corey hinüber. Sein Gesicht war kreidebleich. Sein Kiefer stand offen, als er einfach nur dasaß. »Genug gehört?«, fragte ich ihn. Er nickte. »Dann verschwinde von hier und geh nach Hause. Fleh diese Frau an, dass sie sich nicht von dem Dreckskerl, der du bist, scheiden lässt, sondern dass sie dir stattdessen eine weitere Chance gibt. Und wenn du das wieder verscheißt, Brüderchen, dann kannst du jeden Penny, den ich habe, darauf verwetten, dass ich dich ins Armenhaus bringen werde. Mach schon! Raus hier!« Ich war barsch und das mit voller Absicht. Corey musste seine Lektion lernen.

Doch wer würde mir meine erteilen?

Kapitel 23

Lillie

Ich starrte auf das Plastikstäbchen in meiner Hand und hatte Schwierigkeiten zu atmen. Es konnte nicht wahr sein. Dennoch war er da: diese zwei eindeutigen, pinken Streifen.

Ich war schwanger.

Ich hatte schon etwas vermutet, als mein Zyklus ausblieb. Seit meiner ersten Menstruation im Alter von zwölf Jahren war ich immer sehr pünktlich gewesen. Den ersten Tag hatte ich dem Stress zugeschrieben. Den Zweiten dem nicht ausreichenden Schlaf und der schlechten Ernährung. Am dritten Tag überquerte ich die Straße zum Supermarkt und jetzt saß ich im Badezimmer und hielt den unzweifelhaften Beweis in meiner Hand.

Verdammt! Das war nicht so, wie ich mir das vorgestellt hatte. Ich hatte mir immer eine Hochzeit ausgemalt, mit einem Mann, der mich liebte und mich in die Luft hebt und herumwirbeln würde, wenn er erfuhr, dass ich schwanger war. Ich hatte mir nie gedacht, dass es in einem kalten, unpersönlichen Badezimmer in einem Ramada Inn passieren würde. Ich hatte nie erwartet, dabei allein zu sein.

Seitdem Chris mich in der Einfahrt des Ramada abgesetzt hatte, habe ich nichts wieder von ihm gehört. Ich war im Überlebensmodus; ich lebte von Gelegenheitsjobs, die gerade genug abwarfen, dass ich ein Dach über dem Kopf hatte und mir etwas zu essen kaufen konnte, zumindest bis jetzt. Nun würde sich das alles ändern. In einem Motel Zimmer konnte ich kein Kind aufziehen.

Zu Chris konnte ich nicht gehen. Er hatte von Anfang an klar gestellt, dass er »nicht der Typ zum Heiraten« war. Er wollte keine Kinder und nachdem ich so lange nichts mehr von ihm gehört hatte, war ich mir sicher, dass er mich auch nicht mehr wollte.

Also saß ich da, heulte selbst wie ein Kind, mit überkreuzten Knien und dem pinken Doppelstreifen, der mich zu einem Leben voller Geheimnistuereien und Enttäuschungen verdammen würde. Da gingen alle Pläne einer Wiedereröffnung meiner Bäckerei den Bach hinunter. Da schwanden alle Pläne einer Karriere dahin, die mir gutes Geld bringen würde und die es mir erlauben würde zu reisen und ein besseres Leben zu führen, als meine Eltern es hatten. Da schwammen ein Haus, ein neues Auto und die Chance, einen Mann zu finden, der sein Leben mit mir verbringen wollte, dahin. Nun war ich nichts weiter als eine arbeitslose, alleinerziehende Mutter.

Die Frage, ob ich das Baby behalten wollte, stellte sich nicht. So war ich erzogen worden und selbst wenn das nicht der Fall gewesen wäre, hätte ich doch niemals das Einzige aufgegeben, was mir von Chris geblieben war. Ich trug sein Kind und Erben in mir, auch wenn er das von mir nie erfahren würde. Ich würde das alleine durchstehen. Ich war zäh, richtig? Also warum weinte ich dann – schon wieder?

Meine Eltern? Oh mein Gott! Sie würden nur allzu gern ein Enkelkind auf ihrem Schoß herumhüpfen lassen, aber es würde sie beschämen. Sie waren sehr streng und es gab in ihrem Leben keinen Platz für eine unverheiratete Mutter. Es bestand sogar die hohe Wahrscheinlichkeit, dass Papa mich enterben würde. *So streng* war er. Über die Jahre hatten wir einige bemitleidenswerte Torten gesehen, die für schnell auf die Beine gestellte Hochzeiten gewesen waren. Er hatte immer mit der Zunge geschnalzt, seinen Kopf geschüttelt und gemurmelt, dass die Braut eine Schlampe wäre. Nun hatte ich mich auch auf deren Niveau begeben.

Was hatte ich mir nur dabei gedacht?

Ich fühlte Panik in mir hochsteigen. Schnell packte ich meinen Mantel und meine Geldbörse und ging zu meinem Auto hinunter. Ich fuhr am Grundstück der Bäckerei vorbei und sah, dass die Bekanntmachungen dort immer noch aufgehängt waren. Es war so erniedrigend und ich war mir sicher, dass die ganze Nachbarschaft über die Flemmings sprach, wie die Familie auseinandergebrochen und zu einer Schande geworden war. Sogar wenn es nicht um die Steuern gegangen wäre, so hätte die Stadtverwaltung von Papa verlangt, die Überreste des Gebäudes einreißen und den Grund einebnen zu lassen. Er kann sich das nicht leisten und ich konnte das auch nicht. Ich spürte noch mehr Panik in mir aufsteigen.

Ich kaufte einen kleinen Fruchtsaft, als Versuch einer guten Ernährung, und ging dann zurück ins Ramada Inn. Ich schlug die Bettdecke zurück, legte mich bei Tageslicht hin, starrte an die Decke und zählte meine Sünden. Darin war ich gut.

Mein Telefon klingelte und ich hob ab.

»Wir haben wieder einen Kunden«, sagte die Frau von der Zeitarbeitsfirma.

Nun, vielleicht war das ein Zeichen. Vielleicht ging es jetzt bergauf. Ich würde keinen Vollzeitjob bekommen: Niemand würde eine schwangere Frau ohne Wohnstätte und ohne jemanden für das Baby einstellen. Ich würde ein Leben mit temporären Teilzeitjobs leben.

»Gut, das ist großartig. Wo soll ich hingehen und wann soll ich dort sein?«

Sie gab mir die notwendige Information durch und ich legte auf. Mit der Aussicht auf Arbeit, die ich am kommenden Tag bekommen würde, wie ich hoffte, schlief ich ein.

Ich träumte von Chris. Wir waren in Paris, aber Marga war nicht dabei. Es waren unsere Flitterwochen – genau ein Jahr, nachdem ich meinen Wunsch in den Himmel voller Schneeflocken gesprochen hatte. Ich war so glücklich und meine Eltern strahlten über den Fang, den ihre Tochter gemacht hatte. Sie gingen in die alte Nachbarschaft, um damit anzugeben. Chris konnte seine Hände nicht von mir lassen und Daphne und Corey waren unsere Trauzeugen. Ich fühlte mich so glücklich. Es war perfekt … bis … der Wecker klingelte.

Ich suchte mir meinen Weg unter den Decken heraus und spähte rasch zwischen den schweren Vorhängen nach draußen. Über Nacht hatte es geschneit, was bedeutete, dass ich mich beeilen musste. Ich würde das Auto abkratzen und heizen müssen, bevor ich fahren konnte. Ich sprang so schnell in die Dusche, dass das Wasser nicht einmal Zeit hatte, sich aufzuwärmen. Für mein Haar hatte ich keine Zeit, also drehte ich es einfach nur zu einem Dutt zusammen und legte eine Spur von Make-up auf. Ich ging meine Kleidung durch und legte mein immer bereitliegendes Navy-Kostüm heraus – es würde bald eine gute chemische Reinigung brauchen. Das war egal. Bald würde ich ohnedies nicht mehr hineinpassen.

Das Bürogebäude war in der Innenstadt, in der hochpreisigen Mietgegend. Ein Aufzug mit Messingausstattung und Glaswänden brachte mich zügig hinauf in den zwanzigsten Stock. Ich versuchte, nicht an die Höhe zu denken, sondern konzentrierte mich auf den Boden und die Tatsache, dass dieser nur einen Meter und achtundfünfzig Zentimeter unter mir lag. Nun, relativ gesprochen. Der Aufzug klingelte, als er im gewünschten Stockwerk hielt, und ich setzte mein professionelles Lächeln auf. Ich umschloss meine Bewerbungsunterlagen und meine Handtasche mit der Hand und war bereit, als die Türen aufgingen.

Was mich empfing, war kaum das, was ich erwartet hatte. Da war keine Empfangsperson, de facto nicht einmal ein Tisch, hinter dem sie hätte sitzen können. Ich schaute nach links und nach rechts, aber alles, was ich sah, waren Zellenbüros ohne Einrichtung oder Menschen. Ich trat zurück und hielt die Aufzugstüren auf. Ich musste im falschen Stockwerk ausgestiegen sein. Ich trat hinein und schaute auf die Stockwerksanzeige. Nein, sie zeigte an, dass ich im zwanzigsten Stock war, darüber gab es keinen Zweifel.

Ich trat wieder hinaus, hielt kurz inne, um mich zu orientieren, ohne auf die Reihe der Fenster und den Abgrund zu schauen, der mir den Magen zusammenzog.

Es war totenstill. Ich war sogar zu hoch oben, um den Lärm von der Straße unten zu hören.

»Hallo?«, versuchte ich es schließlich.

Irgendwo im Gang um die Ecke hörte ich das Geräusch einer Schublade, die in den Schreibtisch geschoben wurde. Ich wartete geduldig. Eine männliche Stimme rief: »Bin gleich da!«

Ich überprüfte rasch, ob mein Haar saß, und strich mir über den Rock. Als ich aufschaute, stand er direkt vor mir.

Es war Chris.

»Was … Was machst du hier? Ich bin hier für ein Interview.« Ich spürte, wie mir die Tränen in die Augen stiegen. Er sah so attraktiv, so groß, stark und sicher aus. Ich wollte mich ihm in die Arme werfen, weinen und ihm sagen, dass ich sein Baby in mir trug, und wie sehr ich ihn vermisst hatte und dass ich bereit war, mit ihm zu leben, als seine Geliebte, wenn er sich nur um das Kind kümmern würde und mich bei ihm lassen würde … *Mein Gott, wie ich dahin träumte. Sag etwas, du Idiot!*

»Hallo, Lillie.« Seine Stimme war zögernd, aber ich konnte zärtliche Gefühle in seinen Augen sehen.

»Ich … verstehe nicht ...«

»Es ist in Ordnung. Du bist am richtigen Ort.«

»Was? Aber das ist ein leeres Bürogebäude. Was ist das hier, Chris? Ein weiterer Elfenjob?« Ich konnte die Gehässigkeit in meiner Stimme nicht unterdrücken. Er hatte mich fallen lassen und so stand es mir zu, etwas gehässig zu sein.

»Du siehst wundervoll aus«, sagte er sanft und kam einen Schritt auf mich zu. Gleichzeitig machte ich denselben Schritt nach hinten.

»Chris, was geht hier vor?«

»Es ist alles in Ordnung. Folge mir.«

Einmal in meinem Leben tat ich das, was von mir verlangt wurde, ohne Diskussion. Ich folgte ihm den Gang entlang und um die Ecke. In der Tür zu einem großen Raum blieb er stehen und wartete, bis ich an ihm vorbeigegangen war.

Der Raum war umwerfend. Ich konnte ihn nur als die weibliche Version einer Vorstandssuite beschreiben. Da stand ein großer Tisch aus Teakholz, mit geschnitzten Verzierungen und Messingbeschlägen. Der Stuhl war hochlehnig und mit einem eleganten Stoff überzogen. Dazu passende Gardinen brachten die wandhohen Fenster glamourös zur Geltung, riesige getopfte Palmen standen um Deckenfluter gruppiert und ein Brunnen unterlegte den Raum mit einem beruhigenden Plätschern. Da stand ein kleines Sofa, überzogen mit einem tiefen Grün, und dazu passende Stühle, mit einem Teaktischchen dazwischen. Die bunten Glaslampen waren im Tiffany-Stil und dicke, orientalische Teppiche lagen auf dem Boden. Durch eine Halbwand aus Glas konnte ich in den nächsten Raum sehen. Dieser war im selben Muster wie der erste, allerdings in einer etwas ruhigeren Art. Vielleicht gehörte er einer Sekretärin.

»Was hältst du davon?«, wollte er wissen.

»Es ist atemberaubend, aber ehrlich gesagt passt es nicht zu dir, Chris. Ich sehe dich in etwas Modernerem, vielleicht mit Glas?«

»Das kommt davon, weil es nicht für mich ist.«

»Okay. Besteht der Auftrag darin, mit jemand anderem zu arbeiten? Ist derjenige hier?«

»Derjenige ist hier, aber es ist niemand anderer. Du bist es. Dieses Büro ist für dich, Lillie.«

Ich schüttelte meinen Kopf und wich nach hinten in den Gang. »Nein, nein, Chris, tu das nicht.«

»Warum nicht? Was ist falsch daran? Gefällt es dir nicht? Wir können alles umstellen. Das bestellen, was du magst.«

»Nein! Jetzt hör auf!«

»Wow, Lillie! Warum bist du so aufgebracht?«

»Hör mir zu, Christopher Tollier. Ich weiß, dass du viel Geld und viel Einfluss hast, aber damit hast du mich zuvor schon gelockt und ich bin für die vergangenen zwei Monate alleine in einem Ramada Inn geendet. Ich habe kein Geld und ich bin verzweifelt, aber ich werde nicht wieder zu deiner Elfe oder mache keinen anderen seltsamen Job, den du dir für mich ausdenkst, nur damit du jemanden hast, der mit dir ins Bett springt. Das wird nicht passieren.«

Ich drehte mich um, um hinauszugehen, aber er packte mich am Arm. »Mein Gott, Lillie, glaubst du wirklich, dass es das ist?«

Ich blieb stehen, drehte mich aber nicht um. Ich sagte nichts. Ließ ihn dumm dastehen.

»Komm herein, bitte, setz dich hin. Wir müssen reden. Ich habe dir vieles zu erzählen.«

»Was zum Beispiel?«

»Zum Beispiel, warum du in den beinahe zwei ganzen letzten Monaten nichts von mir gehört hast.«

Ich spürte einen Funken der Hoffnung. Konnte er eine logische, eventuell sogar eine vernünftige Erklärung haben? Eine andere als die, dass er bekennender Junggeselle war? Er hatte keine Ahnung davon, was ich in mir trug, und er sollte es auch nicht wissen. Ich musste mein Baby beschützen. Er hatte viel Geld und konnte eventuell das Fürsorgerecht bekommen, wenn er wollte. Ich ging in die Verteidigung.

»Ich bin wirklich nicht interessiert. Es gibt nichts, was du sagen könntest, was den Schmerz wiedergutmachen würde, den ich erlitten habe.«

»Du hast gelitten?«

Ich blieb mit meinem Rücken zu ihm.

Er packte mich an den Schultern und wirbelte mich herum. »Lillie, antworte mir! Hast du gelitten?«

Die Tränen schossen mir in die Augen und ich nickte, während ich zu Boden schaute.

Er legte seine Arme um mich. »Mein Gott, es tut mir so leid. Ich wollte dich nicht verletzen. Ich dachte, du warst voller Feuer und Pläne, deine Zukunft aufzubauen. Ich musste dich alleine lassen, bis ... nun ... komm, bitte, setz dich hin, Lillie. Ich muss es dir wirklich erzählen.« Er beugte sich herunter und küsste meine Lippen, die von den Tränen nass waren. Er drückte mich fest an seine Brust und in diesem Moment fühlte ich endlich die Kraft, von der ich immer geträumt hatte. Ich wollte meine Seele und mein Leid vor ihm ausbreiten, aber meine Sturheit hielt mich zurück.

Aus Widerstand versteifte ich mich.

»Verdammt, Lillie. Hör mir zu, hör mich bis zum Schluss an. Ich schwöre, dass du es nicht bereuen wirst.«

Geschlagen gab ich auf. Ich hatte keine Kraft mehr zu

kämpfen. Ich nickte und er führte mich zu dem Sofa und drückte mich langsam hinunter, bis ich endlich saß. Er nahm ein paar Schritte und drückte einen Knopf, mit dem er eine eingebaute Bar öffnete. Er goss zwei Brandys ein und hielt mir einen davon hin. Ich wollte ihn schon nehmen, besann mich aber dann eines Besseren und winkte ab. »Ich habe noch gar nichts gegessen«, sagte ich als Ausrede. »Es ist zu früh.«

Er insistierte nicht, sondern ging zur Bar zurück und kam mit einem Softdrink und einem Glas wieder. Das nahm ich. Mein Magen gurgelte.

Er setzte sich auf einen der Stühle mir gegenüber und nahm einen tiefen Zug aus seinem Brandy, bevor er das Glas auf dem Tischchen absetzte.

»Ich muss dich um einen Gefallen bitten. Bitte, bitte, bleib sitzen und höre mich bis zum Schluss an. Du wirst mich schlagen wollen, du wirst gehen wollen. Aber bitte, Lillie, hör mich bis zum Schluss an! Kannst du das für mich tun?«

Was, um Himmels willen, hat er mir zu sagen? Hatte er geheiratet? Natürlich! Ich schaute auf seine Hand und bereitete mich schon darauf vor, einen Ring zu sehen, aber es war keiner da. *Vielleicht ist er bislang nur verlobt und noch nicht verheiratet.*

»Lillie, wirst du mich ganz anhören?«

Ich musste nirgendwo sonst hin und ich war für dieses Treffen fein angezogen. Ich konnte also genauso gut bleiben. Zumindest wusste ich jetzt, dass es dann zu Ende sein würde und ich würde dann nur aus diesem Gebäude gehen und in mein Auto steigen müssen. Ich würde in Richtung Süden fahren, bis ich an den Ozean kam, und dann würde ich mein Leben neu beginnen.

Er sprach. Ich nickte und lehnte mich nach hinten.

»Ich weiß nicht, wo ich beginnen soll, auch wenn ich das hundert Mal geübt habe. Du hast keine Ahnung davon, wie viele schlaflose Nächte ich wegen dieses Momentes gehabt habe. Hör mir nur bis zum Ende zu, wie versprochen.«

»Fang am Anfang an«, sagte ich etwas gehässig. »Sagt man das nicht so?«

»Okay. Als Erstes muss ich dir von meinen Geschäften erzählen. Ich bin ein Unternehmer. Ich eröffne Geschäfte und sehe zu, dass sie wachsen. Das ist meine Herausforderung. Das Geld ist nicht wichtig – es ist nur da, um den Spielstand anzuzeigen. Meine Firma besitzt die Geschäftskette mit dem Namen Carolinas Emporium und Teeraum. Ich weiß, dass du davon gehört hast, das sehe ich daran, wie deine Augen gefunkelt haben. Bitte, hör weiter zu. Kannst du das?«

Mir war übel und ich nahm einen kleinen Schluck von dem Drink in meiner Hand. »Sprich weiter!«, stieß ich hervor und fühlte mich jede Sekunde schlechter.

»Ich möchte dich so gerne in meinen Armen halten, aber wenn ich neben dir sitze, dann werde ich nicht dazu fähig sein, es dir zu erzählen. Ich muss bleiben, wo ich bin.«

Ich winkte ihm zum Zeichen, dass er weitermachen sollte.

»Gut, also du weißt, dass meine Shops sehr erlesen sind, und ich mache jedes Jahr mehrere Neueröffnungen. Ich versuche, jedes Geschäft noch ein bisschen schöner zu machen, ein bisschen einzigartiger als das jeweils vorangegangene. Ich hatte beschlossen, Ihnen einen europäischen Touch zu geben, und deshalb habe ich mich auf diese Geschäftsreise nach Paris und nach Bremen begeben.«

Ich öffnete meinen Mund, um zu protestieren, aber es gab nichts zu sagen. Er hatte nicht meine Idee gestohlen, er war mir zwei Schritte voraus gewesen.

»Wie du weißt, mache ich dieses Santa-Ding freiwillig und ich habe auf der Suche nach einer Elfe wirklich die Agentur angerufen. Du warst ganz einfach die, die sie mir geschickt haben. Es war purer Zufall. Du weißt, was von da an passiert ist, aber das, worüber ich sprechen muss, ist direkt davor passiert. Du musst wissen, dass ich einen Partner habe, Steve Perkins.«

»Ich kenne den Namen«, warf ich ein und musste schlucken, damit es mir nicht hochkam.

»Das habe ich befürchtet. Nun, Perkins ist nur dem Namen nach ein Partner. Er und ich, wir haben sehr unterschiedliche Philosophien und ich war schon drauf und dran ihn rauszukaufen, als das passiert ist. Er hatte mich in die Ecke gedrängt, um ihn als Partner anzunehmen, und ich bereute es bereits in der nächsten Sekunde. Aber das geht auf meine Kappe. Eines Tages, es war der Tag, an dem ich mein neunundvierzigstes Geschäft eröffnete, kamen wir an eurer Familienbäckerei vorbei. Ich erwähnte, dass mir der Standort gefiel und dass er sich erkundigen sollte, ob deine Familie dazu bereit wäre, zu verkaufen. Hier ist der Punkt, an dem es haarig wird. Ich sagte zu Steve, er sollte >tun, was nötig ist< – aber nicht das, was du denkst. Ich schwöre es. Was ich meinte, war, dass er jede Summe, die ihr fordern würdet, bieten sollte. Ich wollte den Standort haben und dort eine weitere Filiale meines Geschäfts eröffnen. Ich wollte Flemmings nicht so belassen, wie es war. Dann hörte ich das von dem Feuer und stellte ihn zur Rede. Ich fragte ihn, ob er etwas damit zu tun hatte. Er schwor mir, dass das nicht der Fall war. Er sagte, dass alles nur ein Zufall war.«

Meine Augen wurden immer größer, als mir die Tatsache bewusst wurde, dass Chris – wenngleich nur sehr entfernt – etwas mit dem Verlust meines Familienbetriebs zu tun haben konnte. »Wer hat das Feuer gelegt?«

Der Ton seiner Stimme wurde höher, was darauf hindeutete, dass er wusste, dass das der springende Punkt an dem Ganzen war.

»Das war das, was ich dir nicht erzählen wollte, Lillie. Ich wusste, dass du mir nicht glauben würdest und dass ich dich verlieren würde. Das konnte ich nicht zulassen. Bis zu dem Abendessen, das wir in jener Nacht hatten, wusste ich nicht, dass du Teil *dieser* Familie warst. Zu diesem Zeitpunkt waren mir die Hände gebunden. Ich mochte dich bereits zu gern. Zu diesem Zeitpunkt wusste ich noch nicht, dass das Feuer mehr war als ein Unfall, ich schwöre es dir.«

Ich kochte. »Sprich weiter«, sagte ich kurz angebunden.

»Als du mir auf unserer Reise erzähltest, dass du neu anfangen wolltest, war ich schockiert. Unsere Pläne waren im Einklang und mir wurde klar, wie sehr wir beide uns ähnelten. Ich konnte uns als Partner sehen. Aber es gab keine Möglichkeit dir zu gestehen, dass ich mit deiner Tragödie etwas zu tun hatte. Ich wusste, dass du mich hassen würdest.«

»Dann brach plötzlich das Chaos los. Als du mir das von Corey und seiner Affäre erzählt hast, habe ich ihn am Telefon zur Rede gestellt. Er lachte mir ins Gesicht, drohte mir, mich auffliegen zu lassen und mich bei der Polizei als Brandstifter anzuzeigen. Steve war an Corey herangetreten und hatte ihn gegen mich aufgehetzt. Corey fühlte sich so verdammt schuldig, dass er davon Gebrauch machte. Wir stritten. Deshalb hatte ich diese Reise abgebrochen. Ich musste zurückfahren und das Durcheinander in Ordnung bringen.«

»Ich konnte dich nicht in meiner Nähe haben. Es war zu gefährlich. Deshalb habe ich dich im Ramada gelassen, obwohl ich dich mit nach Hause nehmen wollte, damit du bei mir lebst. Ich hatte keine Wahl – dafür hatte Steve gesorgt. Ich engagierte einen Computerexperten, der meine Rechnungsbücher durchpflügte. Er entdeckte eine Spur, die darauf hinwies, dass Steve die Firma bestohlen hat – und zwar um eine Summe von rund drei Millionen im Jahr. Es gab zwei Sets von Büchern. *Seine* Version wies eine Zahlung an einen Typen namens Dillon auf. Meine Annahme ist, dass er diesen Dillon dafür bezahlt hat, eure Bäckerei in Brand zu stecken. Er setzte meine Initialen in der Rubrik der Genehmigungen ein, wodurch er mich als Verantwortlichen für die Brandstiftung aufführte. Sein Plan war es, mir die Schuld an dem Fall zuzuschieben, um dann eine Klausel in unserem Vertrag zu aktivieren, mit der die Firma an ihn übergehen würde, wenn ich des Betrugs überführt werden würde. Er hatte schon alles genau geplant.«

An dieser Stelle war ich bereits wie gebannt und konnte nicht glauben, was ich hörte. Mein Ärger war verflogen und ich fühlte mich tatsächlich schon auf der Seite von Chris. »Mach weiter«, ermutigte ich ihn.

»Nun, mein Anwalt hat mir geholfen. Wir haben Steve in die Falle gelockt und hatten seine manipulierten Geschäftsbücher, um unseren Fall zu beweisen. Ich musste dich in einer sicheren Entfernung halten, bis ich meine Karten offenlegen konnte. Ich konnte dich nicht mit mir ins Verderben ziehen. Ich musste auch die Sache von Corey geradebiegen. Nun befinden sich er und Daphne in der Eheberatung und ich denke, Corey fühlt sich wie ein Arsch. Das ist gut. Marga lässt dich übrigens grüßen.« Er lächelte.

»Ich lasse Marga auch grüßen.«

»Okay, also Steve wurde eingesperrt und die Bücher wurden den zuständigen Behörden übergeben. Er und seine Frau werden ihre Zeit absitzen müssen. Er wird für mindestens zwanzig Jahre aus dem Verkehr gezogen sein, sagt mir mein Anwalt. Was die Carolinas angeht, so werde ich die Kette an japanische Geschäftsleute verkaufen. Ich weiß, dass sie sie in den Ruin treiben werden – sie verstehen Amerikaner nicht.«

Ich war ein paar Minuten lang ruhig. Ich streckte meine Hände aus und deutete auf die Wände. »Und das? Was soll das alles?«

»Das gehört dir.«

»Wozu?«

»Ich schulde es dir. Außerdem würde ich gerne daran teilhaben, mit dir.«

»Teilhaben woran?«

»Flemmings. Ich möchte, dass du die Bäckerei neu aufbaust, genauso wie du es geplant hattest. Ich werde dich finanziell unterstützen, für einen Viertelanteil. Aber die Firma gehört dir. Wenn du mir das Geld zurückzahlen kannst, das du dir borgst, dann geht alles auf dich über.«

»Du machst Scherze.«

»Nein, Lillie, das tue ich nicht. Und hier ist die Anzahlung.«

Er überreichte mir einen Umschlag. Ich nahm ihn und schaute hinein. Mein Kiefer fiel nach unten. »Wie hast du das gemacht?«

Im Umschlag war die Besitzurkunde des alten Gebäudes der Flemmings Bäckerei – sie lautete auf meinen Namen. Daneben war auch eine Handvoll von Steuerrechnungen, die alle als bezahlt abgestempelt waren. Flemmings gehörte mir!

Ich schüttelte den Kopf. »Nein, das kann ich nicht. Das kann ich nicht annehmen.«

»Es liegt nicht an mir, das zu entscheiden, Lillie. Es hat immer schon dir gehört. Wenn ich dein Leben nicht zerstört hätte, dann wärst du schon längst auf deinem Weg zum Erfolg. Ich glaube an dich. Du hast das gewisse Etwas.«

Ich dachte über seine Worte nach und musste ihm recht geben. Ich hatte gutes Recht auf alles, was in dem Umschlag war. Wenn das Geschäft nicht heruntergebrannt wäre, dann hätte ich es geschafft, das Geld zum Bezahlen der Steuern aufzubringen. Ich hätte nach und nach Verbesserungen an dem Haus vorgenommen und hätte auch bereits neue Produkte in das Angebot aufgenommen.

Ich hätte all die Dinge, die ich auf der Universität gelernt hatte, in die Tat umgesetzt. Chris und seine Einmischerei hatten mich in der Tat von dem abgehalten, was rechtmäßig meine Zukunft gewesen war.

Er beobachtete mich. »Kannst du mir verzeihen? Ich weiß, dass du bereit dafür warst die Bäckerei von deinen Eltern zu übernehmen. Es tut mir leid, dass du das durchmachen musstest, was du erlitten hast. Aber ich schwöre, ich werde es wieder gut machen.«

»Oh, wirklich? Ja, ich verstehe, dass du mir die Besitzurkunde überreichen und die Steuern abbezahlen kannst. Ich schätze auch, dass du dazu bereit bist, die Veränderungen, die ich machen möchte, zu finanzieren. Aber Chris, wie kannst du es wieder gut machen, dass du mir das Herz gebrochen hast? Verstehst du gar nicht, dass ich dich liebe? Kapierst du nicht, dass du ein wunderbarer Mann bist, genau die Art von Mann, die ich in meinem Leben haben möchte? Wie würdest du das jemals wieder gut machen können?«

»So zum Beispiel«, sagte er, indem er zu mir kam, auf seine Knie fiel und eine kleine Schachtel aus seiner Tasche holte. »Lillie Flemming, nicht in einer Million Jahre hätte ich mir gedacht, dass ich diese Frage aus meinem Mund hören würde, aber ... Willst du meine Frau werden? Möchtest du mich heiraten und Kinder mit mir haben und meine Geschäftspartnerin und meine Partnerin in allen Bereichen des Lebens sein?«

Ich war sprachlos. Es gibt keinen besseren Ausdruck, um es zu beschreiben. Innerhalb von nur zehn Minuten hatte er es geschafft, mich vom Gipfel meines Zornes in das Tal meiner Resignation zu führen. Ich hasste ihn. Ich liebte ihn. Ich wollte ihn. Ich wollte seine Frau sein. Ich wischte die Tränen weg, die wieder einmal aufgestiegen waren. Tränen waren in letzter Zeit zu einem Ärgernis geworden, aber ich hatte auch die Vorahnung, dass in den kommenden acht Monaten noch viele mehr auf mich zukommen würden.

»Danke. Danke, dass du die bist, die du bist, und dass du mich liebst.«

»Das ist alles, was ich jemals sein wollte«, flüsterte ich.

»Also möchtest du mich wirklich heiraten?«

»Ja, Christopher Tollier, ich möchte dich heiraten. Nein, lass mich das umformulieren: *Wir* möchten dich heiraten.«

»Wir?«

Ich schaute auf meinen Bauch hinunter und dann zurück in sein Gesicht und nickte. »Wir.«

»Oh mein Gott, ist das dein Ernst?« Freude überschwemmte sein Gesicht, als er mich vom Sofa hochhob und mich gegen seine Brust hielt. »Ich möchte nicht abgedroschen klingen, aber du hast aus mir soeben den glücklichsten Menschen der Welt gemacht. Ich weiß nicht, was ich jemals getan habe, dass ich dich verdienen würde, aber ich hoffe, dass ich niemals die Rechnung dafür präsentiert bekomme«, gluckste er.

Epilog

Lillie

Ich hakte mich bei Papa unter, als wir den Mittelgang hinunter schritten, an Blumenkörben vorbei, die so überreich gefüllt waren, dass man hätte glauben können, sich in einem Garten zu befinden. Ich konnte Mama sehen, wie ihr Gesicht vor Stolz strahlte, als sie auf uns wartete. Wir gingen, bis wir an seiner Seite waren, und ich stellte mich neben meinen zukünftigen Ehemann. Die Kirchenbänke waren gefüllt mit alten Nachbarn und Kunden, sowie mit Angestellten und Geschäftskollegen von Chris. Auf seiner Seite des Kirchenschiffes saßen drei Leute, die nun meine Familie sein würden: Corey, Daphne und die rotbäckige Marga. Sie konnte kaum still sitzen und hatte bereits ihre Beine unter sich überkreuzt, als sie sich nach oben streckte, um besser sehen zu können.

Ich hatte Daphne gefragt, ob sie nicht meine Trauzeugin sein wollte, aber sie wollte bei ihrem Mann sitzen und dass der Tag meiner Hochzeit ein Ausdruck meiner Freude und meines Glücks sei – und keine Erinnerung an die unglücklichen Umstände, durch die wir uns getroffen hatten. Ich fragte meine alte Zimmerkollegin an der Universität, Patsy, mir die Ehre zu erweisen, und sie konnte gar nicht schnell genug zusagen. Sie wusste, wer Chris war, und die Brautjungfer bei seiner Hochzeit zu sein, war die goldene Eintrittskarte zur Welt der reichsten Junggesellen der Welt.

Der Jet brachte uns zurück nach Paris, in das Hotel, in dem wir zu Weihnachten genächtigt hatten. Diesmal waren es nur wir beide. Die Tage verbrachten wir damit, durch die gepflasterten Straßen zu schlendern, zu essen und die erlesensten Weine zu trinken. Die Nächte verbrachten wir in den Armen des anderen.

Chris führte mich in die Erotik der Zurückhaltung ein – nicht jene Art, bei der Ketten im Spiel waren, sondern jene, wo man die Vorfreude des anderen in unglaubliche Höhen treibt, bevor man ihr erlaubt, sich zu entladen. Wir verstanden das als das Machtspiel, das es ja war. Immerhin waren wir nun Partner im Geschäft und im Leben.

Wir zogen in Chris' Haus am See. Ich wusste, dass er eines hatte, hatte ihn mir aber bisher nirgendwo anders als in seinem Apartment in Chicago vorstellen können. Jetzt wollte er das Apartment auch nicht mehr verkaufen. Das Haus thronte auf einer Klippe und überblickte den See, während eine Treppenflucht von knapp hundert Stufen sich den Weg durch das Strandgras bis hinunter ans Wasser wand. Das Haus war ultramodern und war auf drei Seiten mit wandhohen Fenstern ausgestattet. Im Haus gab es nur wenige Plätze, die keine Sicht auf das Wasser boten.

Chris bestand darauf, dass wir Personal einstellten, und ich war von der Idee begeistert. Ich wollte meine gesamte Energie in die neuen Geschäfte von Flemming&Tollier stecken. Pro Woche fuhren wir für drei Tage in die Stadt, um zu arbeiteten und übernachteten in unserem Apartment. An den übrigen vier Tagen liebten wir uns in unserem Haus am See und machten Pläne.

Im März erfuhren wir, dass wir Zwillinge bekommen würden. Der Ultraschall kündigte die Nachricht zwei geschockten Gesichtern an – den unsrigen. Als ich zunehmend schwerer wurde, wurde mein Arbeitspensum weniger und ich erledigte vieles von dem, was ich beisteuerte, von zu Hause aus.

Am achtundzwanzigsten August wachte ich mit dem Gefühl eines leichten Ziehens im unteren Rücken auf. Ich lag da, voller Bewusstsein von dem, was passieren würde, und wollte doch die letzten Minuten, in denen wir nur Lillie und Chris waren, genießen. Er schnarchte leise neben mir und als die Schmerzen zu handfesten Krämpfen wurden, die mir den Atem nahmen, drehte ich mich zu ihm und schüttelte ihn an der Schulter. »Ich möchte nicht irgendwie kitschig erscheinen, aber Schatz – es ist Zeit!«

Eine ewige Minute lang bewegte er sich nicht, dann dämmerte es ihm schön langsam – nicht nur, dass die Sonne aufging, sondern auch das, was ich gesagt hatte. Er fuhr blitzschnell hoch. »Scheiße! Wirklich? Das ist es jetzt?«

Ich nickte und lächelte, als ob ich komplett ruhig wäre und es hunderte Male geübt hätte. In Wahrheit fühlte ich mich ebenso verängstigt und schlecht, wie damals als ich das Flugzeug zum ersten Mal bestiegen hatte. Ich denke, dass Chris es mir in meinem Gesicht ansah, denn er entspannte auf der Stelle seine Schultern und legte seinen Arm um mich.

»Ich habe es mir anders überlegt«, platzte es plötzlich aus mir heraus.

»In welcher Hinsicht?«, fragte er wie beiläufig, denn er dachte, ich würde eventuell den Stoff für die Bestuhlung im Geschäft meinen oder eine Zutat für die Schokoladenglasur.

»Kindsgeburt. Ich will da nicht durch. Ich habe Angst, Chris!«

Er begann zu lachen, eigentlich mehr zu brüllen. So laut, dass Petula, unsere Haushälterin, an die Tür klopfte und hereinkam, um zu sehen, was los war.

»Es ist gar nicht lustig, Chris! Du steckst nicht in meiner Haut!«

»Oh, Schatz, es ist lustig. Ich wünschte, du könntest den Blick auf deinem Gesicht sehen. Ich fürchte, es ist ein bisschen zu spät, es sich jetzt anders zu überlegen. Die Tat ist vollbracht, wie man sagt. Komm schon, lass mich dir helfen aufzustehen und dich anzuziehen. Petula, rufen Sie Dr. Smithers an und lassen Sie ihn wissen, dass wir auf dem Weg zum Krankenhaus sind. Wie weit sind die Wehen auseinander, Lillie?«

Ich hob die Achseln. »Ich dachte, dass es *deine Aufgabe* war, die Zeit zu stoppen. Sie tun mir nur weh, ziemlich stark und die ganze Zeit.«

»Nun, dann machen wir uns lieber auf den Weg. Petula, lassen Sie das Auto vor den Vordereingang fahren. Wir kommen gleich hinunter. Hier, nehmen Sie die Kliniktasche!«, sagte er und gab ihr die Louis Vuitton-Tasche, die ich gepackt im Schrank hatte.

Mit der Hilfe von Chris setzte ich mich auf und als meine Füße den Boden berührten, floss auch schon ein Strom Fruchtwasser herunter. »Chris! Meine Fruchtblase ist geplatzt!«

»Du warst schon immer ein heißes, fruchtiges Mädchen«, scherzte er, aber ich konnte eine Angespanntheit in seinem Gesicht sehen, die mir sagte, dass wir uns besser beeilen sollten. Gott sei Dank hatten wir uns dazu entschlossen, in ein lokales Krankenhaus zu gehen, statt in die Stadt zu fahren.

Die folgenden fünfundvierzig Minuten lang vergaß ich, dass ich eine Lady war. Ich nannte Ärzte, Krankenschwestern und sogar Chris Namen, die sogar einer Nutte die Schamröte ins Gesicht getrieben hätte. Es war zu spät für einen Kaiserschnitt, also musste ich natürlich gebären. Der Doktor schien anzunehmen, dass eine natürliche Geburt möglich sein würde und als Mark und Sybil auf die Welt kamen, hielten sie sich quasi an den Händen. Was mich betraf, so war ich überglücklich, als es vorüber war. In jedem Arm hielt ich ein Baby und strahlte.

Corey kam mit seiner Familie in der Besuchszeit und am nächsten Tag fuhren wir alle nach Hause. Daphne und Marga blieben noch einen Tag länger, um mir zu helfen, bis Mama und Papa mit dem Jet einflogen, den ihnen Chris hinunter geschickt hatte.

Sechs Monate später eröffnete – auf dem Gelände der

ehemaligen Flemmings Bäckerei – das erste der Flemming&Tollier Geschäfte. Die Menschenschlange wand sich bis um den Block herum und drinnen gab es nur mehr Stehplätze. Ich erspähte Mr. Fischer, wie er dreimal um den Block fuhr und sich das Spektakel anglotzte. Für die Eröffnung hatten wir Gartenstühle für das Café gekauft und Chris hatte ein Streichquartett engagiert, das in eleganten Smokings und neben einem Brunnen unter einem geheizten Baldachin und mitten in einem Chicagoer Schneesturm Mozart und Brahms spielte. Es war sehr passend und erinnerte mich daran, wie Chris und ich uns das erste Mal gesehen hatten und uns der Sturm in jener Nacht zusammengeführt hatte.

Steve und Marjorie war der Prozess gemacht worden und Chris wusste aus vertraulicher Quelle, dass sie sich in einem Zeugenschutzprogramm befanden, nachdem sie gegen gewisse mächtige Männer der Stadt ausgesagt hatten. Er erklärte mir nüchtern, dass es sehr unwahrscheinlich war, dass das Programm das Paar beschützen konnte, da die Bosse dafür berüchtigt waren, dass sie geradezu jeden ausfindig machen konnten.

Sobald die Zwillinge alt genug waren, um zu reisen, nahmen wir sie mit nach Europa. Wir kehrten jedes Jahr zurück nach Europa und besuchten jedes Mal eine andere Stadt. Wir sammelten Ideen, Ambiente, Möbel und Erinnerungen für unsere Familie. Wir machten es zu einem Fixpunkt in unserem Leben, Weihnachten in Deutschland zu verbringen. Das war meine Lieblingsreise gewesen und würde es für immer bleiben. Denn diese unvergesslichen Weihnachten hatten uns das größte Glück in unserem Leben beschert.

ENDE

Liebe Leser,

vielen Dank für das Lesen meines Buches, ich hoffe sehr, dass euch die Story gefallen hat! ;-)

Ohne begeisterte Leser wie euch wäre es für mich nicht möglich, meinen Traum zu leben und meine Fantasien in diese Romane zu packen.

Falls ihr einen kurzen Moment Zeit habt, so würde ich mich sehr freuen, wenn ihr mir eine kurze Rezension auf Amazon gebt. Da ich nicht die Werbemittel eines großen Verlages habe, bin ich auf Empfehlungen meiner Leserschaft angewiesen und dankbar für jede Bewertung! ;-)

Herzlichen Dank,

Sarah

Über Sarah

Sarah schreibt seit ihrem sechzehnten Lebensjahr und hat schon mehrere Bestseller auf Amazon veröffentlicht. Egal, ob die Männer in ihren Büchern Milliardäre, Bad Boys oder beides sind - sie liebt es über heiße Kerle zu schreiben, die gleichzeitig ihre Liebste beschützen und herausfordern; ebenso wie über die Frauen, nach denen sie sich sehnen. Ihre unterhaltsamen Geschichten sind immer heiß und aufregend, mit vielen Wendungen und einem garantierten Happy End - genau so, wie es auch nach einem wilden Ritt im Schlafzimmer sein sollte, wenn du verstehst, was ich meine ;-)

Kontaktiere Sarah direkt auf Facebook und erhalte den Liebesroman "Die Rückkehr des Milliardärs" gratis!

www.facebook.com/sjbrooksoffiziell

Printed in Great Britain
by Amazon

47245344R00130